リ文庫

ビター・メモリー

〔上〕

サラ・パレツキー
山本やよい訳

早川書房

5858

TOTAL RECALL

by

Sara Paretsky

Translated by
Yayoi Yamamoto

Published 2006 in Japan by
HAYAKAWA PUBLISHING, INC.
This book is published in Japan by
arrangement with
SARA AND TWO C-DOGS, INC.
c/o DOMINICK ABEL LITERARY AGENCY, INC.
through THE ENGLISH AGENCY (JAPAN) LTD.

サラ・クループニクとハナ・パレツキーへ
（わたしの名前はここからもらったものです）

高きところで平和を築くお方が
わたしたちすべてに
平和を与えてくださいますように

謝　辞

わたしが一九九七年に客員講師をしていたオクスフォード大学のウルフスン・カレッジに対し、公文書保管所でリサーチを進められるようご配慮くださったことにお礼を申しあげたい。わたしがそこに出入りできるよう便宜を図ってくださった、ウルフスン・カレッジのジェレミー・ブラック博士に感謝を捧げたい。

ロンドンにある帝国戦争博物館の書簡・音声テープ保管所は、〈キンダートランスポート〉（第二次大戦直前の数年間にわたってイギリスがおこなった、中央ヨーロッパの一万人のユダヤ人児童を寛大に受け入れる運動）に関する重要な情報源である。どこの司書の方々もそうであるように、帝国戦争博物館のみなさんもじつに親切だった。わたしが約束の日をまちがえて閉館日に訪ねてしまったときも、保管所に入らせてくださった。

ロンドンのロイヤル・フリー病院も、わたしがそこの記録保管所に出入りすることを認め、わたしがロティをそこの医学学校に送りこむことを許可して、すべてにおいてとても力になってくださった。

ドクター・ダルシー・リード、ドクター・レティス・ボウエン、ドクター・ペーター・

ショイアー、ドクター・ジュディス・リーヴィはいずれも、ロティ・ハーシェルと同じころに英国で医学を学んだ人たちで、わたしのために親切に時間をさいて、その時代に関する情報を提供してくれた。

これら四人のドクターの回想についてはもちろんのこと、記録保管所のすべての資料に関しても、人々の実体験を小説のなかにとりこむことは避けるようにした——ただし、ロティとルームメイトがパラシュートの絹地でランジェリーを作るところだけは例外。これはドクター・ボウエンと友人たちの体験である。ランジェリーの手作りに挑戦したことがある人なら誰でもおわかりだろうが、ちょっとまねのできない離れ業だ。

ヨークにある鉄道研究協会のコリン・ディヴォール教授は、一九四〇年代の鉄道ルートと時刻表に関する情報集めに協力してくれた。

シカゴと、現代の犯罪と、V・I・ウォーショースキーに作品の焦点を合わせるという制約のため、イギリスでの数々のリサーチも、自分で思っていたほど深くは生かせなかった。それはたぶん、いつの日か、べつの作品のなかに住処を見つけることになるだろう。

シカゴでは、本書のなかで使用される銃に関して、キンボール・ライトが助言をくれた。法病理学者のロバート・カーシュナー博士は、数々の不運な性格を持つ死および臨死を明確に定義するにあたって、力を貸してくれた。三十八章と四十三章に描かれた事柄は、現実におこりうることである。サンディ・ワイスはいつものように、法医学に関する奥義を授けてくれた。

ジョリン・パーカーは一九三〇年代のウィーンにあったユダヤ人居住区の街路地図を見つけることも含めて、数多くの分野についてじつに貴重なリサーチをしてくれた。さらに重要なことには、読者として鋭い嗅覚を持つ彼女のおかげで、物語の筋を発展させるさいに遭遇する数々の難問も、どうにか解決しながら進むことができた。ジョナサン・パレツキーはドイツ語と、イディッシュ語と、そして、天体観測の分野で協力してくれた。

ケイト・ジョーンズには、本書の執筆の始めと終わりの両方において洞察力に富む議論をしてくれたことに、特別の感謝を捧げたい。

わたしに蹴られてもすぐ回復する丈夫な膝蓋骨を持った初代のCドッグこと夫のコートニーが、いつものように、助言と励ましを与えてくれた。

これは架空の物語である。本書に登場するいかなるキャラクターも、現実の人物に——生きている人であれ、亡くなった人であれ、あるいは、官庁にいる人であれ、企業の重役会議室にいる人であれ、路上暮らしの人であれ、その他どんな人生を送っている人であれ——似せて書いたつもりはいっさいない。同様に、エイジャックス保険、エーデルワイス保険、ガルジェット出版を含む作中のすべての企業は、熱に浮かされた著者の脳から生まれた幻影であり、現実に存在する企業をモデルにしたものではない。奴隷への賠償問題とホロコースト資産返還問題は現実のものである。本書の登場人物たちがこれらの問題に対してとっている立場は、かならずしも著者自身の立場を反映しているわけではないし、これについて討議している公の人々の立場を反映するものでもない。

参考／アンナ・フロイト著『集団教育の試み』は彼女の全集の第四巻に入っている。そこに描かれた子供たちの成人後の人生は、サラ・モスコヴィッツ著『憎めども愛』のなかで探求されている。

目次

ビター・メモリー
〔上〕

登場人物

Ｖ・Ｉ・ウォーショースキー………私立探偵
Ｃ・Ｌ・モレル…………………………Ｖ・Ｉの恋人。作家
ロティ・ハーシェル……………………医者
マックス・ラーヴェンタール………ベス・イスラエル病院の理事長
マイクル・ラーヴェンタール………マックスの息子。チェロ奏者
カリア……………………………………マイクルの娘
カール・ティーソフ……………………クラリネット奏者
イザイア・サマーズ……………………旋盤工
ラルフ・デヴロー………………………エイジャックス生命保険部長
コニー・イングラム……………………同社員
ベルトラン・ロシー……………………同社長
フィリーダ・ロシー……………………ベルトランの妻
エイミー・ブラント……………………経済史博士
ルイス・ダラム…………………………市会議員
ジョゼフ・ポスナー……………………ユダヤ人の人権擁護運動家
リーア・ウィール………………………セラピスト
ポール・ラドブーカ……………………リーアの患者
ハワード・フェプル……………………ミッドウェイ保険代理店の店主
リック・ホフマン………………………同元外交員
ドン・ストレイペック…………………モレルの友人。編集者兼作家
マリ・ライアスン………………………新聞記者。ＴＶリポーター
ベス・ブラックシン……………………ＴＶリポーター
ミスタ・コントレーラス………………Ｖ・Ｉの隣人
メアリ・ルイーズ・ニーリイ………Ｖ・Ｉのアシスタント

ロティ・ハーシェルの話「労働の倫理」

その冬の寒さは骨の髄までこたえたわ。暖房機のスイッチを入れれば好きなだけ暖まることのできる国に住んでいるあなたには、想像もつかないでしょうけど、あのころのイギリスでは燃料といえば石炭しかなくて、終戦の翌年の冬は石炭が極端に不足してたのよ。わたしもみんなと同じで、部屋の電気ヒーターに入れる六ペンス玉をほんのすこし持ってるだけだったけど、たとえ夜通しヒーターをつけておくだけのお金があったとしても、たいして暖まることはできなかったでしょうね。

同じ下宿にいた女性の一人が、英国空軍に入ってたお兄さんからパラシュートの絹地をもらってきたので、それを使って、みんなでキャミソールやパンティを縫ったのよ。それと、あのころは誰だって編み物ができたから、わたしは古いセーターをほどいて、マフラーやベストを編んだものだった。新しい毛糸は目玉が飛びでるほど高かったから。

ニュース映画で、アメリカの船と飛行機がドイツ人の必要とする品を運んでいくところを見たわ。わたしたち、毛布とセーターにくるまって、バターの代用品を塗ったパサパサのパンを食べながら、アメリカを味方にひきいれて戦争に勝ってしまったのがまちがいだったって、苦々しく冗談をいいあったものよ。パラシュートの絹地を手に入れてくれた女性がいってたわ——負けてれば、アメリカからもっといい待遇が受けられただろうって。

もちろん、わたしは医学実習を始めたところだったから、毛布にくるまってベッドで多くの時間をすごすわけにはいかなかった。でも、ともかく、出かけられる病院のあることがうれしかった。もっとも、病棟だって暖かくはなかったけどね。患者と看護婦が病棟の中央に置かれた大きなストーブのまわりに集まって、紅茶を飲みながら世間話をしてるの。わたしたち医学生はそんな和気藹々《あいあい》とした雰囲気がうらやましかったわ。こっちは看護婦から医者らしくふるまうようにって命じられてるんだもの。ほんとは、看護婦たち、医学生をこき使うのを楽しんでたんでしょうね。わたしたちはタイツを二枚はいて回診に出かけ、手袋をしてるのが指導医にばれないよう祈りながら、彼らのあとについてベッドからベッドへとまわって、おもに栄養不足による症状に耳を傾けたものだった。

満足な食事もとらずに一日十六時間から十八時間働きつづけたおかげで、みんなが身体をこわしはじめた。仲間の多くが結核にかかって、休学を認められたわ——実習を中断したあとで復学することを病院が許可してくれるのは、この理由のときだけだったの。快復に一年以上かかった例もいくつかあったけどね……。新しい抗生物質が使われはじめてたけど、途方もなく高かったし、広く普及するところまではまだいっていなかった。ついにわたしも身体をこわしてしまい、学籍係のところへ行って、家族の友人がサマセットにコテージを持っているのでそこで療養したいというと、係の女性は暗い顔でうなずいた。わたしのクラスはすでに五人減ってたけど、その人、わたしのために書類にサインして、毎月手紙をよこすようにっていってくれたわ。一年以内に再会できるよう願ってるって強くいっていた。

じっさいには、わたしが休学したのは八カ月だった。できればもっと早く復学したかったけど、クレアが——そのころすでに上級インターンになっていて、医局員への道がほぼ確実に約束されていたクレア・トールマッジが——体力がまだもどっていないといってわたしを説き伏せたの。こっちは早く復学したくてうずうずしてたのに。

ロイヤル・フリーにもどれたときは——ああ、本当にうれしかった。病院での日々の仕事、勉学。それが香油のようにわたしの心を癒してくれた。学籍係がわたしを事務室に呼んで、無理をしないようにと注意したほどだった。再発されては困ると思ったんでしょうね。

仕事がわたしにとって唯一の救いであることが、学籍係にはわからなかったのね。すでにわたしの第二の皮膚になってたんじゃないかしら。重労働がもたらす忘却は麻薬のようなものだった。〝アルバイト・マハト・フライ〟——これはナチが考えだした忌まわしい標語だけど、〝アルバイト・マハト・ベトイプト〟ってこともありうるでしょ——えっ？あ、ごめんなさい。あなたはドイツ語ができないってことを忘れてた。ナチは全収容所の入口の上に千九百八十四通りの標語を掲げてて、これはアウシュヴィッツにかかってたものなの。意味は〃労働があなたを自由にする〃。けだもののような標語だけど、〃労働《アルバイト》が人を麻痺させる《マハト・ベトイプト》〃こともたしかだわ。たとえ一瞬でも労働をやめれば、自分のなかにあるすべてのものが蒸発しはじめる。やがて、形をなくして、動くこともできなくなる。すくなくとも、わたしはそれを恐れていた。

　家族の消息を初めて知らされたときは、足もとの地面が消えてしまったような気がしたわ。進学のための試験の準備をしなきゃいけない時期にあたってたんだけど——当時は高校を出るときにその試験を受けて、その成績によってどこの大学に入れるかが決まったのよ——でも、戦争中はあんなに大事だと思ってた試験なのに、それが意味を失ってしまった。机に向かって勉強しようとするたびに、巨大な掃除機で身体の中身を吸いとられてしまうような気分になったものだった。

　ひねくれた言い方をするなら、親戚のミナがわたしを救ってくれたのかもしれない。わたしがあの家にころがりこんで以来、ミナはわたしの母への批判をいっときもやめようとしなかった。母の死の知らせが届いたときだって、死者を悼んで沈黙するどころか、よけいひどい攻撃を始めただけだった。わたしも、いまなら人生経験というプリズムを通して物事を見ることができるようになったから、罪悪感がミナを駆りたてたことが理解できるけどね。長年にわたってうちの母を憎み、嫉妬してきた人だもの。自分が不人情で、残酷ですらあったことを、いまさら認めるわけにはいかなかったのよ。たぶん、同じように悲嘆に暮れてたんでしょうね。だって、ミナのお母さんも命を奪われてしまったんだもの。夏にはいつもクラインゼーでしゃべったり泳いだりしてた一族のすべてが。ううん、もうやめましょ。昔の話だわ。

わたしは通りを歩きまわって、疲れて何も感じなくなるまで歩きまわって、それからミナのいる家に帰っていった。あんた、自分が苦労してると思ってるわけ？　みなしごになって、知らない国に放りだされたのは、自分一人だけだと思ってるわけ？　そうそう、ヴィクトルに紅茶出してくれるはずじゃなかったの？　あんたの帰りを一時間以上も待ったあげく、とうとう自分でお茶の支度をしなきゃいけなかったって、ヴィクトルがいってたわよ。あんたときたら、お高くとまった〝奥さま《ディー・グネーディゲ・フラウ》〟みたいに――家にいるときのミナはドイツ語しかしゃべらなかった。いつまでたっても英語が上達せず、その屈辱でよけいひがみっぽくなっていた――そういってから膝を曲げてわたしにお辞儀をしてみせた――家事にしろ、本物の労働にしろ、とにかく仕事で手を汚すのをいやがるんだものね。蝶々《リンガール》とそっくり。甘やかしてくれる者のいないあんな場所で、あのお姫さま、どうやって生きてたんだろう。看守やほかの収容者からパンを譲ってもらうために、小首をかしげてみせたり、目をパチパチやってみせたりしたのかね。マダム・バタフライは死んだ。あんたもそろそろ、本物の労働がどんなものかを学ばなきゃ。

わたしのなかに、あとにも先にも経験したことのないような大きな怒りが湧いてきた。ミナの口を殴りつけて、わめきちらした――みんなが母に親切にしたとすれば、それは母がその親切に愛情で応えたからよ。みんながあなたに冷たいとすれば、それはあなたがすごくいやな女だからよ。

ミナはショックのあまり口を半びらきにして、しばらくわたしをみつめていた。でも、すぐに立ち直って、力いっぱい殴りかえしてきた。大きな指輪のおかげで、わたしの唇が切れてしまったほどだった。それから、ミナはヒステリックにわめきだした。あんたみたいな混血児が総合中学の奨学金をとるのを黙って許可した理由はただひとつ、わたしの寛大さに恩返しするためにヴィクトルの世話をしてくれるだろうと思ったからさ。ところが、その期待をあんたは完全に裏切ったといってもいい。ヴィクトルに紅茶を出すかわりに、母親とおんなじように、パブやダンスホールで遊びまわってんだもの。いまに、マックスか、カールか、移住してきた男の子たちの誰かから、マーティンが――自分のことをそう呼ぶのが好きな男だったね――マダム・バタフライにあげたのと同じプレゼントを、あんたももらうことになるだろうよ。明日の午前中に、あのお偉い校長先生のとこへ、あんたが慕ってるスケフィング先生のとこへ出かけて、学校をつづけるのはもう無理だって話してくるからね。あんたもそろそろ自分の食い扶持ぐらい稼いでくれなきゃ。

わたしは唇から血を流しながら、ロンドンの街をやみくもに走って、友達が――マックスや、カールや、そのほかの子たちが――暮らしてるユース・ホステルへ飛んでいった。みんな、前の年に十六歳になってて、里親のとこを出なきゃいけなかったの。ひと晩だけベッドを貸してくれるよう、わたしはみんなに頼みこんだ。朝になって、ミナが熱愛する相手のところへ、つまり手袋工場へ行ってるってわかってる時間に、本と服をとりにこっそり家にひきかえした。服といっても、下着が二組と、着替えのワンピースが一枚だけ。ヴィクトルは居間でうたた寝してたけど、ねぼけてて、わたしをひきとめようとはしなかったわ。

スケフィング先生が、食事の支度とひきかえに部屋を提供してもいいという家族を、ロンドンの北のほうに見つけてくれた。わたしは母の命が自分の努力でとりもどせると思ってるみたいに、必死に勉強しはじめた。夕食の皿洗いをすませると、すぐに化学や数学の問題にとりかかり、ときには、一家の朝の紅茶をいれる時刻がくるまでの睡眠時間がたったの四時間ってこともあったほどだった。そして、それ以後、一度も仕事をやめずに今日まできたの。

どんより曇った十月のある日、眼下に陰鬱な景色が広がる丘の斜面に腰をおろして、ロティがもう何も話せなくなるまでその話に耳を傾けたのが、この物語の終幕だった。物語の幕があいたのはどこだったのか、そのほうがむずかしくて思いだせない。

ふりかえってみても、冷静になり、思考力がもどってきたいまになっても、ああ、原因はこれね、原因はあれね、と断定するのはむずかしい。気にかかることがほかにたくさんあった時期だった。モレルがアフガニスタンへ発つ支度をしている最中だった。いちばん気にかかっていたのはそれだが、もちろん、事務所を運営し、儲かりもしない仕事をこなして、請求書の支払いをしようという努力もしていた。わたし自身が関わりを持つようになったのは、イザイア・サマーズの件か、あるいは、バーンバウム財団の会議がきっかけだったように思う——どちらも同じ日におきたことだった。

1　ベビーシッター・クラブ

「葬儀屋ときたら、葬式を始めようともしなかった。教会は満員で、ご婦人がたは泣いていた。うちの伯父は教会の執事をつとめてた真っ正直な男で、死ぬまで四十七年ものあいだ、あの教会に通ってた。伯母は、おたくだって想像がつくと思うが、心労でいまにも倒れそうだった。なのに、葬儀屋め、保険はとっくに現金化されてるなんて無神経なことをいいだした。いつだって？　こっちがききたいぐらいだよ、ミズ・ワラシュキー、いつ現金化されたのか。伯父は十五年ものあいだ、週に五ドルずつ保険料の払込をつづけてた。伯母のほうじゃ、保険契約を担保にした借金だとか、換金だなんて話は一言もきいてなかった」

イザイア・サマーズは背の低いがっしりした男で、ゆっくりした抑揚を持つしゃべり方からすると、まるで彼自身も教会の執事であるかのようだった。彼の話の合間に眠りこんでしまわないよう努力するのがひと苦労だった。わたしたちがいるのは、サウス・サイドにある彼の平屋住宅の居間で、あまりにも長かった一日の午後六時半を何分かまわったところだった。

わたしがけさ八時半に事務所に出て、うちの業務の大半を占めているお定まりの調査仕事にとりかかったとき、ロティからSOSの電話が入った。「マックスの息子がカリアとアグネスを連れてロンドンからきてることは知ってるでしょ。アグネスのとこに突然、ヒューロン通りの画廊で彼女のスライドを展示するチャンスが舞いこんできたんだけど、カリアの世話をする人が必要なの」

「わたし、ベビーシッターじゃないわ、ロティ」わたしはむっとして答えた。カリアというのはマックス・ラーヴェンタールの五歳になる孫娘。

ロティはその抗議を横柄に払いのけた。「誰も見つからないんで、マックスが電話してきたの。家政婦の休みの日なのよ。マックスは〈ホテル・プレアデス〉のあの会議に出る気だし。自分の過去をさらけだすことになるだけだって、わたしが何度もいってるのに——いえ、それはこのさい関係ないわね。とにかく、十時にはパネル・ディスカッションに出なきゃいけないんですって。それさえなきゃ、マックスが家に残るんでしょうけど。わたしも診療所のミセス・コルトレーンに頼んでみたけど、みんな予定が入ってて無理なのよ。マイクルは午後からずっと交響楽団のリハーサルだし、アグネスにとっては貴重なチャンスだし。ヴィク、あつかましい頼みだってことはわかってるけど、ほんの二、三時間だけ、ねっ」

「カール・ティーソフに頼んでみたら？　彼もマックスの家に泊まってるんじゃなかった？」

「カールにベビーシッターを？　クラリネットを手にしたが最後、家の屋根が吹き飛ばされても気がつかない人よ。現にわたしもそれを目撃してるもの。ドイツ軍の空襲のときに。イエスかノーで答えてくれない？　わたし、外科病棟の回診の最中だし、診療所のほうもスケジュールがぎっしりなの」ロティはベス・イスラエル病院で周産期医の医長をやっている。

わたしも自分のコネをいくつかあたってみた。そのなかには、里子を三人育てているパートタイムのわがアシスタントも含まれていたが、依頼に応じてくれた者は一人もいなかった。とうとう、礼儀に欠ける無愛想な態度で承知した。「サウス・サイドのはずれのほうで六時に依頼人と会う約束になってるから、五時前に誰かに交替してもらえると助かるんだけど」

エヴァンストンにあるマックスの家まで車を走らせて、カリアを迎えにいくと、アグネス・ラーヴェンタールが息も止まりそうなほど感謝してくれた。「スライドが見つからないの。カリアがおもちゃにして、マイクルのチェロに押しこんでしまったものだから、マイクルがかんかんに怒って、で、そのあと、彼ったらスライドをどこへ投げ捨てたか思いだせないっていうのよ」

マイクルが片手にチェロの弓を持って、Tシャツ姿であらわれた。「ダーリン、ごめん。

でも、客間にあることはまちがいない。あそこで練習してたんだから。ヴィク、きみにはいくら感謝してもしきれないよ。日曜の午後のコンサートがすんだら、きみとモレルを食事に誘ってもいいかな」

「それは無理よ、マイクル！」アグネスがぴしっといった。「マックスがあなたとカールのためにディナー・パーティをひらいてくれるのよ」

マイクルはチェリーニ室内楽団という、マックスとロティの友人であるカール・ティーソフが四十年前に設立したロンドンの楽団でチェロを弾いている。チェリーニは目下、半年ごとの世界ツアーの皮切りとしてシカゴにきているところだ。マイクルはまた、シカゴ交響楽団と何回か共演する予定になっている。

アグネスがカリアをさっと抱きしめた。「ヴィクトリア、心の底から感謝してるわ。ただし、テレビはだめよ。この子に許可してるのは週に一時間だけだし、アメリカの番組が子供にふさわしいとは思えないから」彼女は客間に飛んでもどった。すさまじい勢いでカウチのクッションを放り投げる音がきこえてきた。カリアがしかめっ面になり、わたしの手を握りしめた。

カリアにジャケットを着せて、犬と、人形と、〝いっちばんお気に入りの本〟がデイパックに入っているかどうかたしかめてくれたのは、マックスだった。「いやはや、大騒動だ」とぼやいた。「スペースシャトルの打ち上げかと思われそうだな。ロティがいっていたが、きみ、サウス・サイドで夕方約束が入ってるんだって？　わしはプレアデスにいるから、四時半にきてくれないか。わしの用もそれまでには終わるだろうから、この〝踊る托鉢僧〟をひきとることにしよう。困ったことが持ちあがったときは、うちの秘書に頼めばわしに連絡がつくからね。ヴィクトリア、感謝してるよ」マックスは外まで送ってくれて、カリアの頭に軽く唇をつけ、わたしの手にくちづけをしてくれた。

「パネル・ディスカッションがつらすぎる体験にならなきゃいいけど」

マックスは微笑した。「ロティの恐怖が伝染したのかね？　ロティは過去アレルギーなんだ。過去にどっぷりつかるのはわしも好きではないが、過去を理解するのは人にとって健康なことだと思うよ」

わたしはカリアをマスタングのうしろのシートにくくりつけた。コミュニケーション問題の支援をおこなうことの多いバーンバウム財団が〈キリスト教徒とユダヤ教徒／新たなるミレニアム、新たなる対話〉と題した会議をひらくことに決めたのだった。財団がこの企画を思いついたのは、南部バプテスト教会連盟から、今年の夏はユダヤ教徒を改宗させるため十万人の伝道師をシカゴに送りこむ、との発表があったのがきっかけだった。ただ、バプテストの熱意は尻すぼみになった。じっさいにあらわれたのは、わずか千人ほどのしょぼくれた伝道師だった。バプテスト教会連盟がホテルに払ったキャンセル料はかなりの額にのぼったが、バーンバウム財団の会議の企画はこのときすでに、かなり進んでいた。

マックスは銀行預金のパネルに参加することになっていて、これがロティを激怒させていた。彼は終戦後に自分の親戚とその資産の行方をつきとめようとしたさいの、みずからの体験談を話す予定でいる。ロティは彼が自分の不幸を全世界の目にさらそうとしていると非難している。犠牲者としてのユダヤ人という固定観念を強化するだけだという。それに、失われた資産のことを長々と話せば、もうひとつの大衆的固定観念を、すなわち、ユダヤ人の頭にあるのは金銭のことだけだという観念をあおりたてる結果になるだけだと、ロティはつけくわえる。それに対して、マックスはつねにこう答える。金銭に本当に執着しているのは誰だね。ユダヤ人？　それとも、金を稼いで預金した人々に返還するのを拒んでいるスイスの連中？　そして、そこから口論がエスカレートする。この夏は、二人と一緒にいると疲れるばかりだった。

わたしのうしろのシートで、カリアが楽しそうにさえずっていた。ベビーシッターをやる私立探偵。それはパルプ・フィクションから真っ先に浮かんでくるイメージではない。レイス・ウィリアムズやフィリップ・マーロウにベビーシッターの経験があるとは思えないが、午前中が終わるころには、それは彼らが五歳の子供に立ち向かうには軟弱すぎるせいだという結論に達していた。

わたしはまず、動物園からスタートした。一時間も歩きまわればカリアがくたびれて休みたがるだろうから、そのあいだに事務所ですこし仕事ができると思ったのだが、それは無知から生まれた甘い考えだったとわかった。事務所につくと、カリアは十分ほどぬり絵をしてから、トイレへ行きたいといいだし、おじいちゃまに電話すると騒ぎたて、わたしが事務所用に借りている倉庫の端から端まで延びた廊下で鬼ごっこをすることを思いつき、動物園でサンドイッチを食べたばかりなのに〝すっごく〟おなかがすいたとわめき、挙句のはてに、わたしの万能鍵のひとつをコピー機の裏に押しこんでしまった。

そこでついにわたしも降参し、カリアを連れてアパートメントにもどると、二匹の犬と階下の隣人がわたしに至福の休息時間を与えてくれた。引退した機械工のミスタ・コントレーラスは庭でいそいそとカリアを背中に乗せ、お馬ごっこをやってくれた。犬たちが仲間に入った。わたしは遊んでいる彼らを置いて、電話をいくつかかけるために三階にあがった。台所のテーブルにすわって、裏のドアをあけはなしておき、ミスタ・コントレーラスの忍耐心が薄れたときにそなえて耳をそばだてていたが、どうにか一時間だけ仕事をすることができた。そのあと、カリアはわが家の居間で、ペピー、ミッチとともに腰をおろし、彼女の〝いっちばん好きな〟『忠犬と王女さま』をわたしが朗読することを承知した。

「あたしもワンちゃん持ってるよ、ヴィコリーおばちゃん」カリアはそういって、デイパックから青いぬいぐるみをとりだした。「ニンシュブルって名前なの。この本とおんなじ。ほら、ここに書いてある。『ニンシュブルというのは王女さまの国のことばで〝忠実なともだち〟といういみです』って」

〝ヴィコリー〟というのは、わたしたちが三年近く前に会ったとき、カリアの口から出た〝ヴィクトリア〟にいちばん近い発音だった。それ以来、二人のあいだではこれが定着している。

カリアはまだ字が読めないが、物語をすべてそらで覚えていて、王女さまが悪い魔女から逃げるために滝に飛びこむところでは、「自由をうしなうぐらいなら、わたしは死をえらびます」と暗誦してみせた。「すると、忠犬ニンシュブルは危険なんか気にせずに、岩から岩へとんでいきました。滝にとびこんで、王女さまを安全なばしょにはこびました」

カリアは青いビロードの犬を本のなかにぎゅっと押しこんでから、滝に飛びこむ様子を実演してみせようと、床に放り投げた。ペピーは育ちのいいゴールデン・レトリヴァーなので、すわったまま警戒態勢をとり、「とってこい」の命令を待ち受けたが、息子のミッチのほうはたちまちおもちゃを追って駆けだした。カリアが悲鳴をあげてミッチを追った。犬が二匹で吠えはじめた。わたしがニンシュブルを救いだすころには、全員が涙にむせぶ寸前までいっていた。「ミッチなんか大嫌い。悪い犬。この子のお行儀にはがっかり」カリアはそう宣言した。

時計を見ると三時半になっていたのでほっとした。アグネスの禁止令を無視して、カリアをテレビの前に置き、シャワーと着替えのために廊下の先まで行った。カジュアルな服装の時代ではあるが、新しい依頼人と会うときはプロらしい装いのほうが好感を持ってもらえる。セージ色のレーヨンのスーツにローズピンクの絹のセーターを合わせた。

居間にもどると、カリアはミッチの背中に頭をのせて寝ころがり、青いニンシュブルはミッチの前脚のあいだにあった。ミッチとペピーをミスタ・コントレーラスに返すことに、カリアは猛烈に反対した。

「ミッチが寂しがるもん。ミッチが泣くもん」と泣きわめいた。くたびれはてて、当人もわけがわからなくなっている。

「じゃ、こうしましょ。ワンちゃん用の鑑札をミッチからニンシュブルにプレゼントしてもらうの。そうすれば、ニンシュブルがミッチに会えないときも、ミッチのこと思いだせるでしょ」物置にしているクロゼットへ行き、そこで、ミッチが仔犬だったころに使っていた小さな首輪をひとつ見つけだした。カリアはしばらくのあいだ泣きやんで、ニンシュブルの首にそれをはめるのを手伝ってくれた。わたしがそこにペピーの昔の鑑札をつけた。小さな青い首には滑稽なほど大きかったが、カリアは大満足だった。

カリアのデイパックとニンシュブルをわたしのブリーフケースに押しこんで、カリアを車まで運ぶために抱きあげた。「あたし、赤ちゃんじゃない。抱っこなんかいや」カリアはわたしにしがみついてぐずった。車に乗せると、すぐさま寝入ってしまった。

わたしの予定では、〈ホテル・プレアデス〉の駐車場係に十五分だけ車をあずけておいて、カリアを連れてホテルに入り、マックスを見つけるつもりだったが、レイク・ショア・ドライヴを離れてワッカー・ドライヴに入ったとたん、それは無理だとわかった。〈プレアデス〉の車寄せの入口が群衆にブロックされていた。様子を見ようと首を伸ばした。プラカードと拡声器があるところを見ると、デモのようだ。テレビの取材班が混乱を助長している。警官がすさまじい勢いで警笛を吹いて車を追い払っていたが、交通渋滞がひどいため、わたしは高まるいらだちのなかで何分間かすわっているしかなくて、どこへ行けばマックスが見つかるだろう、うしろで熟睡しているカリアをどうすればいいだろうと思い悩んだ。

ブリーフケースから携帯電話をとりだしたが、電池が切れていた。車内用の充電器も見つからなかった。あるわけがない。先週、モレルと一緒に日帰りで田舎へ出かけたとき、彼の車に置いてきてしまったのだ。無益ないらだちに包まれて、ハンドルを指で叩いた。

車のなかでじりじりしながら、デモ隊を観察した。二つに分かれて相反する主張をしているようだ。片方のグループは全員白人で、イリノイ州ホロコースト資産返還法案の可決を要求するプラカードを掲げていた。「泥棒との取引はごめんだ」「銀行よ、保険会社よ、われわれの金はどこにある」と叫んでいた。

拡声器を持った男はジョゼフ・ポスナーだった。このところ、ニュースにちょくちょく登場する男なので、これよりもっと大きな集まりのなかでも、彼の顔を見分けることができただろう。ユダヤ教の超正統派のしるしである長いコートに山高帽という装いだった。ホロコーストの生き残りを親に持つ彼は、信仰心の篤さをやたらとひけらかして、ロティを歯ぎしりさせている。キリスト教原理主義者の支援を得て、X指定のポルノ映画から、安息日の土曜日も営業している〈ニーマン・マーカス〉のようなユダヤ資本のデパートにいたるまで、ありとあらゆることにデモをする姿が見られている。どこへ行くにも、ユダヤ教の大学とユダヤ人防衛同盟の中間に位置するような感じの信奉者たちがくっついている。彼らはマカベア会と名乗り、自分たちの抗議行動は古代のマカベア家の武勇を手本にすべきだと思っているらしい。アメリカでふえるいっぽうの狂信者の例に洩れず、自分たちの逮捕歴を自慢にしている。

最近のポスナーが打ちこんでいるのは、イリノイ州ホロコースト資産返還法案、略してＩＨＡＲＡを州議会で可決させるための努力である。ＩＨＡＲＡはフロリダ州とカリフォルニア州で制定された法律に触発されて生まれたもので、保険会社がホロコーストの犠牲者の生命保険金や財産保険金の支払いをうやむやにしてはいないことが証明できないかぎり、州内での営業活動は許可しないという趣旨のものである。また、第二次大戦中の強制労働によって利益をあげた銀行および企業に関する条項も含まれている。ポスナーが宣伝にこれ努めたおかげで、法案は目下、委員会において審議中である。

〈プレアデス〉の外に集まったもういっぽうのグループはほとんどが黒人で、〝ＩＨＡＲＡを可決せよ〟を太い赤線で消したプラカードを掲げていた。〝奴隷所有者との取引はおことわり〟〝すべての者に経済的平等を〟――彼らのプラカードはそう叫んでいた。このグループを率いている男を見分けるのも簡単だった。〝雄牛〟とあだ名されるルイス・ダラム市会議員。ダラムは長年にわたって、市長の強力な敵対者になるための主張を探し求めてきたのだが、わたしにいわせれば、ＩＨＡＲＡに反対することが市全体の問題だとは思えない。

ポスナーにマカベア会がついているなら、ダラムにも好戦的信奉者がついていた。〈若者の力を活かそう《エンパワー・ユース・エナジー》〉というグループ（通称ＥＹＥチーム）を、最初は彼の選挙区で、つぎは市内各地でいくつもこしらえた。街でふらふらしている若者を集めて職業訓練を受けさせることが目的だった。しかし、EYEチームの一部には闇の部分もあった。ダラム議員の選挙運動に協力しない商店主は金を脅しとられ、殴られるという噂が街に流れている。そして、ダラム自身はつねに彼専用のEYEチームからなるボディガードを連れていて、公の場に姿を見せるときは、トレードマークの濃紺のブレザーに身を包んだ彼らがまわりを固めている。マカベア会とEYEチームが激突する気でいるのなら、わたしとしては、自分が彼らを近づけまいと苦労している警官の一人ではなく、交通渋滞を抜けようとしている私立探偵であることに感謝するのみだ。

車の列がじりじり進んで、ようやくホテルの入口を通りすぎた。わたしは東に曲がってランドルフ通りに入った。グラント公園の北側を走る通りである。パーキング・メーターはすべてふさがっていたが、警官は〈プレアデス〉の騒ぎで忙しくて駐車違反のチケットを切っている暇などないだろうと、わたしは思った。

ブリーフケースを車のトランクに入れてロックし、うしろのシートからカリアをひっぱりだした。カリアはほんのいっとき目をさましたが、やがて、わたしの肩にもたれかかった。ホテルまで歩かせるのは無理なようだ。わたしは歯ぎしりした。四十ポンドというカリアの体重をできるだけ楽な姿勢で支えて、ホテルの通用口があるコロンバス・ドライヴの下層階に通じる階段をよろよろおりていった。すでに五時近くになっていた。マックスを見つけるのに手間どらなければいいけれど。

期待したとおり、下の入口をブロックしている者はいなかった。カリアを抱いたまま、ホテルの案内係の横を通りすぎ、エレベーターに乗ってロビー階まであがった。ロビーを埋めた人々は外のデモ隊よりおとなしいにしても、数の点では同じぐらいすごかった。宿泊客やバーンバウムの会議参加者がドアのところに群がって、何がおきているのか、どうすればいいのかと、心配そうな顔をしている。

この混雑のなかでマックスを見つけるのは無理だとあきらめかけたそのとき、見覚えのある顔を見つけた。〈プレアデス〉の警備主任、アル・ジャドスンが回転ドアの近くにいて、トランシーバーで話をしていた。

わたしは肘で人々をかき分けて彼のところへ行った。「なんの騒ぎなの、アル」

ジャドスンは小柄な黒人で、人込みのなかでは目立たないが、四十年前にうちの父と一緒にグラント公園をパトロールした経験があるので、爆発しやすい集団に監視の目を光らせるのはお手のものだ。わたしに気づくと、心底うれしそうな笑顔になった。「ヴィク！ドアのどっち側に立つためにきたんだい」

わたしは笑ったが、いささか困惑した。父とわたしはかつて、わたしがグラント公園の反戦デモに参加することについて口論したものだった。そのとき、父はデモ隊の取締りにあたっていた。わたしは十代で、母が病気で死にかけていたため、自分が何を望んでいるかもわからないぐらい気持ちがすさんでいた。だから、ベトナム戦争反対を叫ぶイッピーの仲間入りをして、狂乱の一夜をすごしたのだった。

「このチビちゃんのおじいさんを見つけなきゃならないの。かわりに、通りでデモをしたほうがいい？」

「そのときは、ダラムかポスナーのどっちかを選ばなきゃならないよ」

「ポスナーが生命保険の支払いに聖戦を挑んでることは知ってるけど、ダラムの聖戦はなんなの？」

ジャドスンは肩をすくめた。「合衆国の奴隷制度によって利益を得た企業があれば、その企業がこの州で営業活動をおこなうのを違法にしてほしいと、州に求めてるんだ。奴隷の子孫に損害賠償をすればそのかぎりにあらずって条件つきで。そして、こう主張している──その条項を加えないかぎり、ＩＨＡＲＡは可決するな」

わたしは小さく尊敬の口笛を吹いた。シカゴ市議会ではすでに、奴隷の子孫への損害賠償を求める決議をおこなっている。決議というのは便利な外交辞令だ。企業に犠牲を強いることなく、有権者を満足させておける。決議を破壊力のある法律に変えることをめぐって、ダラムと公然たる対決をしようものなら、市長は窮地に立たされることになるだろう。

興味深い政治問題ではあるが、わたしにとっては、カリアほど差し迫ったものではなかった。カリアのおかげで、こっちは腕を火に焼かれているも同然なのだから。ジャドスンの部下の一人がそばをうろつき、彼の注意を惹こうとしていた。わたしはあわてて、マックスを見つける必要のあることを説明した。ジャドスンが襟の無線機に向かって話しかけた。数分もしないうちに、ホテルの警備部の若い女性がマックスを連れてあらわれ、マックスがカリアを受けとってくれた。カリアがもぞもぞ動いて泣きだした。わたしはマックスのパネル、外の騒ぎ、カリアの一日について、大急ぎで彼と言葉をかわしたあと、カリアをなだめて車まで連れていくという、誰も羨みそうにない仕事を彼にバトンタッチした。

交通渋滞のなかで運転席にすわり、デモの現場を抜けてレイク・ショア・ドライヴにもどろうと待っているあいだに、何度か居眠りしそうになった。アヴァロン・パークにあるイザイア・サマーズの家につくころには、眠くてたまらなかった。だが、すでに二十分近く遅刻していた。サマーズは内心の不快感をできるだけ押し殺してくれたが、彼の前で寝てしまったら、わたしの面目はまるつぶれだ。

2 棺の上の現金

「伯母さんが保険証券を葬儀社に渡したのはいつですか」わたしはカウチにすわりなおした。その動きで、カウチの布地をおおった分厚いビニールにしわが寄った。

「水曜日だった。伯父が死んだのが火曜日だから。つぎの朝、葬儀社が遺体をあずかりにきたんだが、運びだす前に、伯母に葬儀費用の支払い能力があることを証明するものがほしいといいだした。葬式は土曜日の予定だった。うちのおふくろが伯母に付き添ってて、それで、伯母がアーロン伯父の書類のなかから保険証券を見つけだした。みんなが予想してたとおりにね。伯父は大小いかなることであれ、几帳面な人で、書類の保管に関しても几帳面だった」

サマーズは角張った手で首をさすった。彼はドカティ・エンジニアリング・ワークスで旋盤工をやっている。日々機械の上にかがみこんでいるため、首と肩の筋肉がたくましく盛りあがっている。「で、さっきもいったように、土曜日に伯母が教会に到着すると、金の用意ができるまで葬式はできんと、葬儀社が伯母に宣言したんだ」

「すると、葬儀社が水曜日に伯父さんの遺体をあずかったあとで、保険会社に電話を入れて保険証券の番号を連絡したところ、すでに現金化されているといわれたにちがいありませんね。ご遺族のみなさんにとってなんと恐ろしい体験でしょう。保険金の支払いが誰宛てになされたか、葬儀社の人は知ってました？」

「そこなんだよ、おれがいいたいのは」サマーズは膝にこぶしを叩きつけた。「葬儀社のほうでは、うちの伯母が受けとったはずだというんだ。で、葬式はできんといいだして――いや、そのことはもう話したな」

「じゃ、伯父さんの埋葬はどうやってすませたんです。まさか、まだ……？」遺族が三千ドルを工面するまでアーロン・サマーズは冷たい保管室に横たわったままという、不気味な情景が浮かんできた。

「おれが金を出した」イザイア・サマーズは反射的に廊下のほうへ目をやった。わたしを部屋に通してくれた彼の妻が、未亡人となった伯母のために尽力する夫への非難を、さきほど露骨に顔に出していた。「はっきりいって、容易なことじゃなかったけどね。あ、あんたが探偵料のことを心配してるのなら、その点は大丈夫だ。おれが責任持って払う。それに、誰が金を盗んだかをあんたのほうでつきとめてくれれば、金がとりもどせるわけだしな。あんたにその分の手数料を上乗せしてもいいぐらいだ。保険金は一万ドルなんだから」

「手数料はけっこうですけど、保険証券を見せてもらう必要があります」

彼はコーヒーテーブルから『ルーツ』の贈呈本を持ちあげた。保険証券はその下に大切にしまわれていた。

「これのコピーはありますか」わたしはきいた。「ない？　では、こちらでコピーをとって、明日おたくに郵送します。わたしの料金は一時間百ドル、一週間につき最低五時間分いただきます。よろしいでしょうか。必要経費もすべて請求させていただきます」

彼が了解のしるしにうなずいたので、わたしはブリーフケースから標準的な契約書を二通とりだした。ドアの外で聞き耳を立てていたにちがいない妻が入ってきて、彼と一緒に契約書を読みはじめた。二人がひとつひとつの条項にゆっくり目を通すあいだに、わたしは保険証券を調べてみた。その生命保険契約はミッドウェイ代理店によってアーロン・サマーズと締結されていて、契約の日付は、イザイアがいったとおり、三十年ほど前のものだった。エイジャックス生命保険会社に付保されている。これは運がいい。エイジャックスの保険金支払業務部門のトップにいる男と、わたしは昔デートしたことがある。もう何年も会っていないが、たぶん、相談に乗ってくれるだろう。

「ここにあるこの条項だけど」マーガレット・サマーズがいった。「こっちの求める結果が得られなくても、返金はしないって書いてあるわね。ほんとに？」

「はい。ただし、そちらからいつでも調査の中止を求めることができます。また、初期調査を終えた時点でわたしから報告をおこない、成果があがりそうになければ、率直にそう申しあげます。でも、だからこそ、五百ドルの前金をいただくことにしているのです。調査にとりかかって、何も成果がなければ、依頼人は料金を払うのを渋りますから」

「おやまあ」マーガレットはいった。「あこぎだこと。金だけふんだくって、何も調べてくれないなんて」

「たいていは、ご満足いただける結果を出しています」わたしは疲労に負けてとげとげしい声になることのないよう気をつけた。この点をついてきたのは彼女が初めてではない。「でも、依頼人が知りたいと望むことを、わたしはつねに探りだすことができると申しあげたら、それはフェアじゃないでしょうね。最初にざっと調査した時点で、調査を完了させるのに要する時間を割りだすことができます。ときには、その時間が膨大すぎて依頼人がお金をつぎこむ気になれない場合もあります。それについても、判断はそちらにおまかせします」

「だけど、イザイアの五百ドルはあんたのふところに入って、それきりなんだね」

「はい。ご主人はわたしの専門技術を利用なさるわけですから。それを提供することで、わたしはお金をいただいています。医者と同じことです。治療がうまくいかなかったとしても」心を——いや、頭かもしれない——冷酷にして、うしろめたい思いをせずに料金を請求できるようになるまでに、探偵業を始めてから何年もの歳月が必要だった。

わたしは二人に、夫婦間でもっと相談が必要なら、結論が出た時点でこちらに電話をくれればいい、契約書のサインがすむまでは、伯父さんの保険証券をあずかることも、問い合わせの電話をかけることもいっさいしないと告げた。イザイア・サマーズは、これ以上時間をかける必要はない、いとこの近所に住んでるカミーラ・ローリングズがあんたの腕を保証している、おれにはそれだけで充分だ、といった。

マーガレット・サマーズは腕組みをして、イザイアが自分で承知して金を払っているのなら好きなようにすればいい、自分がユダヤのけちんぼジジイ、ルブロフのところで簿記の仕事をやっているのは、イザイアの役立たずの親戚に金を投げてやるためではない、といいはなった。

イザイアはけわしい目で妻を見たが、二通の契約書にサインして、丸めた紙幣をズボンからとりだした。二十ドル札で五百ドル分を数えて抜きだし、領収証を書くわたしをそばで監視していた。わたしはつぎに契約書にサインを入れて、一通をイザイアに返し、もう一通を保険証券とともにブリーフケースに入れた。彼の伯母の住所と電話番号をメモして、葬儀社の連絡先などもきいてから、帰るために腰をあげた。

イザイア・サマーズが玄関まで送ってくれたが、彼が玄関ドアをしめる間もないうちに、マーガレット・サマーズの声がきこえてきた。「盗人に追い銭だったとわかっても、わたしに泣きついたりしないでよ」

わたしはイザイアの怒りの反論を耳にしながら、門までの小道をひきかえした。ロティはマックスと口論ばかりしているし、今度はサマーズ夫婦が角つきあわせるしで、このところ、いやな思いばかりさせられている。二人のいがみあいは夫婦仲の悪さを象徴しているように見える。この夫婦とちょくちょく顔を合わせるのは苦痛だろう。二人に友達はいるのだろうか。こういういがみあいを目にしたとき、友達はどうするのだろう。マックスとロティの口論が高じてこれと同じ悲惨な様相を呈するようになったら、わたしは耐えられない。

ミズ・サマーズが雇い主を評して〝ユダヤのけちんぼジジイ〟といういわれなき発言をしたことも、わたしを打ちのめしていた。わたしは卑劣な発言はことごとく嫌いだが、これはとくに神経にさわった。今日の会議で発言すべきかどうかをめぐって、マックスとロティが十ラウンド闘うのを耳にしたあとだけに、なおさらいやだった。ナチが権力を握った当時の暮らしを――学校をやめさせられたとか、父親が通りで裸になってひざまずくよう強要されたといったことを――マックスがくわしく語るのをきいたら、マーガレット・サマーズはなんというだろう。ロティが正しいのだろうか。マックスが会議で発言することは自分を貶《おとし》める無益な暴露にすぎないのだろうか。この世のマーガレット・サマーズたちに、無神経な偏見をあらためるよう諭す役には立たないのだろうか。

わたしはここから数ブロック南で大きくなった。まわりに住んでいたのは、マーガレット・サマーズのような黒人がとなりに越してきたら、さっきの彼女よりもひどい侮蔑の言葉を投げつけるにちがいない人々ばかりだった。たとえ彼女が壇上にすわり、子供のころから耳にしてきただろう人種差別的な侮辱の言葉について語ったとしても、わたしの昔の隣人たちが考えをあらためるとは思えない。

歩道の縁に立ったわたしは、北に向かって延々と走りはじめる前に、こわばった僧帽筋をほぐそうとした。サマーズ家の正面の窓にかかったカーテンがちらっと揺れた。車に乗りこんだ。九月に入って日が短くなっている。ルート41で北に向かうころには、ほんのわずかな光が地平線を染めるだけになっていた。

人はなぜ、別れもせずに不幸な暮らしをつづけていくのだろう。わたし自身の両親はハーレクイン・ロマンスに出てくるような熱愛カップルの見本ではなかったが、家庭的な安らぎを生みだすために母が努力していたことはまちがいない。街角に独りぼっちで放りだされた英語もできない移民であった母は、感謝の念ゆえに、そして、恐怖から逃れるために、父と結婚した。父はパトロール巡査をやっていて、グランド・オペラで鍛えた声を活かして歌手の仕事をもらおうとミルウォーキー・アヴェニューのバーにやってきた母を救ったのだった。母にひとめ惚れして、わたしの知るかぎり、死ぬまで惚れつづけていた。母も父にやさしい愛情を寄せてはいたが、燃えるような情熱はわたしだけに向いていたような気がする。もちろん、母が亡くなったとき、わたしは十六にもなっていなかった。その年で両親のことがどこまで理解できるだろう。

また、依頼人の伯父さんに関してはどうだろう。伯父が生命保険を現金化したなら伯母に話しているにちがいないと、イザイア・サマーズは確信している。だが、人間はさまざまな理由で金を必要としていて、なかには、バツが悪すぎて家族に打ち明けられない理由だってあるものだ。

憂鬱な思いで考えこんでいたため、生まれ育った界隈の目印に気づかず通りすぎてしまい、ルート41が八車線のきらめく車道となって湖をふちどっているあたりにさしかかった。

空から最後の色が消え、湖を黒いインクの滴りに変えていた。

すくなくとも、わたしには頼れる恋人がいる。あと数日のことではあるけれど……。一年前からつきあっているモレルが火曜日にアフガニスタンへ発つ予定なのだ。人権問題を何度も取材しているジャーナリストである彼は、タリバンが数年前に権力を強めて以来、タリバンと個人的に直接会見したいとずっと望んできた。

心地よい彼の腕のなかでくつろぐひとときを思って、わたしは延々とつづく暗いサウス・レイク・ショア・ドライヴを猛スピードで走りつづけ、ループのまばゆい光のなかを通り抜けて、エヴァンストンに向かった。

3　名前って何？

玄関に出てきたモレルがキスとグラスのワインでわたしを歓迎してくれた。「どうだった、メリー・ポピンズくん」

「メリー・ポピンズ？」わたしはぼんやりくりかえし、そこでカリアのことを思いだした。「ああ、あれね。すばらしかったわ。世間の人は託児所のスタッフの給料が安すぎると思ってるけど、それはね、あの仕事がどんなに楽しいかを知らないからなのよ」

わたしは彼のあとからアパートメントに入り、彼の編集者がカウチにすわっているのを見て、うめき声をあげないよう我慢した。ドン・ストレイペックのことが嫌いなわけではないが、わたしがほしくてたまらないのは、ときたまきこえるいびきだけが二人の会話となる一夜だった。

「ドン！」握手をしようと立ちあがった彼に挨拶した。「この喜びに出会えることを、モレルは教えてくれなかったのよ。スペインへお出かけだとばかり思ってた」

「行ってたんだ」ドンはシャツを叩いて煙草を探し、ここが禁煙区であることを思いだして、かわりに指を髪にくぐらせた。「二日前にニューヨークにもどったら、この記者くんが前線へ出かけることを知らされてね。そこで、《マーヴェリック》誌を丸めこんで、今回のバーンバウム財団の会議を取材する契約を結び、出かけてきたってわけだ。いまのおれはもちろん、モレルにアデューを告げる喜びとひきかえに、せっせと働かなきゃいけない。そいつを忘れてもらっちゃ困るぜ、アミーゴ」

モレルとドンが出会ったのは何年か前のグアテマラで、二人とも、悲惨な武力衝突を取材に出かけていた。ドンはその後、ニューヨークのエンヴィジョン出版で編集にたずさわるようになったが、たまに取材の仕事もひきうけている。彼の取材の大半は《マーヴェリック》という、《ハーパーズ・マガジン》を痛烈にした感じの雑誌に掲載されている。

「マカベア会とEYEチームのにらみあいに間にあう時間に、ここに到着したの？」わたしはきいた。

「それをいまモレルに話してたとこなんだ。ポスナーとダラムの両方の陣営から資料をとってきた」彼はコーヒーテーブルにのったパンフレットの束のほうへ手をふってみせた。「二人をインタビューするつもりだが、もちろん、二人のことはすでにテレビで流れている。おれに必要なのは背景なんだ。きみがその背景を多少提供してくれるんじゃないかと、モレルがいっている」

怪訝《けげん》な顔になったわたしを見て、ドンはつけくわえた。「マックス・ラーヴェンタールに会うチャンスがほしいんだ。マックスはホロコーストの遺族の失われた資産について討議するパネルに出席していた。彼から〈キンダートランスポート〉の話をきくだけでも、すばらしいサイドストーリーになるだろうし、モレルの話だと、きみはマックスの友達で三〇年代にやはり子供としてイギリスに渡った二人を、知ってるっていうじゃないか」

わたしは過去を暴露するマックスにロティが激怒していることを考え、渋い顔になった。

「まあね。マックスには紹介してあげられるけど、ドクター・ハーシェルがあなたと話す気になるかどうかはわからない。それから、もう一人の友達はカール・ティーソフといって、コンサート・ツアーでロンドンからこっちにきてる人だから、時間があるかどうかわからないわ。ましてや、興味があるかどうかも……」

わたしは肩をすくめ、ドンがデモの現場から持ち帰ったパンフレット類を手にとった。そのなかに、ルイス・ダラムのチラシがあった。光沢紙を使った三色刷りという贅沢な印刷物だ。そこには、アメリカに連れてこられたアフリカ人奴隷の子孫も含めてくれないかぎり、現在提出されているイリノイ州ホロコースト資産返還法案には賛成できないとの宣言がなされていた。イリノイ州はなぜ、ユダヤ人とジプシーの労働者を酷使して利益を得たドイツ企業の営業活動の禁止を求めながら、アフリカ人奴隷を酷使して豊かになったアメリカ企業はそのまま認めようとしているのか。

鋭い点をついていると思ったが、一部の修辞的文章には眉をひそめたくなった。〝イリノイ州がIHARAを検討していることも驚くにはあたらない。ユダヤ人は昔から、金銭問題を中心にして結束する方法を心得ていたのであり、これも例外ではない〟。マーガレット・サマーズがなにげなく口にした〝ユダヤのけちんぼジジイ、ルブロフ〟という言葉が、わたしの頭のなかで不愉快にこだました。

　チラシをテーブルにもどして、つぎはポスナーのパンフレットに目を通した。これもまた、腹立たしい内容だった。〝ユダヤ人が犠牲になる時代は終わった。ドイツとスイスの企業がわれらの両親の血で株主に支払いをするあいだ、無為にすわっていることはもうやめよう〟。

「ゲッだわ。このお騒がせ屋二人へのインタビュー、がんばってね」残りのパンフレットをぱらぱらめくったところ、エイジャックス保険が先ごろ印刷したばかりの社史が混じっていたのでびっくりした。〈生命保険を扱って百五十年、なおも力強く前進〉。著者は博士号を持つエイミー・ブラント。

「貸してほしい？」ドンがニヤッと笑った。

「せっかくだけど、わたしも持ってます。二週間前に祝賀パーティがあったのよ。うちのいちばん大切な依頼人がそこの取締役会のメンバーでね、ことこまかに内容を拝読させられたわ。著者にも会ったわ」それはきびしい顔つきの若い女性で、ドレッドヘアをひっつめてグログランのリボンで束ね、ブラックタイの連中の端っこでミネラル・ウォーターを飲んでいた。わたしはパンフレットを軽く叩いた。「どこから手に入れたの？　雄牛のダラムがエイジャックスを攻撃してるの？　それとも、ポスナーが？」

　ドンはまたしても煙草の入ったポケットを叩いた。「おれのきいた話だと、両方だね。エーデルワイス社がエイジャックスを乗っとったため、ポスナーは一九三三年以降のすべての保険証券のプリントアウトを要求している。また、ダラムもエイジャックスに対し、一八五〇年から一八六五年までの保険契約者の名前を知りたいから、帳簿を公開するようにと、しつこくいっている。エイジャックスは当然のことながら、IHARAがこの州やほかの州で可決されるのを阻止しようと——ダラムの修正案が入っていようが、いまいが、そんなことは関係なしに——死にものぐるいで抵抗している。もっとも、イリノイ州の法案が生まれるきっかけとなったフロリダとカリフォルニアにおける法律制定には、保険会社はまったく打撃を受けていないようだ。保険会社のほうはたぶん、最後の保険金受取人が亡くなるまで持ちこたえればいいと計算したんだろう……モレル、ニコチンを摂取しないと、おれは一分以内に死んじまう。ヴィクといちゃついててくれ。おれがもどってくるときは、喫煙者に特有のでっかい咳をしてやるから」

「哀れなやつ」着替えをしようと寝室に入るわたしに、モレルがくっついてきた。「おや、そのブラ、覚えがないな」

それはローズピンクと銀色のブラジャーで、自分でもけっこう気に入っていた。モレルはわたしの肩に鼻をすり寄せて、ホックをいじった。数分してから、わたしは彼の腕を抜けだした。「もうじき、喫煙者に特有の咳がゴホゴホ始まるわよ。ドンがこの街にくること、いつわかったの？」

「けさ、空港からやつが電話をよこしたんだ。きみに連絡しようとしたんだが、きみの携帯の電源が入っていなかった」

モレルはわたしのスカートとセーターを拾ってクロゼットにかけた。この極端な整頓好きこそが、彼と一緒に暮らす情景をわたしが想像できずにいる大きな理由となっている。

お化粧を落とすために浴室に入ると、モレルは浴槽のふちに腰かけた。「ドンのやつ、とにかくニューヨークから逃げだす口実がほしかったんだと思うよ。だってさ、エンヴィジョンの親会社がガルジェットっていうフランスの大手出版社に買収されて以来、あいつ、出版の仕事に意欲を燃やせなくなってるんだ。担当してる著者の多くが切られてるから、自分の仕事がなくなるんじゃないかと心配なのさ。バーンバウムの会議をとりまく問題を観察しようとしている。自分の著書に使えるネタがないか、見てみるつもりだろう」

二人で寝室にもどり、わたしはそこでジーンズとスウェットシャツに着替えた。「あなたはどうなの？」彼にもたれて、目を閉じ、撃退しつづけてきた疲労の壁がくずれてくるのに身をまかせた。「タリバンの本の契約がキャンセルされる危険はないの？」

「そんな幸運は望めないよ」モレルはわたしの髪をくしゃっと乱した。「希望に満ちた声を出すのはおやめ」

わたしは赤くなった。「そこまで見透かされてるとは思わなかった。でも――カブールよ。アメリカのパスポートを持ってあそこへ行くっていうのは、女が腕をむきだしにするのと同じぐらい危険なことなのよ」

モレルはわたしをさらに強く抱きしめた。「ぼくがアフガニスタンへ行くよりも、きみがこのシカゴにいるほうが、トラブルに巻きこまれる危険性が高いけどな。ぶちのめされたあげくケネディ高速に捨てられて死にかけた女性に恋をした経験なんて、それまでなかったもの」

「でも、わたしが回復していくあいだ、毎日会いにこれたじゃない」わたしは反論した。

「約束しよう、ヴィクトリア・イフィゲネイア。もしぼくがカイバル峠に捨てられて死にかけてたら、ヒューメイン・メディスンに頼んできみをヘリで運んできてもらうって。そうすれば、きみは毎日ぼくに会いにこれる」

ヒューメイン・メディスンというのはモレルが過去に同行取材をしたことのある人権擁護団体である。ローマを本拠地とする組織で、アフガンの子供たちのために、本格的なヒマラヤの冬が訪れる前に予防接種計画を実施しようとしている。モレルはアフガン各地をまわって、できるだけ多くの人と話をし、国家の認可を受けた男子校を視察し、地下にもぐった女子校が見つからないか探してまわり、タリバンをすこしでも理解すべく努力する予定でいる。デヴォン通りのモスクでコーランの講座までとった。

「身体を動かさないと、このまま眠ってしまいそう」彼の胸に向かってわたしはつぶやいた。「ドンのために夕食の支度をしましょうよ。わたしが週末に買っておいたフェットゥチーネがあるでしょ。トマトとオリーブとニンニクを加えれば、それでオーケイよ」

居間にもどると、ドンが《カンザス・シティ・レヴュー》のページをめくっていた。グアテマラ問題を論じたモレルの最近の著書何冊かの書評が出ているのだ。「力作だな、モレル。やっかいな問題だね——装いを新たにした旧態依然の指導者集団をどう扱うべきかっていうのは。わが国の政府がこうした集団の一部と関わりを持ってるのをどうすべきかも、やっかいな問題だし」

彼らが南米政策について話しあっているあいだ、わたしはときたま居眠りしていた。ドンがもう一本煙草をすう必要ありと宣言したところで、モレルが夕食の支度をするため、わたしにくっついて台所に入った。食事は台所のアイランド・カウンターでスツールに腰かけてとり、そのあいだ、ドンが出版界の変化について暗いユーモアまじりにしゃべりつづけた。「おれがバルセロナにいたあいだに、うちの社の幹部が《ジャーナル》のインタビューに答えて『作家は本の中身の提供者にすぎない』と宣言しやがった。つぎに、原稿をタイプするさいの規則一覧表を送りつけて、本の中身の提供者を単なるタイピストに格下げしちまった」

十時すこし前に、ドンがスツールをうしろへ押しやった。「十時のニュースでバーンバウムの会議の様子を流すにちがいない。見てみたいんだ。カメラはたぶん、表のデモ騒ぎに焦点をあててるだろうけど」

彼はモレルが皿の食べ残しをゴミ入れに捨てるのを手伝ってから、もう一本煙草をすうために裏のポーチに出ていった。モレルが皿洗い機に食器を入れ、カウンターをきれいに拭き、残りものを密閉容器にしまっているあいだに、わたしは居間へ移動して、チャンネル13をつけた。これはシカゴにある〈グローバル・エンターテインメント〉系列の局である。メインキャスターのデニス・ローガンが今夜のニュースの紹介を終えたところだった。

「本日〈ホテル・プレアデス〉で開催されたアメリカのユダヤ人をテーマとする会議は、ときおり荒れ模様になりながら進められましたが、いちばんの衝撃は、午後の部の最後に、プログラムに出ていない人物が登場したことでした。番組のなかで、のちほどベス・ブラックシンがくわしくお伝えします」

わたしはモレルのカウチの隅に丸くなった。うつらうつらしはじめたが、電話が鳴ってびくっと目をさますと、画面に登場した二人の若い女性が、女のデリケートな部分の痒みに効く薬を大声で宣伝しているところだった。わたしのあとから部屋に入ってきたモレルがテレビの音を消して、電話に出た。

「きみにだよ。マックスから」わたしに受話器をさしだした。

「ヴィクトリア、こんな遅くに電話して申しわけない」マックスの口調はいかにもすまなさそうだった。「困ったことが持ちあがってね、きみにきけばわかるんじゃないかと思って。ニンシュブルのことなんだが――ほら、カリアがどこへ行くにも持ち歩いてる青いぬいぐるみの犬――ひょっとして、きみのところにないだろうか」

背後でカリアが泣きわめき、マイクルが何かをどなり、アグネスの声が高まってべつの何かを叫ぶのがきこえてきた。わたしは目をこすりながら、今日一日の記憶をさかのぼってカリアの犬までたどりつこうとした。カリアのデイパックとぬいぐるみをわたしのブリーフケースに押しこんだあと、カリアをマックスに渡すほうに気をとられて、そっちはすっかり忘れていた。受話器をおろしてあたりを見まわした。最後はとうとう、わたしのブリーフケースを知らないかと、モレルにきいた。

「知ってるよ、V・I」モレルは長い忍耐を思わせる声でいった。「入ってきたとたん、きみがカウチに投げだした。ぼくが書斎に運んでおいた」

わたしは受話器をカウチに置いて廊下の奥の書斎へ行った。デスクにのっているのはわたしのブリーフケースのみ。あとはコーランが一冊置いてあり、緑色の長いしおりが読みかけのページを示しているだけだった。ニンシュブルは何粒かのレーズンと、カリアのデイパックと、王女さまと忠犬の物語と一緒に、ブリーフケースの底に埋もれていた。書斎の子機をとり、マックスにあやまって、いますぐ犬を持ってそちらに駆けつけると約束した。

「いやいや、そんな迷惑はかけられない。そこはうちからほんの数ブロックだし、この大騒ぎから抜けだせるほうがありがたい」

居間にもどると、サスペンスが高まっているところだとドンがいった。〝衝撃の事実はこのあとに〟という約束とともに、二回目のコマーシャル・タイムに入った。デニス・ローガンがふたたびしゃべりはじめたそのとき、マックスが呼鈴を鳴らした。

マックスを狭い玄関ホールに招き入れると、カール・ティーソフも一緒にきたことがわかった。ぬいぐるみの犬をわたしからマックスに返したが、彼とカールがしばらく立ち話をしているうちに、モレルが出てきて、一杯どうかと二人を誘った。

「何か強いものがいいな。アブサンとか」カールはいった。「昔から大家族に憧れていたが、今夜の涙の洪水を見たあとでは、わたしが人生で失ったものはそんなにないような気がしてきた。どうやれば、小さな横隔膜ひとつで、金管楽器の全セクションをうわまわる音が出せるのかねえ」

「時差ボケだよ」マックスがいった。「小さな子にはひどくこたえるのさ」

ドンが「お静かに」とわたしたちに叫んだ。「ようやく会議のニュースが始まった」

マックスとカールも居間に入り、カウチのうしろに立った。ベス・ブラックシンの小妖精のような顔が画面に登場したところで、ドンが音量をあげた。

「この夏、ユダヤ人をキリスト教に改宗させる計画の一環として、シカゴへ十万人の伝道師を送りこむ予定であると、南部バプテスト教会から発表があったとき、多くの人が不安に襲われましたが、そこでバーンバウム財団が対策に乗りだしました。イリノイ州ホロコースト委員会、ローマカトリック教会シカゴ大司教区、ここシカゴにある異宗派の連立グループ〈ダイアローグ〉の協力を得て、財団では、イリノイ州に住む相当数のユダヤ人だけでなく、アメリカのユダヤ人社会全体に訴えかける問題をテーマに、会議をひらくことにしたのです。そこから、〈キリスト教徒とユダヤ教徒／新たなるミレニアム、新たなる対話〉という本日の会議の誕生となりました。

ときたま、対話のことなど誰も頭にないのではないかと思いたくなる瞬間がありました」

画面は外でくりひろげられたデモの映像に切り替わった。ブラックシンがポスナーとダラムのコメントを平等に流してから、ホテルのバンケット・ルームに話をもどした。

「ホテル内でのセッションも熱を帯びていました。いちばん活気があったのは、外のデモを誘発する原因となった話題を、すなわち、議会に提出中のイリノイ州ホロコースト資産返還法案を扱ったパネルでした。銀行や保険会社の重役からなるパネリストは、この法案は費用がかかりすぎるために顧客すべてにしわ寄せがいく危険をはらんでいると述べて、かなり批判を集め、聴衆を嘆かせました」

ここで、通路に設置された質疑応答用のマイクに向かってがなりたてる激怒した人々の姿が画面に映しだされた。一人の男性が、マーガレット・サマーズやダラム議員が口にしたのとそっくりの、〝賠償についての討議を見れば、ユダヤ人の頭には金のことしかないのが一目瞭然だ〟という侮辱の言葉をわめきちらした。

べつの男性が、家族がこつこつためた銀行預金を返してほしいというだけで、どうしてユダヤ人が業突張《ごうつくば》り呼ばわりされなくてはならないのか理解できない、とどなりかえした。

「なんで銀行は業突張りといわれずにすんでるんだ。六十年ものあいだ、金にしがみついてきて、これからもずっとしがみつくつもりだろうが」一人の女性がつかつかとマイクに近づき、スイスの再保険会社エーデルワイスはエイジャックスを買収して以来、独自の理由から法案可決に反対しているように思われると述べた。

チャンネル13はこの混乱を二十秒ほど流してから、ふたたびブラックシンのリポートに切り替えた。「今日一日のなかでもっとも衝撃的な事件がおきたのは、保険のパネルではなく、強制的改宗をテーマとするパネルでした。その席上で、内気そうな小柄な男性が驚愕の事実を語ったのです」

わたしたちは身体に合わない大きめの背広を着た男が通路のマイクに語りかけるのをみつめた。年は五十すぎ、いや六十に近い感じで、白髪まじりの巻毛はこめかみのあたりがかなり薄くなっている。

「じつをいうと、自分がユダヤ人だってことを知ったのも、つい最近のことでした」

壇上からの声が彼に名前を名乗ってほしいと頼んだ。

「は、はい。わたしの名前はポール——ポール・ラドブーカです。戦争が終わって、四歳のときに、わたしの父親だという男に連れられてこちらにきました」

マックスがハッと息を呑み、カールが叫んだ。「なんだと！　こいつ、何者なんだ？」

ドンとモレルの両方がふりむいて二人をみつめた。

「この人を知ってるの？」わたしはきいた。

マックスはわたしの手首をつかんで黙らせ、そのあいだ、テレビ画面の小男は話をつづけていた。「その男はわたしからすべてを奪い去りました。とくに、わたしの記憶を。最近になってようやく、わたしは自分が戦時中をテレーツィンですごしたことを知りました。いわゆる模範的強制収容所で、ドイツ人はそこに〝テレージエンシュタット〟という名前をつけていました。わたしは自分が父親と名乗っていた男ウルリッヒと同じくドイツ人であり、ルター派の信徒だと思っていました。彼が亡くなり、その書類に目を通したときに初めて、真実を知ったのです。本来その人のものであるべきアイデンティティを奪い去るのは悪である、犯罪にも等しい悪であると、わたしはいいたいのです」

テレビ局はそのあとに数秒の沈黙を置き、やがて、メインキャスターのデニス・ローガンが分割スクリーンにベス・ブラックシンとならんであらわれた。「まことに驚くべき話です、ベス。パネルのあと、あなたはラドブーカ氏をつかまえたんでしたね？　通常のニュース報道の最後に、ポール・ラドブーカの独占インタビューを流す予定です。さて、カブスがこれ以上沈むのは無理だとお思いだった野球ファンのみなさん、リグレー球場からの、あっと驚く本日の逆転負けのニュースです」

4　記憶の捏造

「この男をご存じなんですか」つぎのコマーシャル・タイムになったところで音声を消して、ドンがマックスに尋ねた。

マックスは首をふった。「知っている名前だが、この男ではない。ただ――とても珍しい名前なのでね」モレルのほうを向いた。「あつかましい頼みなんだが――インタビューの時間までここにいてもいいだろうか」

カールもマックスと同じく小柄で、身長ではわたしにおよばないが、マックスが周囲の世界に善意の微笑を向けるのに対して、カールはつねに神経をとがらせている。近づいてくる相手を片っ端からつついてやろうと身構えている喧嘩っぱやい雄鶏だ。いまの彼はいつも以上にぴりぴりしている様子だった。わたしは彼に目をやったが、ドンとモレルの前で彼を問いつめるのはやめることにした。

モレルがマックスにハーブティーを運んできて、カールにはブランディをついだ。テレビでは天気についての長たらしい吟味がようやく終わって、ベス・ブラックシンが登場したところだった。〈プレアデス〉の小さな会議室でポール・ラドブーカに話しかけていた。

それとはべつにもう一人、卵形の顔を黒髪がふわっとふちどっている女性がいた。

ベス・ブラックシンは自分の名前を告げ、ポール・ラドブーカを紹介してから、カメラをもう一人の女性に向けさせた。「また、今夜はリーア・ウィールさんにもおいでいただいています。ラドブーカさんのセラピーを担当し、隠れた記憶をとりもどす手助けをしていらっしゃるセラピストです。のちほど、《シカゴ探検》の特別コーナーでもお話しいただくことになっております」

ブラックシンは小柄な男のほうを向いた。「ミスタ・ラドブーカ、あなたは何をきっかけに、ご自分の本当の身元を知るにいたったのですか。パネルの席では、お父さまの書類に目を通していたときだといわれましたね。そこで何を発見なさったのですか」

「わたしの父親だと名乗っていた男です」ラドブーカは彼女の言葉を訂正した。「暗号で書かれた書類が出てきたんです。最初は気にもとめませんでした。どういうものか、あの男が死んだあと、わたし自身も生きる意欲を失ってしまったのです。自分でも理由がわかりません。だって、好きではなかったんだから。わたしをいじめ抜いた男でした。なのに、わたしはすっかり落ちこんでしまい、職場をクビになり、ベッドから出る気にもなれない日々がつづいていました。そんなとき、リーア・ウィールに出会ったのです」

ラドブーカは憧れの表情で黒髪の女のほうを向いた。「メロドラマじみてきこえるでしょうが、わたしはリーアのおかげで命を救われたと信じています。そして、彼女の協力のもとに書類の意味を調べ、それを使って、わたしの失われた身元をつきとめることができたのです」

「リーア・ウィールはあなたが出会ったセラピストですね」ブラックシンが話のつづきを促した。

「はい。トラウマが大きすぎるために記憶をブロックしてしまったわたしのような人間を相手に、その記憶を回復させることを専門にしている人です」

ラドブーカがウィールをじっとみつめると、ウィールは彼を安心させるようにうなずいてみせた。ブラックシンが彼を促して、ハイライトとも呼ぶべき出来事を語らせていった。彼が五十年のあいだ語ることを恥じてきたおぞましい悪夢。父親と名乗っていた男はじつをいうとまったく血のつながりのない人物かもしれないと、徐々に気づきはじめたこと。

「アメリカには第二次大戦のあとで、DP――強制追放者――として渡ってきました。わたしはわずか四歳で、自分たちはドイツからきたのだと、あの男にいわれながら大きくなりました」彼は言葉の切れ目ごとに苦しげに息を吸いこんでいて、まるで、呼吸困難におちいった喘息患者のようだった。「しかし、リーアとともに調べてみて、ついに、あの男の話のなかに、真実は半分しかなかったことを知りました。男はたしかにドイツ人でした。しかし、わたしは――収容所の子供、収容所の生き残りだったのです。どこかよその土地、ナチに支配されていたよその国からきたのです。あの男は戦後の混乱のなかで、アメリカのビザをとるためにわたしを利用したのです」ラドブーカはこの話をするのが恥ずかしくてたまらない様子で、自分の手をみつめていた。

「あなたがリーア・ウィールと出会うきっかけになった夢のことを——あの悪夢のことを——話してくださいます？」ベスが促した。

ウィールがラドブーカを励まそうとするかのように、その手をなでた。ラドブーカはふたたび顔をあげ、人目を気にするふうもない子供のような態度で、カメラに向かって語りかけた。

「その悪夢はわたしにつきまとっていて、口にはとても出せないことや、眠りのなかでしか体験できないことが、あれこれ出てきました。ぞっとするようなことばかりです。折檻、雪のなかに倒れている死んだ子供たち、そのまわりを花のように染めた血痕。いまはリーアのおかげで、四歳のときの自分を思いだすことができます。わたしたちは——見ず知らずの怒りっぽい男とわたしは——移動の途中でした。まず船に乗って、つぎに汽車に乗りました。わたしは『ぼくのミリアム。ぼくのミリアムはどこ？　ミリアムに会いたいよ』と泣いていましたが、わたしの〝ファーティ〟、つまり父親だといいはっていた男に殴られ、ついには、泣き声を自分の心にしまっておくことを学びました」

「で、ミリアムというのは誰ですか、ミスタ・ラドブーカ」同情に目を大きくして、ブラックシンが彼のほうへ身を乗りだした。

「ミリアムは小さいときの遊び友達でした。ずっと一緒だったんです——わたしが一歳になったときから」ラドブーカは泣きだした。

「あなたとともに収容所に入れられたときから。そうですね」ブラックシンがいった。

「テレーツィンで二年間一緒にすごしました。全部で六人いました。いまのわたしはそれを六銃士と呼んでいますが、そのなかでも、〝ぼくのミリアム〟は――彼女は特別でした。いまもどこかで生きているのか、いまも元気にしているのか、知りたいです。向こうも〝あたしのポール〟のことを覚えていることでしょう」ラドブーカは両手で顔をおおった。肩が震えた。

不意にリーア・ウィールの顔が彼とカメラのあいだに割りこんだ。「ここまでにしましょう、ベス。今日のポールはこれがもう限界です」

カメラがズームアウトすると、番組のメインキャスターをつとめるデニス・ローガンの声が流れた。「この悲惨な物語はポール・ラドブーカさん一人だけでなく、他の何千人というホロコーストの生存者にもつきまとっているのです。テレビをごらんのみなさん、ポールのミリアムを知っているとお思いの方がいらっしゃったら、画面に出ているこの番号に電話をくださるか、当番組のホームページ www.Globe-All.com にアクセスするかしてください。あなたのメッセージはこちらが責任を持ってポール・ラドブーカさんに伝えます」

「虫酸《むしず》が走るよ」モレルがふたたびテレビの音声を消したとたん、カールが叫んだ。「よくもここまで自分をさらけだせるものだ」

「その言い方、ロティとそっくりだな」マックスがつぶやいた。「心に受けた傷が大きすぎて、自分をさらけだしているという意識もないんだろう」

「人は自分のことを語るのが好きですからね」ドンが横からいった。「そのおかげで、ジャーナリストの仕事が楽になるんです。彼の名前に何か心当たりがおありなんですか、ミスタ・ラーヴェンタール」

マックスがいぶかしげに彼を見た。なぜ自分の苗字を知っているのかと、ふしぎに思ったのだろう。モレルが割って入って紹介をおこなった。ドンは会議を取材しに出かけて、今日のパネルでマックスを見かけたのだと説明した。

「あの男に——ラドブーカでしたね？——見覚えがおありでしょうか。名前に、もしくは当人に」とつけくわえた。

「きみもわしに自分のことを語らせようとするジャーナリストかね」マックスは辛辣にいった。「あの男が何者なのか、見当もつかないよ」

「まるで子供だな」カールがいった。「背筋の寒くなるような話をしながら、自分が何をいっているのか、まったく自覚してないんだから」

またしても電話が鳴りだした。マイクル・ラーヴェンタールからで、父親がカリアの犬を受けとったのなら早く帰ってきてほしいという催促だった。

マックスはしまったという表情になった。「ヴィクトリア、明日の朝電話してもいいかな」

「もちろん」わたしは奥にひっこんで、マックスに携帯電話の番号を教えておこうとブリーフケースから名刺をとりだし、そのあと、彼とカールを車のところまで送っていった。

「二人ともあの男に見覚えがあるの？」

街灯の下で、マックスがカールに目をやるのが見えた。「名前だけね。名前に覚えがあると思ったんだ――だが、そんなはずはない。朝になったら電話するよ」

家にもどると、ドンはまたしても煙草を持ってプルダ（イスラム教徒の婦人の部屋のカーテン）の陰にひきこもっていた。わたしは台所でカールのブランディ・グラスを洗っているモレルのところへ行った。「あの二人、ジャーナリストの詮索好きな耳のないところで、きみにすべて打ち明けてくれた？」

わたしは首をふった。「お手上げよ。でも、わたし、あのセラピストにも興味津々なの。あなたたち、彼女の特別コーナーの時間までおきてる？」

「ドンが熱烈に見たがってるよ。彼女を取材すれば、自分のキャリアを救う本になるかもしれんと思ってるのさ」

「そのとおり」スクリーンドアの向こうからドンがいった。「もっとも、あの男と仕事をするのは骨だろうけどな。感情が爆発しやすいタイプに見える」

みんなで居間にもどると、ちょうど《シカゴ探検》のタイトルがテレビ画面に出たところだった。番組のレギュラーアナが今夜は視聴者のみなさんのために特別コーナーを用意しましたと述べ、ベス・ブラックシンにバトンタッチした。

「ありがとう、デニス。《シカゴ探検》のこの特別コーナーでは、さきほどのニュースでお伝えした驚愕の事実に関して――これはグローバル・テレビの独占取材によるものですが——さらに深く掘り下げた内容をお届けしたいと思います。さきほどは、戦火に荒らされたヨーロッパから子供のころこちらに渡ってきた男性が、セラピストのリーア・ウィールの助けを借りて、五十年ものあいだ葬り去っていた記憶を呼びもどすにいたった経緯を語ってくれたわけですが……」

ブラックシンは会議の席でのラドブーカの発言を何コマか流し、そのあとに、彼女自身が彼をインタビューした映像の抜粋がつづいた。

「本日の驚愕すべきニュースをさらに追跡するために、ポール・ラドブーカさんの力になったセラピストのお話をうかがいたいと思います。リーア・ウィールさんは人々に手を貸して、捨て去られた記憶を呼びもどすという仕事において、すばらしい成功をおさめておられます。と同時に、かなりの物議をかもしていると申しあげてもいいでしょう。過去を思いだしたときの苦痛が大きすぎるという理由から、人は記憶を捨ててしまうのです。幸せな記憶であれば、深く葬り去ることはありませんよね、リーア」

セラピストはインドの神秘家を思わせる、やわらかな緑色の服に着替えていた。かすかな笑みを浮かべてうなずいた。「クリームソーダの記憶や、友達と砂浜を駆けまわった記憶を抑えつけることは、めったにありません。わたしたちが払いのける記憶というのは、個人としての核をおびやかす記憶なのです」

「今夜はまた、〈捏造された記憶財団〉の理事をなさっているアーノルド・プレイガー博士にもお越しいただいています」

博士は充分な時間を与えられ、われわれは犠牲者を讃える時代に生きている、つまり、誰もがほかの人間より苛酷な苦しみをなめたことを証明する必要に迫られている、と述べた。「そうした人々は自分が犠牲者であることを認めてくれるセラピストを探し求めます。少数のセラピストが犠牲者を自称する多数の人々と接して、このうえなくショッキングな出来事を思いだすことに手を貸してきました。人々は悪魔的儀式や、現実には存在しなかったペットを生贄にしたことなどを、徐々に思いだしていくのです。この種の捏造された記憶によって、多くの家庭が恐ろしい被害をこうむりました」

リーア・ウィールは軽く笑った。「わたしの患者の誰かが悪魔的生贄の記憶をとりもどしたなんておっしゃることのないよう、お願いしたいわ、アーノルド」

「あなたはすでに患者の何人かに対して、親を悪鬼のごとくみなすようけしかけてきたではないか、リーア。彼らは親に極悪非道の残虐行為をおこなったという非難を浴びせて、その人生を破滅させてきた。こうした非難は法廷では立証できないことだ。証人となれるのが、あなたの患者の想像力だけなのだから」

「それはつまり、親以外に証人になれるのは当の患者だけで、ゆえに親は真相が露呈される心配はないと思っている、という意味かしら」ウィールがいった。プレイガーの辛辣な口調とは対照的に、おだやかな声をくずしていなかった。

プレイガーが彼女をさえぎった。「さきほどVTRを見せてもらったばかりのこの男性の場合も、父親はすでに死亡していて、人前で自分を弁護することすらできない。暗号で書かれた書類の話が出てきたが、その暗号を解くのにどんな鍵を使ったんだね。また、わたしのような人間がその書類を見た場合も、同じ結果が得られるものだろうか」

ウィールはおだやかな笑みを浮かべて首をふった。「患者のプライバシーは不可侵よ、アーノルド、おわかりでしょ。それはポール・ラドブーカの書類なの。ほかの人に見せるかどうかは本人にしか決められないことよ」

ここでブラックシンが割って入り、記憶の回復とはじっさいにどういうものであるかという方向へ、話題をもどした。ウィールは心的外傷後ストレス障害について手短に述べ、外傷体験のある人間には、その外傷が戦争によるものであろうと（兵士か民間人かを問わず）、性的暴行のような衝撃的事件を経験したことによるものであろうと、共通の症状がいくつも見られると説明した。

「性的虐待を受けた子供も、拷問を受けた大人も、戦闘に耐えてきた兵士もすべて、共通の問題をかかえています。抑鬱、睡眠障害、周囲の人を信頼できない、親しい人間関係を築くことができない」

「いや、虐待を受けなくても、人が鬱状態や睡眠障害に陥ることはありうる」プレイガーがいいかえした。「誰かがわたしのオフィスに入ってきて、そうした症状を訴えたら、わたしはその根底にある原因を探るにあたって、きわめて慎重な態度で臨むだろう。フツ族のテロリストに拷問されたせいだと、即座にほのめかすようなことはしないだろう。人はセラピストの前に出たとき、もっとも依存心が強くなり、もっとも無防備になるものだ。

当人が熱烈に信じたがっている事柄を、セラピストのほうからさりげなくほのめかすのは、きわめて簡単なことだ。人間の記憶は客観的で正確だと思いがちだが、残念ながら、現実におきていない出来事の記憶を捏造するのはきわめて簡単なことなのだ」

プレイガーはさらにつづけて、捏造された記憶に関する研究をかいつまんで話した。それによると、ある人間がデモのおこなわれた街にはいなかったという客観的証拠があるときでも、説得しだいで、デモもしくは行進に参加したと、その人間に思いこませることができるという。

十一時すこし前に、ブラックシンが討論をさえぎった。「人間の心の働きを真に理解できる日がくるまで、善意の人々のあいだでこうした討論がつづけられることでしょう。視聴者のみなさんにおやすみなさいをいう前に、それぞれ三十秒ずつでご意見をまとめていただけませんか。ミズ・ウィール？」

リーア・ウィールは大きくひらいた目で真剣にカメラをみつめた。「わたしたちはしばしば、他人の悲惨な記憶に知らん顔をしようとします。それはこちらが同情心に欠けているからではありません。自分が犠牲者になりたくないからでもありません。自分の心をのぞくのが怖いからです。そこに何がひそんでいるかを——自分が他人に何をしたかを、あるいは、自分の身に何がおきたかを知るのが怖いのです。過去への旅をするには大きな勇気が必要とされます。わたしは最後までやり抜く強さを持たない人をその旅に送りだそうとは思っておりません。危険な道を一人で旅させるわけにはいかないからです」

そのあとにつづいたプレイガー博士の反論は冷酷かつ無情な印象になった。ほかの視聴者がわたしと同じ気持ちであれば、おそらく、ウィールがふたたび登場して、あなたは強い人だから過去へ旅をしても大丈夫です、善良な人だから、もしくは興味深い人だから、わたしが案内役になりましょう、といってくれるのを待ち望むことだろう。

　画面がコマーシャルに替わったところで、モレルがテレビのスイッチを切った。ドンが両手をこすりあわせた。

「この女性のことを本にすれば、何十万ドルもの売上げが見込めるのは確実だ。ベルテルスマン社（ドイツにある世界一の出版コンツェルン）やルパート・マードック（オーストラリア生まれのメディア王）より先に彼女を手に入れることができれば、おれはパリとニューヨークのヒーローだ。彼女が本物ならね。きみたちはどう思う？」

「グアテマラのエスクイントラで会った呪術師のこと、覚えてるかい」モレルがドンにきいた。「あの男の目にも同じ表情が浮かんでいた。相手の心に秘められた誰にもいえない思いをのぞきこんだような表情だった」

「うん」ドンは身震いした。「ぞっとする旅だった。敵をやりすごすために、豚小屋《ピッグスタイ》の下に十八時間も隠れてたんだった。あのときだよ。エンヴィジョン出版の正式社員になって、栄光をむさぼる《ホッグ》のはきみみたいな連中にまかせといたほうが幸せだって決心したのは。ピッグにホッグか……駄洒落になっちまった。彼女、本物だと思う？」

　モレルは両手を広げた。「ぼくは彼女のことを何ひとつ知らない。ただ、彼女が自分を信じてるのはまちがいない。そうだろ？」

あくびがわたしの顔を裂いた。「わたしは疲れすぎて意見なんか出せないわ。でも、明日の朝、彼女の資格や何かをチェックする程度のことなら、簡単にできるわよ」

鉛のような足でまっすぐに立ちあがった。モレルがあとからすぐ行くといった。「ドン、その新しい本に心を奪われる前に、ぼくの本に関して交渉しておきたい点がいくつかあるんだが」

「だったら、モレル、外でやろう。ニコチンもなしに、契約をめぐってきみと決闘するなんてまっぴらだ」

二人が何時ごろまでおきていたのか、わたしにはわからない。ポーチへ出るドアが二人の背後でしまるかしまらないうちに、わたしは眠りに落ちていた。

5　臭跡を追う

　翌朝、ランニングからもどると、ゆうべ別れたときと同じ場所にドンがいた。煙草を手にして、裏のポーチに。ジーンズとしわくちゃの緑のシャツまで同じだった。

「きみ、やたら健康そうだね。おかげで、こっちは自衛のためにもっと煙草をすわなきゃって気にさせられる」ドンは最後の煙を口いっぱいに吸いこんでから、モレルに渡された陶器の破片で几帳面に煙草をもみ消した。「コーヒーの支度はきみがやってくれるって、モレルがいってた。たぶん知ってると思うけど、モレルは国務省の誰かに会いに街へ出かけていった」

　知ってますとも。わたしが六時半におきたとき、モレルもすでに目をさましていた。出発日が近づくにつれて熟睡できなくなっているらしい。夜中にふと目ざめると、彼が天井をじっとにらんでいることが何度かあった。わたしはできるだけ静かにベッドを抜けだし、廊下に面したゲスト用の洗面所へ行って顔を洗ってから、彼の書斎を使って、エイジャックス保険の保険金支払業務部門の責任者であるラルフ・デヴローにメールを送り、時間の都合がつけばなるべく早く会ってもらいたいと頼みこんだ。それを終えるころ、モレルがおきてきた。わたしがストレッチをやり、グラスについだジュースを飲んでいるあいだ、彼はメールの返事を出していた。わたしがランニングに出かけたときには、彼はローマのヒューメイン・メディスンとのオンライン・チャットに夢中になっていた。

ランニングの帰りに、湖畔に建つマックスの家のそばを通りかかった。彼のビュイックが車寄せに停まったままだった。あと二台の車も同じくだ。たぶん、カールとマイクルのレンタカーだろう。人の気配はまったくなかった。演奏家というのは宵っぱりの朝寝坊だ。いつもなら八時には職場に出ているマックスも、息子とカールのリズムに合わせているにちがいない。

わたしは家をじっとみつめた。この家の窓に案内を頼めば、なかにいる男たちの胸の秘密にたどりつけるとでもいうように。ゆうべのテレビに出ていた男はマックスとカールにとって何を意味しているのだろう。すくなくとも、名前には二人とも覚えがあるようだ。それはまちがいない。ロンドンにいる友人の誰かがラドブーカ家の一員なのだろうか。だが、マックスはゆうべ、それについて話す気のないことを態度ではっきり示した。いらぬ詮索は慎まなければ。足を踏みだしてランニングを終えてしまうことにした。

モレルは業務用に近いエスプレッソ・マシンを持っている。彼のアパートメントにもどったわたしはシャワーを浴びる前に、ドンとわたし用のカプチーノをこしらえた。着替えをしながら、わたし宛てのメッセージをチェックした。エイジャックスのラルフから電話があり、短時間でよければ十二時十五分前に喜んで会いたいといってきていた。わたしはきのう着たローズピンクの絹のセーターとセージ色のスカートに着替えた。人生の一部をモレルのもとですごしていると、暮らしが複雑になってくる。彼のところにいるときは、ほしい服はいつもわたしのアパートメントにあるし、自宅にいるときは、それが彼のところにある。

台所へ行くと、ドンがすでにいて、《ヘラルド・スター》を読みながらアイランド・カウンターで食事をしていた。「パリでロシアン・マウンテンに乗りに連れていかれたとすると、さて、そこはどこでしょう」

「ロシアン・マウンテン？」わたしはヨーグルトとグラノーラを混ぜ、オレンジの薄切りを加えた。「それがわかれば、ポスナーとダラムに鋭いコメントを求める準備をするときに役に立つの？」

ドンはニヤッと笑った。「ウイットをみがいてるとこなんだよ。ゆうべのテレビに出てたセラピストのことを大至急調べるとしたら、どこから始める？」

わたしは食べながらカウンターにもたれた。「セラピスト認可のデータベースにアクセスして、彼女がライセンスを取得してるかどうか、どんな訓練を受けてきたかを調べてみるわ。〈プロクエスト〉がいいかしら——彼女と記憶財団のあの男、角つきあわせてたでしょ——彼女に関して何か出てるかもしれない」

ドンはクロスワードのヒントの片隅に手早くメモをとった。「きみにそれを頼んだら、どれぐらいの時間でやってくれる？　それと、料金はいくらぐらい？」

「あなたがどこまでくわしく調べたいかによるわね。基本的な調査だけなら短時間でできるけど、料金は一時間百ドルで、前金として最低五時間分は必要よ。ガルジェット出版の経費に対する方針はどの程度のゆるやかさかしら」

ドンは鉛筆を脇へ投げた。「ランスの本社には、おれみたいな編集者が出張中にビッグマックより高いものを食べないよう目を光らせるためだけに、原価計算係を四百人も置いてあるから、私立探偵の費用を出してもらうのはまず無理だね。けど、この本ならぜったい大当たりだ。彼女が当人のいうとおりの人物で——あの男も当人のいうとおりの人物なら。出世払いってことで、調査してくれない？」

わたしは危うく承知しかけたが、そこで、二十ドル札を丹念に数えていたイザイア・サマーズのことを思いだした。「友達だからって特別扱いはできないわ。そんなことしたら、一般の依頼人からお金をとりにくくなるもの」

ドンは煙草を一本とりだし、新聞に軽く叩きつけた。「オーケイ。とにかく調査してくれないかな。金はかならず払うから」

わたしは顔をしかめた。「ええ。わかった。今夜、契約書を持ってくるわ」

ドンはポーチにもどった。わたしは朝食をすませて、ボウルを水でゆすいでから——モレルが帰ってきて、ヨーグルトがガチガチにこびりついているのを見たら、発作をおこすだろう——ドンと同じく裏のドアから外に出た。建物の裏の路地にわたしの車が置いてある。ドンは新聞を読んでいたが、顔をあげて「行ってらっしゃい」をいってくれた。裏階段をおりていく途中、どこからともなく言葉が浮かんできた。「ジェットコースターだわ。フランス語もイタリア語も同じだとしたら、ロシアン・マウンテンっていうのはジェットコースターのことよ」

「早くも料金に見合う働きをしてくれたね」ドンは鉛筆をとり、クロスワードの紙面にもどった。

わたしは事務所へ行く前に、ヒューロン通りにある〈グローバル・エンターテインメント〉のスタジオに寄った。一年前にこの会社がシカゴに進出してきたとき、シカゴ川のすぐ北西の繁華街にある高層ビルを買いとった。この中西部支社は、百七十の新聞から大規模なブロードバンドＤＳＬビジネスにいたるまで、すべてを統括していて、オフィスは上層階に置かれ、一階がテレビスタジオになっている。

〈グローバル〉の重役たちはシカゴにおけるわたしの最大のファンではないが、この会社がチャンネル13を買収する以前から、わたしはベス・ブラックシンと仕事で協力しあってきた。彼女は社内にいて、夜のニュースの編集をやっていた。番組では着ることのできないよれよれのジーンズ姿でロビーに走りでてくると、長らく会わなかった友達のように――いえ、貴重な情報源としてかも――歓迎してくれた。

「あなたがあのラドブーカって男をインタビューしたゆうべの番組に、わたし、もう釘づけだったのよ」わたしはいった。「どうやってあの男を見つけだしたの？」

「ウォーシャウスキー！」表情豊かな彼女の顔が興奮に輝いた。「彼が殺されたなんていうんじゃないでしょうね。実況中継の準備をしなきゃ」

「ご静粛に、けなげなリポーターさん。わたしの知るかぎりでは、彼はまだこの世に存在してるわ。彼について何か教えてもらえないかしら」

「じゃ、謎のミリアムが誰なのかわかったのね」

わたしは彼女の肩をつかんだ。「ブラックシン、落ちついて――お願い。いまのところ、探りを入れてるだけなんだから。住所を知ってる？　教えてもさしつかえなければだけど。彼の住所でも、セラピストの住所でもいいわ」

ベスはわたしを連れて警備員の詰所を通りすぎ、報道スタッフのデスクがある小部屋の迷路に入っていった。コンピュータの横に置かれた紙の山をかき分けて、インタビューを受ける人物がサインをする標準的な同意書を見つけだした。ラドブーカの住所はノース・ミシガン・アヴェニューにある建物のスイート・ルームになっていたので、それを書きとめた。彼のサインは大きくて、乱雑で、大きすぎる背広を着た彼の姿にちょっと似ていた。リーア・ウィールはそれとは対照的に、角張った、活字と見紛うような字を書いていた。わたしは彼女の名前のつづりをメモした。そのあとで、ラドブーカの住所が彼女と同じであることに気づいた。ウォーター・タワーにある彼女のオフィスの住所だ。

「ＶＴＲをダビングしてもらえない？　あなたのインタビューと、それから、セラピストと催眠術反対組織からきてた男の討論を。よくやったわね。準備期間もなしに二人をひっぱりだしたんだもの」

ベスはニヤッとした。「うちのエージェントなんかほくほく顔よ。わたしの契約更新が六週間後に近づいてることでもあるし。プレイガーは相手がウィールとなると、もう敵意むきだしよ。さまざまな症例をめぐって、あの二人は敵対しつづけてるの。シカゴだけじゃなく、国じゅういたるところで。プレイガーはウィールを悪魔の化身だと思ってるし、ウィールはプレイガーのことを幼児猥褻者と変わらないと思ってる。どちらもメディア向けのトレーニングを受けてて、カメラの前では礼儀正しくふるまってるけど、カメラがまわっていないときの二人のやりとりをきかせてあげたいわ」

「ラドブーカのことをどう思った?」わたしはきいた。「すぐそばで個人的に会ってみて、彼の話を信じる気になれた?」

「彼がペテン師だって証拠を持ってるの? ほんとはそのことで訪ねてきたの?」

わたしはうめいた。「彼のことなんて何ひとつ知らないわ。ジッポ。ニエンテ。ナーダ。ほかの言語ではもういえないけど。彼のこと、どう思った?」

ベスの目が大きくみひらかれた。「あら、ヴィク、わたしは完全に信じたわよ。これまでやってきたインタビューのなかで、もっとも痛ましいもののひとつだったわ。スコットランドのロッカビーでパンナム機が墜落したあと、住民へのインタビューをやったわたしがそういうのよ。あんなふうに育てられて、しかも、父親と称していた男が最悪の敵だったことを知るだなんて、想像できる?」

「父親って何者だったの――その養父の名前は?」

ベスはコンピュータの画面をスクロールした。「ウルリッヒ。ポールが父親の話をするときは、〝父さん〟とか〝父〟のかわりに、いつもそのドイツ名を使ってたわ」

「失われた身元を明らかにするきっかけとなるものをウルリッヒの書類のなかで見つけたって話だったけど、それが何なのか、あなた、知ってる？　インタビューのときの話だと、暗号で書かれてるってことだったわね」

ベスは画面をみつめたまま首をふった。「リーアと一緒にその解読を進めて、正しい解釈にたどりついたっていってたわ。それによって、ウルリッヒがじつはナチの協力者だったことがわかったんですって。ウルリッヒが彼をどれだけ虐待したかって話をあれこれきかせてくれたわ——めめしいといって殴ったり、仕事に出かけるときは彼をクロゼットに閉じこめたり、食事抜きでベッドに追いやったり」

「話のなかに母親は出てこなかったの？　それとも、母親も虐待に加わってたのかしら」

「ポールがいうには、母親は——いえ、ミセス・ウルリッヒというべきね——戦争の終わるすこし前にウィーンの空襲で亡くなったって、ウルリッヒにきかされてたそうよ。ウルリッヒ氏はこちらで再婚したとは思えないし、家に女を近づけたことすらなかったんじゃないかしら。ウルリッヒとポールは二人きりで孤独に暮らしてたんでしょうね。パパが仕事に出かけ、帰ってきて、ポールを殴る。ポールは父親から医者になるよういわれてたんだけど、その重圧に耐えきれず、結局はレントゲン技師にしかなれなくて、それでよけい嘲りを受けることになった。父親の家を出たことは一度もない。薄気味悪いと思わない？

大人になって生活費を稼げるようになっても、そんな男のもとで暮らしてたなんて」

ベスがわたしに話せたのは、というか、すくなくとも話す気になったのは、ここまでだった。ラドブーカのさまざまな映像をおさめたテープと、セラピストのインタビューのテープを、今日じゅうにわたしの事務所に届けさせると約束してくれた。

エイジャックスでの約束の時刻までにまだ時間があったので、事務所ですこし仕事を片づけることにした。事務所は〈グローバル〉から北西へわずか数マイルの距離なのに、雰囲気は一光年も離れている。ガラスの高層ビルはどこにもない。三年前に、彫刻家の友人が、レヴィット通りにある改造倉庫を七年契約で一緒に借りようと誘ってくれた。わたしの仕事のほとんどが集中している金融街から車で十五分の距離だし、賃貸料はきらきら光る高層ビルの半額だったので、わたしは喜んで契約書にサインした。

越してきた当時、このあたりはまだ、西のほうのラテン系地区と湖に近いおしゃれなヤッピー地区にはさまれた薄汚い無人地帯だった。工業地帯だったこの区域で、酒屋や手相見がわずかな営業スペースをCDショップと奪いあっていた。駐車場所は豊富にあった。ヤッピーが入りこんできて、エスプレッソ・バーやブティックを建てはじめてはいるが、くずれかけた建物や酔っぱらいはまだまだたくさん見受けられる。これ以上の上流化はごめんこうむりたい。いまの契約期限が切れたときに、賃貸料が急騰するのは勘弁してほしい。

狭い駐車場に車を入れると、テッサのトラックがすでに停まっていた。先月、大きな注文を受けたので、彫刻とそれが置かれる広場の模型を制作するのに長い時間をつぎこんでいるところだ。スタジオの前を通りすぎたとき、テッサは特大の製図板の前に陣どって下絵を描いているところだった。邪魔されるとカッとくるタイプなので、声をかけずに廊下を進み、自分の事務所へ行った。

イザイア・サマーズの伯父の保険証券を二部コピーして、本物を事務所の金庫にしまった。調査を進めるあいだ、依頼人からあずかった書類はすべてここに保管することにしている。防火壁と頑丈な扉に守られた、きわめて安全な保管庫である。

保険証券にミッドウェイ保険代理店の住所が書いてあった。はるかな昔に、ここがアーロン・サマーズと保険契約を結んだのだ。エイジャックス保険に問い合わせても埒があかなかったら、代理店のほうと話をするしかない——そして、三十年前に何をしたかを代理店が覚えていてくれるよう祈るしかない。電話帳を調べてみた。代理店はいまも、ハイド・パークのほうの五十三丁目で営業していた。

お金になる依頼人たちのためにやっておかなくてはならない問い合わせが二件あった。公衆衛生局に電話して待たされているあいだに、〈レクシス〉と〈プロクエスト〉にログインして、リーア・ウィール、ならびにポール・ラドブーカを検索してみた。

公衆衛生局の相手が電話口に出てきて、珍しくも、あまりはぐらかすことなく、こちらの質問のすべてに答えてくれた。報告書をまとめてから、〈レクシス〉の検索結果をチェックした。ラドブーカの名前に関しては何もなかった。合衆国内の電話番号と住所の入ったディスクを調べてみたが——ネットの検索エンジンよりこちらの情報のほうが新しい——何も見つからなかった。ウルリッヒという父親の名前で調べてみると、シカゴ地区に四十七人見つかった。ポールはたぶん、ラドブーカという苗字を名乗るようになっても、法律上の改姓はしなかったのだろう。

それに反して、リーア・ウィールのほうはかなりの数のヒットがあった。数多くの裁判に鑑定人として出廷しているようだが、裁判記録を見るためにそれらを調べるのは退屈な仕事になりそうだ。だが、イリノイ州の正式認可を受けた臨床ソーシャルワーカーであることだけは確認できた。すくなくとも、彼女は正統派の立場からスタートしたわけだ。ログオフし、書類をかき集めてブリーフケースに押しこんだ。エイジャックスの保険金支払業務部長との会見に間に合うよう出かけなくては。

6　保険金請求をおこなう

わたしが初めてラルフ・デヴローに会ったのは、探偵になってまもなくのことだった。そんなに昔の話でもないのに、あのころのわたしは、私立探偵の許可証を持つ女性という、シカゴで、いえ、たぶん全国でも初めての存在だった。上司が悪人であることを信じようとしなかったばかりに、ラルフが肩に銃弾を受ける結果になったとき、彼の肩甲骨と同じく、わたしたちの関係も急速にこわれてしまった。

それ以来、彼には会っていない。正直に白状すると、高架鉄道でアダムズ通りのエイジャックスの本社に向かうあいだ、わたしは不安ながらもかすかな期待を感じていた。六十三階でエレベーターをおりたとき、わざわざ洗面所に寄って、髪にちゃんと櫛が入っているかどうか、口紅が唇のなかにきちんとおさまっているかどうかを確認したぐらいだった。エグゼクティブ・フロアの案内係が寄せ木細工の床を一マイルも歩いて、ラルフの部屋まで案内してくれた。彼の秘書がわたしの名前を完璧に発音し、奥の聖域を内線で呼んでくれた。歓迎のしるしに両腕を広げて、にこやかな顔でラルフがあらわれた。

わたしは自分の手で彼の両手を包みこみ、笑顔を返しながら、悲しみのうずきを隠そうとした。初めて会ったときのラルフは、ヒップがほっそりしていて、目に垂れかかる豊かな黒髪と魅力的な笑顔を持った、ひたむきな感じの若者だった。髪はいまでも豊かだが――ただし、白いものがかなりまじっている――顎が二重になっているし、肥満というほどではないにしても、ほっそりしたヒップはわたしたちの短い関係と同じ過去のなかに消えてしまった。

わたしは月並みな挨拶をかわし、保険金支払業務部長となった彼にお祝いの言葉を贈った。「腕の機能もすっかり回復したようね」とつけくわえた。

「だいたいね。じっとり湿った天気のときは、いまでもうずくんだ。あの怪我のあと、すっかり落ちこんでしまって――治るのを待つあいだ、あんな事態を招いた自分の愚かさが身にしみたからね――いつのまにか、チーズバーガーをやけ食いするようになっていた。社内で二、三年前からつづいている大変動をもってしても効果なしだ。でも、きみは元気そうだね。いまも毎朝五マイルずつ走ってるの？　きみをコーチとして雇ったほうがいいかもしれないな」

わたしは笑った。「わたしがベッドから出る前に、あなたは早々と最初のミーティングをやっている。プレッシャーのすくない仕事に移ったほうがいいわよ。いまいった大変動って――エイジャックスがエーデルワイスに買収されたこと？」

「まあ、それが最後の仕上げだったかな。ハリケーン・アンドリューの襲来と同時に、わが社も市場でかなりの打撃を受けた。その処理に追われて、世界じゅうの社員の五分の一をレイオフしてるあいだに、下落したわが社の株をエーデルワイスが大量に買いあさった。敵意ある求婚者ではあったが——きみも新聞の経済欄でその経緯は知ってるよね——けっして敵意ある支配者ではなかった。よけいな干渉をするよりも、わが社の営業方針を熱心に学びたがっているようだ。じつをいうと、チューリッヒから派遣されてきてエイジャックスの経営にあたっている社長が、きみとのミーティングに同席したがっている」

ラルフはわたしの腰に手を添えて、彼のオフィスに案内してくれた。わたしが入っていくと、鼈甲《べっこう》縁の眼鏡をかけ、淡い色のウールの背広に派手なネクタイをしめた男性が立ちあがった。年のころは四十ぐらい、陽気な丸顔は背広よりもネクタイの雰囲気に合っていた。

「こちらはヴィク・ウォーショースキー。こちらはチューリッヒのエーデルワイス社からきているベルトラン・ロシー。気が合うと思うよ——ヴィクはイタリア語ができるんだ」

「ほう、そうですか」ロシーが握手をした。「ウォーショースキーというお名前から、ポーランドの方だと思っていました」

「母がピティリアーノの出身なんです——オルヴィエートの近くの。ポーランド語のほうは、わずかな決まり文句をしどろもどろにいえる程度です」

ロシーとわたしはガラステーブルの横に置いてあるクロムのパイプを使った椅子にすわった。ラルフ自身は——このビルとは合わない現代的な調度を昔から好んでいて——デスクとして使っているアルミニウムのテーブルの端にもたれていた。

わたしはロシーにあたりさわりのない質問をした。どうしてそんなに英語がお上手なんですか（イギリスの学校を出ている）、シカゴはお気に召しましたか（とても）。彼の妻はイタリア人で、夏の気候に耐えられなくて、二人の子供を連れてボローニャの北の丘陵地帯にある実家の屋敷へもどっていたという。

「こちらで新学期が始まるものですから、今週、妻がパオロとマルゲリータを連れてもどってきたところで、わたしの服装も夏のあいだに比べてよくなっています。そうだろう、デヴロー。けさだって、このネクタイで玄関から出るのを、やっとのことで妻に許可してもらったんだ」ロシーは大声で笑い、口の両端にえくぼを刻んだ。「これからは、シカゴのオペラを観るよう妻を説得するキャンペーンに入ります。妻の実家はスカラ座が一七七八年に創設されて以来、同じ桟敷席を所有していましてね、こういう歴史の浅い都市に本格的なオペラを上演する力があるなんて、妻には信じられないんです」

わたしは彼に、毎年秋になるとオペラに連れていってくれた母を偲んで、年に一度はオペラを観ることにしているが、もちろんヨーロッパの歌劇団の足もとにもおよばないといった。「家族専用の桟敷席もありませんしね。わたしの場合は天井桟敷です。こちらでは〝鼻血セクション〟と呼ばれています」

ロシーはまた笑いだした。「鼻血セクションか。あなたと話をしていると、アメリカの日常会話がどんどん上達しそうだ。そのうち、みんなで一緒に出かけましょう。あなたが鼻血セクションからおりてきてくださるなら。おっと、デヴローが腕時計を見ている――

いや、じつに控えめにね。そんな照れくさい顔をしなくていいんだよ、デヴロー。美しい女性は貴重なビジネスの時間を浪費させる誘因だが、ミス・ウォーショースキーがここにこられたのは、オペラの話をする以外に目的があってのことにちがいない」

わたしはアーロン・サマーズの保険証券のコピーをとりだして、葬儀が中止になったいきさつを説明した。「直接あなたに会って事情を説明すれば、至急調べてもらえるだろうと思って」

ラルフが秘書にコピーを渡そうと部屋を出たので、わたしはロシーに、きのうのバーンバウム財団の会議には出たのかと尋ねた。「わたしの友人がかかわっているんです。エーデルワイス社もホロコースト資産返還法案に関心をお持ちなのかしら」

ロシーは両手の指先を合わせた。

「わが社の意見は保険業界全体に同調しています。悲嘆と苦情が――ユダヤ人社会とアフリカ系アメリカ人社会の両方についていえることですが――いかに正当なものであれ、保険証券のチェックにかかる費用のしわ寄せをもろに受けるのは保険契約者です。ただ、わが社としては、過去の契約内容が世間に知られることを恐れてはおりません。戦時中のエーデルワイスは地方の小さな保険会社にすぎませんでしたからね、資産返還を求めるユダヤ人を多数かかえている可能性はほとんどありません。

ただ、最近になってわかったことですが、エイジャックスの初期の時代、アメリカにはまだ奴隷制度が残っていて、それが社の歴史と十五年間重なっています。そこで、目下、ミズ・ブラントに頼んで——うちの社史を短くまとめてくれた女性ですが——記録に目を通してもらい、はるかな昔に誰がわが社の顧客だったのかを調べるよう、ラルフに勧めているところなんです。彼女がわが社の記録をまだダラム議員に渡していなければの話ですが。しかし、過去にさかのぼるというのは、じつに費用のかかることです。高くつきますよ、まったく」

「おたくの社史？　ああ、〈生命保険を扱って百五十年〉っていうあのパンフレットね。わたしも持っています——じつをいうと、まだ読んでないんですけど。奴隷解放以前の時代についても書いてあります？　ミズ・ブラントが外部の人間におたくの記録を渡すかもしれないって、本気でお考えなんですか」

「あなたが訪ねてこられた本当の理由はそれですか。ラルフからききましたが、あなた、探偵だそうですね。とても巧妙な駆け引きを、とてもハンフリー・ボガート的なことをなさろうというのですか。サマーズの保険金請求が気にかかるふりをして、ホロコーストと奴隷制度の主張に関する質問でわたしを罠にかけようとしているとか？　この保険証券は保険金支払業務部長に会うための小さな小さな口実にすぎないのではないかと、わたしはにらんでるんですが」彼はにこやかに微笑して、いやいや、ほんの冗談、という気持ちを示した。

「スイスでも、こちらでも、知りあいに頼みごとをするという点は同じだと思います」わたしはいった。「ラルフとわたしは何年も前に一緒に仕事をしたことがあるので——彼がこんなに偉くなる前の話ですが――依頼人のために早く解答を得たいと思い、昔のよしみに訴えることにしたのです」

「『偉くなった』はこっちがいいたいことだよ」ラルフがもどってきた。「しかも、ヴィクには、金融犯罪に関して正しい判断を下すという憂鬱な癖があるから、彼女と敵対するより、最初から調子を合わせてやっていくほうが楽なんだ」

「では、この保険証券をとりまいているのはどんな犯罪かな。今日のあなたは何に関して正しい判断を下すのでしょう」ロシーがきいた。

「いまのところは何も。霊能者《サイキック》に相談する時間がなかったものですから」

「霊能者？」ロシーは怪訝な声でくりかえした。

「イタリア語で〝インドヴィーナ〟」わたしはにっこり笑った。「うちの事務所の界隈に、そういう人がたくさんいるんです」

「ああ、霊能者か」ロシーは叫んだ。「これまでずっと、まちがった発音をしていました。妻に話すのを忘れないようにしなくては。妻は会社で珍しいことがなかったか、すごく知りたがるんです。霊能者に鼻血ねえ。きっと大喜びするでしょう」

ラルフの秘書が分厚いファイルをかかえた若い女性を連れて入ってきたおかげで、返事をする手間が省けた。女性はカーキ色のジーンズに、洗濯のしすぎで縮んでしまったセーターという格好だった。

「コニー・イングラムです、デヴロー部長」秘書はいった。「お求めの情報を持ってきてくれました」

ラルフはロシーとわたしをミズ・イングラムに紹介しようとはしなかった。彼女はこちらを見て居心地が悪そうにまばたきしたが、持ってきたファイルをラルフに見せた。

「L－一四六九三八－七二関係の書類をすべてお持ちしました。こんなジーンズ姿で申しわけありません。でも、上司が外出中なものですから、わたしが直接ファイルをお持ちするようにいわれまして。マイクロフィッシュから印字したため、あまり鮮明ではありませんが、力のおよぶかぎりやってみました」

わたしが椅子から立ち、彼女の肩越しに書類をのぞこうとすると、ベルトラン・ロシーもそばにきた。コニー・イングラムがページをめくって、支払い記録を見つけだした。

ラルフはファイルからそれを抜きだし、じっくり目を通した。かなり長いあいだ見ていたが、やがて、わたしにきびしい顔を向けた。「きみに事件を依頼した一家は、同じ保険証券を使って二度も金をとろうとしているようだぞ、ヴィク。ほら、ここに出ている」

わたしは彼から記録を受けとった。保険契約は一九八六年に保険料の払込が完了している。一九九一年に誰かが死亡証明書を提出している。支払った保険金のキャンセル済み小切手のコピーが添付されている。保険金はガートルード・サマーズに対してミッドウェイ保険代理店経由で支払われているし、小切手に裏書きまでされている。

わたしは一瞬、呆然として言葉を失った。十年前に保険金を受けとっておきながら、甥をうまく丸めこんで自分の夫の葬式費用を出させたのだとしたら、嘆きの未亡人はとんでもない詐欺師にちがいない。でも、どうやって死亡証明書を用意したのだろう。わたしの頭にまず浮かんだのは、せちがらい考えだった――先に手付金を払うよう主張してほんとによかった。イザイア・サマーズがこのことを知ったら、料金を払ってくれるかどうか怪しいものだ。

「まさか、きみの仕組んだいたずらじゃないだろうね、ヴィク」ラルフがきいた。

彼は新しい支配者の前で自分の愚かしいまでの無能さをさらけだしてしまったと思い、怒っているのだ。こんなところで彼をからかうわけにはいかない。「名誉にかけて誓うわ、ラルフ。いま話したことは、依頼人からきいた話そのままなの。こんなケースって見たことある？　死亡証明書が偽造されることなんてあるの？」

「あることはある」ラルフはロシーにちらっと視線を向けた。「ふつうは債権者から逃れるために、自分の死を偽装する場合が多い。そういう場合は、保険契約の状況を――保険金額の多寡や、いつ契約が締結されて、いつ現金化されているかといったことを――保険金の支払いの前にわれわれが調査することになる。今回のような場合は」ラルフはキャンセル済み小切手を中指ではじいた。「額面が小さいし、何年も前に保険料の払込が完了しているから、調査はまずしないだろう」

「すると、可能性はあるわけだな。もらう権利のない保険金を誰かが請求した可能性が」ロシーがファイル全部をラルフの手からとり、一ページずつめくりはじめた。

「だが、保険会社が支払いをするのは一回きりだ」ラルフはいった。「見てのとおり、葬儀社から保険証券の提出があったとき、こちらには必要な情報がすべてそろっていたから、その請求に対して二重の支払いはしなかったわけだ。かつて妻から保険金の請求があったとき、代理店のほうではおそらく、契約者が——」ラルフはファイルのラベルに目をやった。「サマーズが本当に死亡しているかどうか、確認しなかったんだろう」

コニー・イングラムがおぼつかない口調で、上司に相談して代理店か葬儀社のほうへ電話したほうがいいだろうかと尋ねた。ラルフがわたしを見た。「どっちにしても、きみ、連中と話をするんだろう？　何かわかったらコニーに連絡してくれないか。ただし、本当のことをね。きみがエイジャックスに吹きこもうと思う改訂版ではなくて」

「探りだしたことを会社に隠しておく癖がミス・ウォーショースキーにあるのなら、ラルフ、そういう微妙な質問をこの人に一任するのはまずいかもしれないぞ」ロシーはわたしに軽くお辞儀してみせた。「あなたのことだからきっと巧みに質問を進めて、うろたえた代理店側から、代理店とわが社のあいだの秘密にしておくべきことまでききだしてしまうにちがいない」

ラルフはわたしをからかっただけだといおうとしたが、ためいきをつき、ファイルを整理しなおすために必要な問い合わせがあれば遠慮なくやってくれと、コニーに告げた。

「ラルフ、何者かがガートルード・サマーズの名前を騙《かた》って保険金請求をしたとしたらどうなの？　会社として彼女に弁償する気はないの？」

ラルフは深まるいっぽうの眉間のしわをさすった。「事実の裏づけもなしに道義的判断を下せなんていわないでくれよ。夫だったらどうする？　あるいは、子供だったら？　妻につづいて、子供が二番目の受取人になってるんだよ。あるいは、妻の代理人だったら？　事実関係がはっきりするまでは、会社の立場をどうこういうことはいっさいできない」

彼はわたしに話をしつつも、目はロシーのほうを――控えめとはいいがたい態度で腕時計を見ているロシーのほうを――向いていた。つぎのアポイントがどうのとつぶやいた。このことが保険金詐欺の件以上にわたしを不快にさせた。いくら昔の恋人であっても、恋人が卑屈にふるまう必要に迫られている姿を見るのは、気分のいいものではない。

オフィスを出るさいに、キャンセル済み小切手と死亡証明書のコピーをもらえないかと、ラルフに頼んでみた。ロシーが彼にかわって答えた。「これは社の書類なんだよ、デヴロー」

「でも、わたしから依頼人にそれを見せないかぎり、依頼人のほうは、わたしが嘘をついていないかどうかの判断もできないじゃありませんか」わたしはいった。「この春の事件を覚えてます？　黒人の顧客から白人の四倍の保険料をとっていたことを、いくつもの保険会社が認めましたよね。わたしの依頼人もその事件を思いだすにちがいありません。そうなれば、わたしがこちらにお邪魔して、書類をくださいと礼儀正しくお願いするかわりに、召喚状をともなう連邦政府の訴訟が始まることになりかねないわ」

ロシーはわたしをみつめ、突然冷ややかになった。「訴訟の脅しをかけるのがあなたの考えている〝礼儀正しいお願い〟だとしたら、あなたがどんなふうに仕事をしておられるのか、疑問をはさまざるをえませんね」

ロシーは一時的にえくぼを消して、手強い企業人にもなれるところを示した。わたしは笑みを浮かべ、彼の手をとって、手相を観るためにひっくりかえした。彼は驚きのあまり身じろぎもせずに立ちつくした。

「シニョール・ロシー、訴訟のことなんか持ちだして脅すつもりはなかったのよ。わたしはインドヴィーナ、あなたの手相を観て、避けられない未来を予見したまでです」

冷ややかさがいっきに解けた。「ほかにどんなことを占ってもらえるかな」

わたしは彼の手をおろした。「わたしのパワーはかぎられています。でも、あなたの生命線は長いようね。さて、あなたの許可をいただいて、キャンセル済み小切手と死亡証明書をコピーさせてもらってもいいかしら」

「業務上の書類を社外へ出すのをこころよく思わないという、わたしのスイス流の習慣を、どうかお許しください。いいですとも、その二つのコピーをとってください。ただし、ファイルそのものはわたしが保管することにしよう。ここにいるお嬢さんがあなたの魅力にくらっときて、社に対する通常の忠誠心から逸脱するようなことになっては大変だから」

ロシーがコニー・イングラムのほうを指し示すと、コニーは真っ赤になった。「あのう、まことに申しわけありませんが、一筆書いていただけないでしょうか。保険金請求ファイルをうちの部署からよそへ移す場合は、請求番号と、それをあずかった人の名前を、メモしておかなくてはならないんです」

「ああ、きみも書類を大切に扱ってくれてるんだね。すばらしい。必要な事項を書いてくれれば、わたしのサインを入れよう。それできみの要求を満足させられるかな」

コニー・イングラムは鎖骨のあたりまで真っ赤になり、必要なことをタイプしてもらうためにラルフの秘書のところへ行った。わたしはロシーから許可の出た書類を持って、彼女のあとを追った。ラルフの秘書がそれをコピーしてくれた。

ラルフが廊下の途中まで送ってきてくれた。「これからも連絡してほしい、ヴィク、いいね？　今回の件に関して何かわかったら、知らせてもらえるとありがたい」

「真っ先に報告するわ」わたしは約束した。「あなたのほうも、同じく率直になってくれる？」

「もちろん」彼はにっこり笑って、つかのま、昔のラルフの面影をのぞかせた。「それに、ぼくの記憶が正しいとすれば、きみよりぼくのほうがずっとずっと率直だと思うけど」

わたしは笑いだしたが、エレベーターを待つあいだ、心はまだ沈んでいた。低いガタンという音を立ててエレベーターのドアがようやくひらいたとき、きりっとしたツイードのスーツに身を包んだ若い女性が、黄褐色のブリーフケースを小脇にかかえておりてきた。ドレッドヘアを額からかきあげてきちんとまとめたその姿に見覚えがあり、わたしはまばたきした。

「ミズ・ブラント――V・I・ウォーショースキーです――一カ月前にエイジャックスのパーティでお目にかかりましたね」

彼女はうなずき、わたしの指先に軽く触れた。「これからミーティングがありますので」

「あ、わかった。ベルトラン・ロシーとでしょ」わたしは彼女が会社の書類を雄牛のダラムに流していることをロシーが非難していたことを告げて、用心するようにいおうかと思ったが、決心をつけかねているうちに、向こうはラルフのオフィスに向かって廊下をさっさと歩きだしていた。

彼女を乗せてきたエレベーターはすでに行ってしまった。つぎのがくる前に、書類仕事を終えたらしいコニー・イングラムがやってきた。

「ミスタ・ロシーは書類の保管にとても神経質なようね」わたしはいった。

「社内の書類をなくしたりしたら大変ですもの」コニーはつんとすまして答えた。「完璧な状態で保管しておかないと、訴訟をおこされる危険があります」

「サマーズ家から訴訟をおこされることを心配してるの？」

「デヴロー部長の話ですと、あの保険金請求は代理店の責任だそうです。だから、うちの社の問題ではありませんけど、もちろん、部長と社長は……」

コニーは赤くなって口をつぐんだ。彼女をくらっとさせるわたしの魅力云々というロシーのコメントを思いだしたかのようだった。エレベーターがやってきて、彼女はあわてて乗りこんだ。時刻は十二時四十分、ランチタイムの真っ最中だ。エレベーターは二、三階ごとに停まって人々を乗せていったが、四十階からは一気に急降下した。コニーがどんな軽率な発言を嚙み殺したのかと、わたしは気になったが、彼女からそれをききだす方法はなさそうだった。

7　飛びこみの営業

「そこにあるのは塀を嫌う思い」北行きの高架鉄道に乗りこみながら、わたしはつぶやいた。電車のなかでは多くの人がぶつぶつつぶやいている。わたしもこの場にぴったりというわけだ。「書類のガードが固いというのは、ロシーがいったように、神経質な企業体質のせい？　それとも、彼がわたしに見せたくないものが書類に含まれてるから？」

「そいつが国連に雇われてるせいさ」となりにすわった男がいった。「あいつら、戦車を持ちこもうとしてやがる。国連のヘリがディートロイトに着陸してる。おれはテレビで見たんだ」

「ええ、そうね」わたしはビールの匂いをぷんぷんさせている男の顔に向かっていった。「国連の陰謀にまちがいないわ。ねえ、ミッドウェイ保険を訪ねて、外交員と話をして、わたしの魅力で相手を丸めこんで販売ファイルをのぞかせてもらえるかどうか、やってみるべきだと思う？」

「その魅力、おれを丸めこむには充分だぜ」男は流し目をよこした。

それでおおいに自信がついた。ウェスタン駅で電車をおりてから、自分の車に乗りこみ、すぐまた南に向かった。ハイド・パークまで行くと、ミッドウェイ保険のオフィスが入っている銀行に近い横丁のひとつに、四十分駐車できるパーキング・メーターが見つかった。銀行の建物自体はこの界隈に君臨する由緒正しき貴婦人のようで、ハイド・パークのにぎやかなショッピング・ストリートに十階建ての姿でそびえていた。正面部分は最近汚れを落としたようだが、六階でエレベーターをおりたとたん、薄暗い照明と黒ずんだ壁から、テナントの快適さに無関心なビル管理の姿勢が見てとれた。

ミッドウェイ保険は歯科医院と婦人科医院にはさまれていた。生命保険、住宅保険、自動車保険を扱っていることが、ドアに黒い文字で書かれていたが、ずいぶん昔のものらしく、〝住宅〟の文字の一部が欠けて〝主宅保険を扱っている〟と読めそうだった。

ドアはロックされていたが、呼鈴を鳴らすと、誰かがなかでブザーを押してあけてくれた。オフィスは廊下よりさらにうらぶれていた。ちらちらする蛍光灯がひどく暗いため、リノリウムの端がはがれていたのに、けつまずくまでそれに気づかなかった。倒れまいとしてファイル・キャビネットをつかんだ。

「申しわけない——前々から修理しなきゃと思ってたんだが」声をかけられて初めて、男がいることを知った。男は部屋の大部分を占領するデスクの前にすわっていたが、照明が暗すぎるため、わたしがドアをあけたときにはその姿が見えなかった。

「おたくが施設所有者保険に入ってればいいけど。接着剤でここを貼りつけとかないと、やっかいな訴訟をおこされるわよ」部屋に入りながら、わたしはぴしっといった。

男はデスクのスタンドをつけ、そばかすの濃い顔をあらわにした。その濃さときたら、オレンジ色のカーペットで顔をおおったのではないかと思うほどだった。わたしの言葉をきいて、そのカーペットが深紅に変わった。

「客がここにくることはめったにないんでね」男は説明した。「たいてい、こっちから出かけるんだ」

わたしはあたりを見まわしたが、ほかの社員のデスクはどこにもなかった。一脚だけ置かれた椅子から電話帳をどけて、そこにすわった。「共同経営者はいないの？　社員は？」

「この商売はうちのおやじから受け継いだものなんだ。おやじは三年前に死んだが、おれはついそれを忘れちまう。商売も死にかけてるようなもんだ。電話で客を勧誘するのは昔から苦手だったし、近ごろはインターネットが個人の代理店をおびやかしてるし」

インターネットという言葉を口にして、男はコンピュータのスイッチが入ったままだったことに気づいた。スクリーン・セイバーのキーを押したが、魚がぞろぞろ泳ぎだす前に、わたしは彼がトランプの一人遊びか何かをやっていたのを見てしまった。

この部屋でいくらか新しいのはコンピュータだけだった。デスクは黄色を帯びた木製のどっしりしたもので——五十年前にはやったタイプだ——両側に引出しの列があり、そのあいだに膝を入れるようになっていた。何十年分もの煤、コーヒー、インク、その他正体不明の汚れが、目につくかぎりの黄色い表面に黒いしみとなって残っていた。デスクの大部分がうんざりするほど大量の書類におおわれていた。これに比べれば、わたしの事務所など修道院みたいなものだ。

残りのスペースは大型ファイル・キャビネットにほぼ占領されていた。卓球の中国代表チームが写っている端の丸まったポスターが、室内の唯一の装飾だった。窓のところに、鎖で吊された大きな鉢植えのポットがあったが、なかの植物はしおれて、かさかさの葉っぱが二、三枚になってしまっていた。

男は椅子にすわりなおし、その口調にエネルギーらしきものをそそぎこもうとした。

「どんなご用件で？」

「V・I・ウォーショースキーといいます」わたしは彼に名刺を渡した。「おたくは？」

「フェプル。ハワード・フェプル」彼はわたしの名刺を見た。「ああ。探偵さんか。おみえになることはきいてましたよ」

わたしは腕時計を見た。エイジャックスを出てから一時間ちょっとしかたっていない。社内の誰かが迅速に動いたとみえる。

「誰からきいたの。ベルトラン・ロシー？」

「名前は知らない。保険金支払業務部の女の子の一人だった」

「女性よ」わたしはいらいらして訂正した。

「どっちだっていいだろ。とにかく、うちの古い保険証券のことでおたくが訪ねてくるって連絡があったんだ。その保険証券に関しては何もお話しできませんね。契約が結ばれた当時、おれはまだ高校生だったんだから」

「じゃ、一応は調べてみたのね。誰が現金化したかについて、何かわかった？」

彼は椅子にもたれた。くつろいだ男というポーズ。「なんでおたくがそんなことききたがるのか、理解できないね」

わたしは魅力だの、丸めこむだのといったことはきれいさっぱり忘れて、悪鬼のごとき笑みを浮かべた。「わたしが代理人をつとめているサマーズ家がこの問題に関心を持っててね、解決には連邦裁判所への訴訟が必要なの。ファイルの提出を求める召喚状が届いて、代理店が詐欺罪で訴えられることになるわ。一九七一年にアーロン・サマーズに保険を売ったのはおたくのお父さんかもしれないけど、いまはあなたが代理店の所有者なんでしょ。おたくの商売をつぶすのはインターネットじゃないかもね」

彼はぼってりした唇をひき結び、ふくれっ面になった。「一言いっとくがね、保険を売ったのはうちのおやじじゃなくて、ここで働いてたリック・ホフマンだよ」

「じゃ、どこへ行けば、ミスタ・ホフマンに会えるかしら」

フェプルは薄笑いを浮かべた。「死んだ者を探すときに行く場所だね。だが、リックが天国へ行ったとは思えんな。さもしい下司野郎だった。なんであんなに金まわりがよかったんだか……」思わせぶりに肩をすくめた。

「あなたとちがって、飛びこみの勧誘が苦手じゃなかったって意味？」

「金曜日の男だった。つまり、金曜の午後になると貧乏人の住む地区へ出かけてって、そいつらが給料もらった直後に集金してまわるのさ。うちの商売はほとんどがそんな感じの生命保険だった。小さな額で、葬式代を払って、あとは遺族の手もとにすこし残る程度だ。このサマーズって男も一万ドルの契約が精一杯だったんだろうね。もっとも、うちの基準からいえば高額だけどな。ふつうは三千から四千ぐらいなものだ」

「じゃ、ホフマンはアーロン・サマーズのところへも集金に行ってたのね。保険料の払込は完了してたの？」

フェプルは乱雑な書類のてっぺんにのっているファイルを叩いた。「ああ、終わってた。うん、十五年かかったが、全額払いこんであった。受取人は妻のガートルードと息子のマーカスだ」

「では、誰が現金化したの？　それから、もし現金化したのなら、家族のところに保険証券が残ってたのはなぜなの？」

フェプルは腹立たしげにわたしを見ながら、ファイルを一ページずつめくっていった。途中でその手を止め、書類を食い入るように見て、音もなく唇を動かした。口の端にかすかな笑みが——秘密めいた不快な笑みが——浮かんだが、一瞬ののちにはファイル調べにもどっていた。最後に、わたしがエイジャックスですでに見たのと同じ書類をひっぱりだした。死亡証明書のコピーと、キャンセル済み小切手のコピー。

「ファイルにはほかにどんな書類が入ってたのかしら」

「べつに」フェプルはすぐさま答えた。「ありきたりのものばかりさ。リックはこういう週末の契約を山のようにとってきてた。どこにも変わった点はありゃしない」

彼の言葉を信じる気にはなれなかったが、偽りを暴く手だてがなかった。「三千ドルや四千ドルの商品を売って暮らしていくなんて大変だわね」

「リックはけっこう羽振りがよかった。商売のコツを心得てたのさ。あんたに話せるのはそんなとこかな」

「じゃ、話せないのはどんなこと?」

「おれ個人の商売については話せない。あんたは約束もなしに押しかけてきて、怪しいことはないかとほじくりかえしたが、質問する権利なんかありゃしないんだ。それから、連邦裁判所の訴訟をちらつかせるのはよしてくれ。この件に関して胡散《うさん》臭いとこがあるんだったら、それは保険会社の責任だ。うちじゃない」

「ホフマンには家族はいたの?」

「息子が一人。どうなったかは知らん。おれよりかなり年上だったな。父親のリックとはあまりうまく行ってなかったみたいだ。リックの葬式のとき、おれもうちのおやじと一緒に仕方なく出たんだが、教会にはおれたち以外誰もいなかった。息子はとっくに帰ったあとだった」

「じゃ、ホフマンの出資した分は誰が受け継いだの?」

フェプルは首をふった。「やつは共同経営者ではなかった。社員にすぎなかった。完全な歩合制だったが——バンバン儲けてたね」

「だったら、あなたが彼の顧客をひきついで、かわりにやってけばいいじゃない」

いやったらしい薄笑いがふたたび浮かんだ。「ああ、そうしようと思ってたとこさ。リックの商売のやり方にどんな金鉱が隠されてたのか、エイジャックスから電話をもらうまで気がつかなかったんだ」

わたしはファイルをのぞきたくてたまらなかったが、デスクのファイルをつかんで階段を駆けおり、ロビーの警備員の腕に飛びこむ以外、のぞく方法は思いつかなかった。すくなくとも、いまのところは。出ていくさいに、またしてもリノリウムの端にけつまずいた。フェプルが早く修理しなければ、このわたしが彼を告訴してやる。

せっかく南にきたのだから、もう二マイル足を延ばして、ディレイニー葬儀社のある六十七丁目まで行くことにした。そこは堂々たる白い建物で、そのブロックでは文句なしに最高の豪華さを誇っていて、裏の駐車場には霊柩車が四台停まっていた。わたしはその横にマスタングを置いて、何が探りだせるか調べるために葬儀社に入っていった。

ディレイニー老人がじきじきにわたしの相手をしてくれて、シスター・サマーズのようなやさしい上品な女性にあんな悲しい思いをさせなくてはならなかったことを、自分たちはまことに申しわけなく思っているが、慈善事業で葬式をやるわけにはいかないのだと述べた。一度でもそんなことをすれば、保険金がおりないなんていう話をでっちあげて、サウス・サイドのたかり屋どもが一人残らず押しかけてくるでしょうからね。サマーズの保険証券が現金化されていたことをどうして知ったかというと、保険会社と単純なやりとりをした結果だとのことだった。会社に電話して、保険証券の番号を伝えたところ、支払いはすでに終わっていると告げられた。電話に出たのは誰かと、わたしは彼に尋ねた。

「無料でお教えするわけにはいきませんね、お嬢さん」ディレイニー老人はきびしい顔でいった。「保険会社に関する調査を進めたいなら、どうぞご自由に。だが、こっちが苦労して儲けた金でつかんだ情報を、無料でせしめようなどとは考えないでもらいたい。わたしから申しあげられるのは、こういうことがおきたのは、つまり、愛していた故人が家族に内緒で財産を処分してしまったことを遺族が知らされたのは、今回のケースが初めてじゃないってことだけです。日常茶飯事とまではいわないが、愛していた故人の行動に、遺族はしばしば悲しい驚きを味わわされるものなのだ。人間の性格というのはじつに人間臭いものでしてね」

「ガートルード・サマーズも、彼女の甥も、アーロン・サマーズの葬儀の場でその教訓を学んだにちがいありません」わたしはそういって、帰ろうと立ちあがった。

彼はわたしの言葉の裏にひそむ辛辣さに気づいていないかのように、悲しげに頭を下げた。この男がサウス・ショア一番の金持ちの一人になったのは、あこぎな商法を詫びることによってではなかったようだ。

8　ホフマン物語

今日のスコアは、ウォーショースキー・チーム〇点、ビジター・チーム三点のようだ。エイジャックスからも、ミッドウェイ保険代理店からも、葬儀社の経営者からも、満足のいく答えは得られなかった。南にいるあいだに、未亡人を訪ねることで、挫折に次ぐ挫折の訪問の仕上げをやるのもいいかもしれない。

未亡人はダン・ライアン高速道路から二、三ブロック離れたところにある、いまにも倒れそうな十二階建ての建物に住んでいて、片側には焼け落ちたビルの残骸が、反対側には石細工のかけらや錆びた車などの放置されている空地があった。わたしが車を道路脇に寄せたとき、かなり古いシェヴィのボンネットに二人の男がもたれていた。通りにいる人間はほかに一人だけで、それは、茶色の紙袋に顔を埋めて何か吸いながらつぶやいている獰猛そうな顔つきの女性だった。

サマーズ家の呼鈴はちゃんと働いていないようだったが、通りに面したドアが蝶番からだらしなく垂れている状態だったので、そのまま建物に入っていった。階段には小便とむっとする油の臭いがこもっていた。廊下を歩いていくと、いくつかのドアの奥から犬の吠える声がして、赤ん坊の弱々しい絶望的な泣き声を一時的にかき消した。ガートルード・サマーズの住まいのドアにたどりつくころには、すっかり気分が滅入っていて、尻尾を巻いて逃げだすかわりにドアをノックするのがつらくてならなかった。

数分がすぎた。ようやく、のろのろした足音と、「どなた?」と尋ねる深みのある声がきこえた。わたしは名前を名乗り、彼女の甥に雇われた探偵であることを告げた。彼女は三個のデッドボルトをはずすと、玄関ホールにしばらくたたずみ、生真面目な顔でわたしをながめまわしてから、なかに入れてくれた。

ガートルード・サマーズは背の高い女性だった。かなりの年なのに、五フィート八インチのわたしよりたっぷり二インチは高くて、悲しみのさなかにあっても背筋をしゃんと伸ばしていた。黒っぽいワンピースを着ていて、歩くとそれが衣ずれの音を立てた。左袖のカフスにはさんである黒いレースのハンカチが喪中であることを強調していた。その姿を見ているうちに、くたびれたスカートとセーター姿の自分がだらしなく思えてきた。

彼女のあとについてアパートメントの中心となっている部屋に入り、そのまま立っていると、彼女が堂々たる物腰でソファを指し示した。明るい花柄の生地に分厚いビニールがかけてあり、腰をおろすと、そのビニールがガサガサうるさい音を立てた。

建物の不潔さは彼女のドアのところで終わっていた。奥の壁ぎわに置かれたダイニング・テーブルから、テレビの上にかけてある紛いものの鐘のついた時計まで、ビニールにおおわれていないものはすべて丹念にみがいて光らせてあった。壁には写真がぎっしりで、その多くは笑顔を見せている同じ子供だった。わたしの依頼人と妻が結婚式の日に撮ったフォーマルな写真もあった。驚いたことに、ダラム議員の写真も壁にかかっていた――一枚は彼一人だけの写真。それから、〈若者の力を活かそう〉と書かれたブルーのスウェットシャツを着ているティーンエイジャーの少年二人に腕をまわした写真。少年の一人は金属製の松葉杖をついているが、二人とも誇らしげに微笑している。

「お金をなくされて大変でしたね、ミズ・サマーズ。ご主人の生命保険に関してひどい混乱があったようで、さぞ大変だったことでしょう」

彼女は唇を閉じていた。相手をする気はないらしい。

わたしは苦心惨憺して話を進め、詐欺に使われた死亡証明書とキャンセル済み小切手のコピーを彼女の前にならべた。「この状況にはわたしもとまどっています。なぜこんなことになったのか、何かお心当たりはないでしょうか」

向こうは書類を見ようともしなかった。「ここにきてあたしを非難する仕事をやるのに、あんた、いくらもらったんだい」

「誰にも何ももらっていません。お金をもらってそんなことをするつもりもありません」

「口でいうのは簡単さ。なんとでもいえる」

「ええ、たしかに」わたしは言葉を切って、彼女と同じ立場に身を置くべく努力した。

「うちの母はわたしが十五のときに亡くなりました。誰か知らない人間が母の生命保険を現金化していて、父のしわざだと非難をよこせば、ええ、父がどんな態度に出たか想像できるような気がします。あんなおだやかだった父でもね。でも、今回の件に関してあなたにいっさい質問できないとしたら、何年も前に保険を現金化したのが誰だったのか、どうやってつきとめられます?」

彼女は唇をキッと結んで、しばらく考えこんでから、こう答えた。「保険代理店のあの男とは話をした? ほら、ミスタ・ホフマンっていって、毎週金曜の午後になるとやってきた男だよ。うちの人がもらった給料で酒飲んじまうとか、貧しい黒人の男ってのは家族のテーブルに食べものを置くかわりにこれこれこういうことをするもんだと、あいつが想像してたような行為に走っちまうとかしないうちに」

「ホフマン氏は亡くなりました。代理店は前のオーナーの息子がひきついでいますが、商売のことはあまりわかっていないようです。ホフマン氏はご主人に失礼な態度をとったんでしょうか」

彼女は鼻を鳴らした。「あの男はあたしたちを人間だとは思ってなかった。あいつがいつも持ち歩いてた帳簿のなかの項目にすぎなかった。でっかいメルセデスで乗りつけてさ、それ見りゃ、こっちが必死に稼いだ五ドル札がどこへ消えてくのか想像がつくってもんだ。あいつが正直かどうか尋ねる方法もなかったし」

「その男にだまされたとお思いですか」

「それ以外にどう説明がつくのさ」彼女はテーブルの書類に手を叩きつけた。いまもそちらには視線を向けようとしない。「あんた、あたしが耳もきこえず、口もきけず、目も見えないと思ってるのかい。黒人と保険をめぐってこの国で何がおきてるか、あたしだって知ってるよ。南のほうにある保険会社が黒人から契約以上の保険料をふんだくってつかまったって話、新聞で読んだからね」

「おたくも被害にあったんですか」

「いいや。ただ、保険料は払いこんだ。払って、払って、払いつづけた。そのあげくが水の泡だ」

「一九九一年に保険金請求をしたのがあなたではなく、あなたの考えではご主人でもないとすれば、いったい誰がやったんでしょう?」わたしはきいた。

彼女は首を横にふったが、その視線がふと壁の写真のほうを向いた。

わたしは息を呑んだ。「ぶしつけな質問ですけど、おたくの息子さんも受取人になっていますね」

彼女の表情がわたしを罵倒していた。「うちの息子か。息子は死んだ。あたしたちが――サマーズとあたしが――葬式代のほかにすこしは金を残してやりたいと思って大きな保険に入ったのは、息子のためだったんだ。筋ジストロフィーだったもんでね、うちの子は。それから、〝そうか、医療費の支払いのために、保険を現金化したのね〟と、あんたが思ってるといけないから、一言いっとくと、うちの人は病院の金を払うために、四年のあいだ、人の二倍働きつづけた。息子の病気がひどくなって動けなくなってきたんで、世話をするために、あたしは仕事をやめなきゃならなかった。息子が死んだあと、借金返すために、あたしも倍の時間働くことにした。手伝いをやってた老人ホームでね。あんたがあたしの個人的な事柄を残らず探りだす気なら、うちの甥にびた一文請求しなくたってできることだ。グランド・クロシング高齢者ケアホーム。けど、あたしの人生を嗅ぎまわりたいんなら、勝手にやっとくれ。もしかしたら、あたしはこっそり酒に溺れてるかもしれない――あたしが洗礼を受け、うちの夫が四十五年のあいだ執事をやってた教会へ行って、尋ねてごらんよ。もしかしたら、うちの人はギャンブル狂で、家計費をみんなつぎこんでたかもしれない。あんた、そうやってあたしの評判をめちゃめちゃにする気なんだろ」

わたしは誠実な視線を彼女に向けた。「じゃ、保険証券に関する質問はいっさい受けつけてもらえないんですね。誰が現金化したのか、あなたにはまったく心当たりがない。ミスタ・イザイア・サマーズ以外に、そういうことをしそうな甥御さんか姪御さんはいませんか」

彼女の視線がふたたび壁のほうを向いた。わたしは衝動的に、ダラム議員の写真に彼女の息子と一緒に写っている少年は誰なのかと尋ねていた。

「うちの甥のコルビーだよ。だめだめ、この子に罪を着せようったって無理だよ。それから、市会議員がやってる〈若者の力を活かそう〉って会を悪者にするのもね。ダラム市会議員はうちの家族にとっても、この界隈にとっても、昔からいい友達だった。それに、あの会のおかげで、男の子たちは時間とエネルギーの活用法を見つけることができたんだ」

ＥＹＥチームのメンバーが筋肉を思慮深く活用して選挙運動に貢献しているという噂に

ついて尋ねるには、タイミングも場所も適切とは思えなかった。目の前に置いたコピーに視線をもどして、リック・ホフマンのことを質問した。

「どんな男でした？　あなたから保険のお金を横取りしそうな人物に見えましたか」

「ふん、あたしがあの男の何を知ってるっていうのさ。知ってるのは、さっきもいったように、革の帳簿を持ってて、そこに書かれたあたしたち夫婦の名前にチェックマークをつけてたってことだけ。あいつがアドルフ・ヒトラーだった可能性もあるよね」

「この建物でも、おおぜいの人に保険の勧誘をしてました？」

「なんでそんなこと知りたがるんだい」

「彼と保険契約を結んだ人のなかに、ほかにも同じ経験をした人がいないかどうか、知りたいんです」

そこでようやく、彼女の視線がわたしを素通りするかわりに、わたしの上で止まった。

「この建物では〝ノー〟だね。アーロンが——うちの人が——働いてた職場だったら〝イエス〟だ。うちの人は〈サウス・ブランチ屑鉄処理場〉で働いてた。ホフマンは誰だってちゃんとした葬式を出したがるってことを知ってたから、サウス・サイドにあるそういう職場をまわってた。金曜の午後になると、十件から二十件ぐらい集金してたにちがいない。職場へ集金しにいくこともあれば、ここにくることもあった。すべてはあの男のスケジュール次第だった。そして、アーロンは十五年にわたって五ドルずつ払いつづけて、やっと払込を完了したんだ」

「ホフマンと保険契約を結んだ人たちを、ほかに何人かご存じありませんか？」

彼女はふたたびわたしをみつめ、これは口当たりのいい説得法ではなかろうかと逡巡した末に、ようやく、わたしが誠実な人間であるというほうに賭ける決心をした。「四人の名前をあげられる。うちの人の同僚だった連中さ。みんな、ホフマンの保険に入ってた。ホフマンが職場に押しかけて、巧みに勧誘したからね。ここまで答えれば、あたしがほんとのことといってるってわかってくれる？」彼女はわたしが置いたコピーのほうへいまだ視線を向けないまま、手だけふってみせた。

わたしは渋い顔をした。「すべての可能性を考えてみる必要があるんです、ミズ・サマーズ」

彼女は苦々しげにこちらを見た。「甥があんたを雇ったのはあたしのためを思ってのことだっていうぐらいは、あたしにもわかるけどさ、あんたには人を敬う気持ちがほとんどないってことを、甥が知ってさえいたら……」

「あなたの心を踏みにじるつもりはありません、ミズ・サマーズ。わたしと話をしてもいいと、甥御さんにおっしゃったでしょう。そこでどんな質問が出るかは、だいたいおわかりのはずです。ご主人の名前が書かれた死亡証明書がある。提出者の欄にはあなたの名前。日付は十年近く前。ミッドウェイ保険代理店経由で小切手がふりだされている。誰かがそれを現金化した。誰がやったのかをわたしのほうでつきとめるためには、どこかを出発点にしなくてはなりません。同じ目にあった人がほかにも見つかれば、わたしがあなたを信じる助けになると思います」

彼女は怒りに顔をひきつらせたが、時計の針が三十秒を刻むあいだ無言ですわりつづけたのちに、電話の下から罫線入りのメモ帳をひっぱりだした。人差し指を唾で湿らせて、古びた住所録のページをめくり、ようやく、いくつかの名前をメモ帳に書きだした。黙りこくったまま、そのメモをわたしによこした。

インタビューは終わった。わたしは照明のない廊下をひきかえし、階段をおりた。赤ん坊はまだ泣いていた。外に出ると、男たちもまだシェヴィにもたれていた。

わたしがマスタングのドアのロックをはずすと、男たちが陽気な声で車の交換を持ちかけてきた。わたしはニヤッと笑って手をふった。あーあ、見ず知らずの人たちは愛想がいいこと。人がわたしに敵意を持つのは、わたしと話をしたときだけだ。いい教訓ではあるが、しいてその教訓を尊重しようという気にはなれない。

時刻は三時に近かった。朝の八時にヨーグルトを食べて以来、何も口にしていない。何か食べれば、憂鬱な思いがすこしは消えるかもしれない。高速道路に向かう途中にショッピング・モールがあったので、チーズピッツアをひと切れ買った。皮の部分はべとべとだし、表面は油でぎらついていたが、舌鼓を打ってたいらげた。事務所について車からおりたとき、ローズピンクの絹のセーターの胸もとに油が飛んでいるのに気づいた。現在のスコア、ウォーショースキー・チーム〇点、ビジター・チーム五点。せめてもの慰めは、午後は仕事の打ち合わせがいっさい入っていないことだ。

パートタイムのわがアシスタント、メアリ・ルイーズ・ニーリイがデスクについていた。ラドブーカのインタビューが入っているビデオの包みを渡してくれた。ベス・ブラックシンから届けられたものだ。わたしはそれをブリーフケースに入れてから、サマーズ事件の詳細を彼女に伝え、リック・ホフマンと保険契約を結んだほかの男たちについて調べてくれるよう頼んだ。つぎに、ドンがポール・ラドブーカに関心を持っていることを話した。

「インターネットで調べたんだけど、ラドブーカって名前はどこにもなかったわ」わたしは最後にいった。「だから……」

「ヴィク――もし改姓したのなら、それは判事の前でやらなきゃいけないのよ。裁判所命令があるはずよ」メアリ・ルイーズはドジねといいたげにわたしを見た。

わたしは瀕死のカワカマスみたいに彼女をみつめ、おとなしくコンピュータのスイッチを入れにいった。彼がラドブーカか、ウルリッヒか、もしくは何かほかの名前で法的手続きをとっていたとしても、インターネットにはまだ出ていなかったが、それはほとんど慰めにならなかった。自分でそこに気づくべきだった。

メアリ・ルイーズは街じゅう駆けずりまわるのがいやなものだから、ラドブーカがインターネットに出ていないことを信じようとしなかった。自分で検索してからようやく、明日の午前中に裁判所をまわって書類をもう一度調べてみるといった。

「でも、セラピストにきけば、彼の居所がわかるかもしれないわね。セラピストの名前は？」

わたしが名前を教えると、メアリ・ルイーズの目がまん丸になった。「リーア・ウィール？　あのリーア・ウィール？」

「知ってるの？」わたしは椅子を回転させて、彼女と向きあった。

「個人的にではないけど」メアリ・ルイーズの肌が髪と同じオレンジがかったピンクに染まった。「でも、なんていうか、自分の生い立ちの関係から、ウィールの仕事にはずっと興味を持ってたの。彼女が証言台に立った裁判を傍聴したことも何回かあるわ」

メアリ・ルイーズは十代のときに、虐待を受けていた家を飛びだした。セックスとドラッグで身を持ちくずしたのちに、ようやく立ち直り、警官になった。それどころか、彼女が里子にしている三人の子は、虐待家庭から救いだされた子供たちである。だから、性的虐待を受けた子供の力になっているセラピストに彼女が特別の注意を払っているとしても、驚くにはあたらない。

「ウィールは以前、児童福祉局にいたのよ。専属セラピストの一人として、子供たちのために働いてたんだけど、同時に、虐待が争点になる裁判に鑑定人として出廷してたわ。マクリーン裁判を覚えてる？」

メアリ・ルイーズの話をきくうちに、こまかい記憶がよみがえった。マクリーンというのは大学の法学部の教授で、もともとはデュ・ページ郡の検事から出発した人物だった。彼の名前が連邦裁判所の判事の候補としてあがったとき、当時すでに成人していた彼の娘が出てきて、子供のときに父親からレイプされたとして彼を訴えた。娘が頑として譲らなかったため、州は彼を起訴せざるをえなくなった。

右派のさまざまな名家がマクリーンの救済にのりだし、父親が保守的な共和党員であるがゆえに、娘がリベラル派の中傷攻撃の手先になっているのだと主張した。結局、強制猥褻容疑をめぐる裁判では、陪審が父親に有利な評決を下したが、彼の名前は判事の候補からはずされてしまった。

「で、ウィールは証言台に立ったの？」わたしはメアリ・ルイーズにきいた。

「それだけじゃないわ。その娘のセラピストでもあったの。二十年以上も封じこめられた虐待の記憶を彼女がとりもどせたのも、リーア・ウィールのおかげだったのよ。弁護側はそこで、〈捏造された記憶財団〉のアーノルド・プレイガーをひっぱりだしてきた。プレイガーは卑劣な手段をあれこれ使って、ウィールのイメージダウンを狙ったんだけど、彼女はびくともしなかったわ」メアリ・ルイーズの顔は賞賛に輝いていた。

「じゃ、プレイガーとウィールはずいぶん昔からの知りあいなのね」

「その点は知らないけど、法廷で長年にわたって対立してきたことだけはたしかよ」

「けさ出かける前に、〈プロクエスト〉に検索をかけておいたのよ。二人の対立が記事になってれば、何か出てるはずだわね」〈プロクエスト〉の検索結果を調べてみた。メアリ・ルイーズがやってきて、わたしの肩越しに画面の文字を読んだ。彼女のいった事件は当時、マスコミの注目をかなり集めたようだ。《ヘラルド・スター》の二つの記事にざっと目を通してみた。どちらもウィールの冷静な証言を讃えていた。

メアリ・ルイーズはアーノルド・プレイガーが《ウォール・ストリート・ジャーナル》の特集ページに書いた記事を読んで、怒りに毛を逆立てていた。ウィールと、暗示にかけられて記憶をゆがめられてしまったことが明らかな幼い子供の証言を許可した法廷の、両方を非難する記事であった。ウィールは信頼できるセラピストではないと、プレイガーは結論していた。信頼できるセラピストであれば、イリノイ州が彼女を解雇するはずがないではないか。

「解雇？」わたしはメアリ・ルイーズにそういいながら、その記事をほかのいくつかとともにプリントアウトした。「知ってた？」

「ううん。自分で開業するほうがやり甲斐があるって、彼女自身が決断したんだと思ってた。児童福祉局で働いてたら、遅かれ早かれ、ほぼ全員が燃えつきてしまうもの」メアリ・ルイーズの淡い色の目には懸念が浮かんでいた。「すばらしく優秀な、まさに本物のセラピストだと思ってた。州が彼女を解雇するなんて信じられない。すくなくとも、正当な理由があってのことではないと思うわ。妬まれたんじゃないかしら。福祉局のなかでは最高のセラピストだったけど、ああいうお役所って、つねに嫉妬心が渦巻いてるものでしょ。わたし、法廷で彼女を見ると、いつも自分のお母さんみたいな気がしたものだったわ。彼女のところに患者として通ってる女性に会ったときは、妬ましくて仕方がなかった」

メアリ・ルイーズは照れたように笑った。「もう行かなきゃ。子供たちを迎えにいく時間なの。サマーズの調査は明日の朝いちばんにやっておくわ。あなたのタイムシートの記入、やっといてくれる？」

「はっ、了解」わたしはきどって彼女に敬礼した。

「ふざけてる場合じゃないのよ、ヴィク」彼女はきびしい声でいった。「そこをきちんとしておかないと……」

「わかってる、わかってる」メアリ・ルイーズはからかわれるのが好きではない。生真面目な人――でも、それだからこそ、事務所をきちんと管理していけるのだろう。

裁判所に寄ってラドブーカの改姓書類を調べてみると約束して、メアリ・ルイーズが出ていったあと、わたしは児童福祉局にいる顔見知りの弁護士に電話をした。公的機関で開催された女性と法律に関するセミナーで知りあいになり、ときたま連絡しあっている。

その弁護士が児童福祉局の主任に電話をまわしてくれた。完全にオフレコという条件なら、主任は話をするとのことだった。デスクの電話がモニターされているといけないので、公衆電話からかけなおすと、主任はいった。五時まで延々と待たされて、ようやく、帰途についた彼女がイリノイ州センタービルの地下にある公衆電話に立ち寄ってくれた。この情報提供者は話に入る前にまず、わたしが〈捏造された記憶財団〉の依頼で電話したのではないことを誓うようにいった。

「児童福祉局のみんながみんな、催眠療法を認めてるわけではないけど、うちに駆けこんできた子たちが〈捏造された記憶財団〉の訴訟で傷つけられるのを見たいと思っている者は、ここには一人もいませんからね」

わたしは自分の保証人にできそうな人物を何人か思い浮かべ、最後にようやく、向こうがよく知っていて信頼しているであろう名前に行きあたったので、それを出して彼女を安心させると、向こうも驚くほど率直になった。

「リーアはうちにいたセラピストのなかで、相手の心をつかむのがいちばん巧みな人でした。ほかのセラピストには自分の名前すら告げないような子供たちから、信じられない結果をひきだすんです。心的外傷のからんだケースを扱うときは、いまでも、リーアにもどってきてほしくなります。トラブルの原因は、彼女が自分を児童福祉局の女司祭だと思いはじめたことにありました。彼女の出す結論や判定には文句のつけようがなかったのですが……。

リーアが個人的にセラピーを始めたのがいつだったのか、正確には覚えていませんが、たぶん六年ぐらい前からでしょうね。パートタイムでやっていました。でも、福祉局では三年前に、彼女との契約を打ち切ることにしました。マスコミ向けには、それはリーアが決めたことで、セラピーに専念することを望んだからだと発表しましたが、局内に流れていたのは、彼女に指図されるのはいやだという感情でした。リーアの頭のなかでは、つねに自分が正しくて、わたしたちは——もしくは、州の検事総長や、彼女と意見を異にする者は——まちがっていたのです。いくら子供の扱いや法廷での証言に長《た》けていても、つねにジャンヌ・ダルクでいたがる人をスタッフにしておくことはできません」

「彼女自身の栄光を求めるあまり、状況判断を誤ってしまったということでしょうか？」

わたしはきいた。

「いえ、ちがいます。そんなんじゃないんです。栄光を求めていたのではなく――使命感に燃えていたのです。じつをいうと、若いスタッフの一部から〝マザー・テレサ〟と呼ばれはじめていました。かならずしも賞賛の念からではなくてね。はっきりいって、それが問題のひとつでもありました。彼女のおかげで、局内が〝リーア崇拝派〟と〝リーア懐疑派〟の二つに分かれてしまったのです。当時の彼女は、結論にいたった過程について他人が質問することを許そうとしませんでした。たとえば、娘に性的虐待を加えたとして彼女が非難していた男が、連邦裁判所の判事候補にあがっていた元検事だったという、あの事件などもそうでした。わたしたちがセラピーの記録を見ようとしても、証言台に立つまでぜったい見せてくれないんです。裁判が不利な展開になった場合、こちらのこうむる被害は計り知れなかったでしょう」

わたしはプリントアウトの束を手早くめくった。「父親を告発したその娘さんは、ウィールの個人的なセラピーも受けてたんじゃありません？」

「ええ。でも、リーアは州に雇われた身でもありましたから、父親の側がその気になれば、リーアが州のオフィスのスペースと設備を使ってコピーをとっただの、なんだの、とにかく、こちらを相手どって訴訟をおこすための主張をくりひろげることができたでしょう。そんなことが公になったら大変です。リーアをやめさせるしかありませんでした。さて、これだけ率直にお話ししたのですから、今度はそちらの番ですよ。リーアは私立探偵の興味を惹くようなどんなことをしたんですか」

　ある程度まで打ち明ける必要があることは覚悟していた。お返しをする——それが情報を得るためのコツだ。「彼女のセラピーを受けている人物が、今週、テレビのニュースに出たんです。ホロコーストの記憶がよみがえったという男性ですけど、ごらんになりました？　じつは、その男性と、リーアの仕事に焦点を当てて、本を書こうとしている人物がおりまして、わたしがその背景調査を頼まれたのです」

「リーアには、うちで仕事をしてくれたどのセラピストよりも得意とすることがありました。それは人の注目を集めることです」わが情報提供者はすばやく電話を切った。

9　オーストリアの王女

「つまり、彼女は正式な資格を持ったセラピストよ。物議をかもしてはいるけど、資格は本物」わたしは赤く輝いているドンの煙草の先端に向かっていった。「彼女のことを本にするとしても、詐欺師と契約を結ぶことにはならないわ」

「じつはさ、おれが早々と行動に出て、当の女性と会う約束をとりつけたんで、ニューヨークの社はもう大喜びなんだ。時間があいてたら、同席してくれない？　もしかしたら、きみからドクター・ハーシェルに報告を届けるのを、彼女が許可してくれて、それがドクターの不安を軽くする助けになるかもしれないよ」

「いまの状況だと、そういう展開は想像できないわね。でも、リーア・ウィールには会ってみたいわ」

　わたしたちはモレルの家の裏のポーチにすわっていた。もうじき夜の十時だというのに、モレルはまだダウンタウンにいて、国務省の役人とミーティングの最中だ。わたしは彼らがモレルを説得して、カブール滞在中にスパイ活動をさせようと企んでいるのではないかという、漠然たる不安に包まれていた。モレルの古いセーターのひとつにくるまって、そこから小さな慰めを得ていた――ミッチとペピーになったような気分だった――わたしが街を留守にするとき、犬たちはわたしの古いソックスをおもちゃにするのが大好きだ。ロティのおかげで、一日の終わりがとげとげしいものになってしまったため、わたしには見いだせるかぎりの慰めが必要だった。

けさモレルに行ってらっしゃいのキスをしてから、一日じゅう走りどおしだった。緊急の用がまだ十件あまり残っていたが、疲れてくたくたで、走るのはもう無理だった。調査結果を口述する前に、イザイア・サマーズに電話をかける前に、犬を散歩させに帰る前に、リーア・ウィールに関する調査を進めるためにドン・ストレイペックに渡す契約書を持ってモレルのアパートメントへもどる前に、とにかく休息をとりたかった。事務所の奥の部屋で三十分だけポータブル・ベッドに横になろう――そう思っていた。三十分休息すれば、元気になって、今日の仕事の残りを夕方のうちに片づけられるだろう。ところが、依頼人の電話におこされたときは、九十分近くたっていた。

「どういうつもりで伯母のとこに押しかけて、あんな非難の言葉を投げつけたんだ」電話のベルで叩きおこされたわたしに、イザイア・サマーズが食ってかかった。「亭主に死なれた伯母をそっとしといてやれなかったのか」

「どんな非難？」口も、目も、まるで綿を詰めこまれたような状態だった。

「伯母の家に押しかけて、保険会社から金を盗んだって非難を伯母に浴びせただろ」

仮眠で頭がぼうっとしていなければ、わたしももっと冷静に応対できたかもしれない。いや、だめだったかも。

「伯母さんの悲しみにはおおいに同情の余地があるけど、そんなことをいった覚えはないわ。それから、わたしに電話してきて、そういう不快な行動をとったという非難をよこす前に、わたしが伯母さんに何をいったのか、きいてくれてもいいと思うけど」

「わかった。きこうじゃないか」彼の声は押し殺した怒りのせいで重苦しかった。

「十年前に死亡証明書が提出されたときに保険会社がふりだした小切手を、わたしから伯母さんに見せました。それについて何か知らないかと尋ねました。そんなの、非難じゃないでしょ。伯母さん宛ての保険金の小切手はミッドウェイ保険代理店気付になっていました。伯母さんの名前が小切手に書かれていないようなふりはできないわ。エイジャックスが正規の死亡証明書をもとにして小切手をふりだしたのではないようなふりもね。伯母さんに質問するしかなかったの」

「その前に、おれに連絡くれてもよかったじゃないか。あんたに金払ったのはおれなんだぜ」

「調査の過程でとる方法について、依頼人といちいち相談するわけにはいかないわ。そんなことしてたら、何もできなくなってしまう」

「あんたはおれから金をふんだくった。それを使って伯母を非難した。契約書には、おれのほうからいつでも契約を打ち切ることができるって書いてあるよな。いまここで打ち切らせてもらう」

「けっこうよ」わたしはどなった。「打ち切ってちょうだい。誰かが伯父さんの保険を使ってお金をだましとった。それを見逃そうというのなら、どうぞご自由に」

「もちろん、見逃す気はない。おれが自分で調べることにする。伯母への思いやりを忘れない方法でな。白人の探偵のやることは警察と同じだってのを、肝に銘じておくべきだった。女房のいうことをきくべきだった」彼は電話を切った。

怒り狂った依頼人からクビを通告されたのはこれが初めてではないが、わたしはいつまでたっても冷静沈着に応じることができない。もっとべつのやり方があっただろうに。伯母さんに会いにいく前に、イザイアのところへ電話を入れて、彼をこちらの味方につけておくべきだった。もしくは、せめて、ここで眠りこむ前に彼に電話しておくべきだった。癇癪を抑えるべきだった——わたしにつきまとって離れない罪。

伯母さんに何をいったのか、正確に思いだそうとした。ああ、だめだ、メアリ・ルイーズからいわれているように、誰かと会ったあとはすぐに調査結果を口述しておかなくては。遅くとも、しないよりはましだ。まずは、依頼人との——もと依頼人との——電話の会話から行くとしよう。いつも利用している文書処理センターに電話して、会話の要点を口述してから、サマーズがわたしとの契約を打ち切ったことを確認する手紙もつけくわえた。この手紙に彼の伯父さんの保険証券を同封することにしよう。イザイア・サマーズの件が終わったところで、つぎは、今日会った人々とのやりとりをメモしたものの口述に移った。

児童福祉局の情報提供者から始めて、エイジャックスのラルフへと、順々にさかのぼっていった。

　保険代理店のハワード・フェプルとの会見を半分まで復元したとき、もうひとつの回線にロティから電話が入った。「ゆうべ、モレルの家であなたと一緒に見たっていう番組のことを、マックスからきいたんだけど」前置きもなしに、ロティはいった。「とても気になる内容だったわ」

「ええ、たしかに」

「その男の話を信じていいものかどうか、マックスは決めかねてるの。モレルのほうで、そのインタビュー番組をビデオにとってないかしら」

「とってないわね、たぶん。今日、テープが手に入ったから、それをダビングして……」

「ぜひ見たいわ。今夜にでもわたしのアパートメントに届けてくれない？」それは依頼ではなく、命令だった。

「ロティ、ここはあなたの手術室じゃないのよ。今夜おたくに寄ってる暇はないけど、明日の朝なら……」

「きわめて単純な頼みごとよ、ヴィクトリア。わたしの手術室とはなんの関係もないことでしょ。うちに置いてってもらう必要はないけど、とにかく、見たいの。わたしが見てるあいだ、そばに立っててくれてかまわないわ」

「ロティ、わたし、そんな暇はないの。明日ダビングして、あなた専用のを作ってあげる。

でも、いま手もとにあるのは、今回の件を調査するためにわたしを雇った依頼人に渡さなきゃいけないの」

「依頼人？」ロティはカッとなった。「わたしに一言のことわりもなしに、マックスがあなたを雇ったっていうの？」

万力で額を締めつけられているような気がしてきた。「たとえそうだとしても、それはマックスとわたしの契約で、あなたには関係ないことよ。それのどこが気に入らないの？」

「どこが気に入らない？　マックスが信頼を踏みにじったということ。そこが許せないのよ。会議に出ていたその人物のことを、ラドブーカと名乗っているその男性のことを、マックスからきかされたとき、わたしは、性急に行動しないほうがいい、インタビューのビデオを見てからわたしの意見をきいてほしいって、彼にいったのよ」

わたしは深く息を吸って、脳をすっきりさせようとした。「じゃ、ラドブーカって名前はあなたにとって何か意味があるのね」

「それから、マックスにとっても。カールにとっても。ロンドン時代にさかのぼることなの。あなたを雇ってその男のことを探ってもらおうって、マックスは考えてたわ。わたしは待ってほしかった。わたしの意見を尊重してくれると思ってた」

ロティは激昂していいつのっていたが、そう説明されて、わたしはおだやかに応じた。

「そうカッカしないで、ロティ。わたしを雇ったのはマックスじゃないわ。別件なの」

ドン・ストレイペックがリーア・ウィールの本を書くことに興味を持っていて、ポール・ラドブーカのなかでよみがえった記憶を好材料として使いたがっているのだと、彼女に説明した。「あなたにテープを見せることに、ドンはもちろん反対しないでしょうけど、今夜はほんとに時間がないの。片づけなきゃいけない仕事がここにまだ残ってるし、そのあと、家に帰って犬の世話をしてから、エヴァンストンまで行くつもりなの。モレルにいっておきましょうか――あなたがテープを見に彼の家へ行きたがってるって」

「わたしの望みは死んだ過去のなかに死者が葬られることだけよ」ロティはわめいた。「そのドンって男が墓穴を掘りかえそうとするのを、どうしてあなたは許してるの？」

「許してなんかいないわ。止めてもいないけど。わたしがやってるのは、リーア・ウィールがまっとうなセラピストかどうかを判断するための調査だけ」

「だったら、許してることになるでしょ。止めてるんじゃなくて」

ロティは涙声になってきた。わたしは慎重に言葉を選んだ。「戦時中を思いださせられるのがあなたにとってどれだけ苦痛かってことは、わたしには想像するしかないことだけど、みんながみんな、そう感じてるわけではないのよ」

「ええ、多くの人にとって、戦争はゲームだものね。ロマンチックな夢を与えてくれるもの。俗受けするもの。刺激を得るための手段。死者の肉をむさぼる食屍鬼のことを本にすれば、そういう事態を招く助けになるだけよ」

「ポール・ラドブーカが食屍鬼ではなくて、本人のいうとおり、正真正銘の収容所での過去を持っているとしたら、遺産を要求する権利があるはずだわ。あなたたちのグループにラドブーカ家とつながりのある人がいるのなら、その人はなんていってるの？　その男性と話をしたの？　いえ、女性かしら」

「その人はもう存在していないわ」ロティはきびしい声でいった。「これはマックスとカールとわたししか知らなかったことなの。でも、あなたに知られてしまった。それから、ドンなんとかってジャーナリストにも。セラピストにも。そして、骨をつつき、ショッキングな話がまたまた登場したことに喜びのよだれを垂らす、ニューヨークとハリウッドのジャッカルどもにも。出版社や映画会社は、ぬくぬく暮らしている栄養充分なヨーロッパとアメリカの中産階級の心を拷問の話でくすぐることによって、莫大な利益をあげているのよ」

こんな痛烈な物言いをするロティを見たのは初めてだった。おろし金で指をこすられているような痛みを感じた。わたしにはいうべき言葉が浮かばず、ダビングしたテープを明日持っていくという提案をくりかえすしかなかった。その途中で、ロティに電話を切られてしまった。

デスクの前に長いあいだすわりこみ、まばたきして涙をこらえた。腕が痛かった。意味のある動作や行動に出ようという意欲が湧かなかったが、結局は受話器をとりあげ、文書処理センターにかけて、口述のつづきをおこなった。それがすむと、病人のようにゆっくり立ちあがり、ドン・ストレイペックに渡す契約書をプリントアウトした。

「おれがドクター・ハーシェルとじかに話をすれば、なんとかなるって」いま、モレルのアパートメントのポーチに腰をおろして、ドンがいっていた。「ドクターはおれのことを、家族がすべて殺された直後に彼女に向かってマイクをつきつける、テレビ局のリポーターみたいに思ってるのさ。彼女の意見もある意味では正しいよ。ぬくぬく暮らしてるアメリカやヨーロッパの連中が拷問の話に心をくすぐられるっていうのはね。今度の本の執筆にとりかかったら、それを戒めとして心に刻みつけておかないと。だけど、おれには感情移入する能力もあるってことを伝えれば、ドクターはたぶんわかってくれるさ」

「かもね。マックスに頼めば、日曜日のディナー・パーティにあなたを同伴できるかもしれない。そうすれば、あなた、非公式な形でロティに会うことができるわよ」

だが、正直なところ、それは無理なような気がした。いつもなら、ロティが機嫌をそこねると、マックスが鼻を鳴らし、いつもの〝オーストリアの王女さま〟モードになっていると非難する。ロティはそれでよけいカッとなるものの、それ以上無茶な要求はしなくなる。だが、今夜の怒りようはもっと粗野だった――ハプスブルク家の王女の尊大さではなく、悲しみから生まれた荒々しい憤怒であった。

ロティ・ハーシェルの話「四枚の金貨」

母は妊娠七カ月だったし、栄養不足で弱っていたから、父がヒューゴーとわたしを連れて汽車の駅まで送ってくれた。早朝で、あたりはまだ暗かった。わたしたちユダヤ人はよけいな注意を惹かないよう、いつも気をつけてたものだった。出国の許可はとってあったし、書類も切符もそろってたけど、それでも、いつなんどき足止めを食うかわからなかった。わたしはまだ十歳になっていなかったし、ヒューゴーもたったの五歳だったけど、危険が身にしみていたから、通りを歩くときは静かにするようにって父が注意する必要はまったくなかったわ。

母とおばあちゃま《オーマ》に別れを告げてきたので、わたしは心細くてたまらなかった。母は何週間もわたしたちを置き去りにして、父の家ですごすことが多かったけど、わたし、オーマとはかたときも離れたことがなかったから。そのころは、もちろん、レオポルズガッセの小さなフラットでみんなが一緒に暮らすようになっていた。祖父母のほかに伯母やいとこが何人ぐらいいたのか、もう思いだせないけど、すくなくとも二十人はいたでしょうね。

ロンドンで暮らしはじめてからは、家の最上階にある寒い部屋に追いやられ、子供にはこれで充分だとミナが考えてた狭い鉄製のベッドに横になって、レオポルズガッセの狭苦しい住まいのことはなるべく考えないようにしたものだった。わたし専用の白いレースのベッドがあって、窓にはバラのつぼみ模様を散らしたカーテンがかかっている、祖父母の贅沢なフラットのことだけを思いだそうとしたものだった。それから、学校のことを。友達のクララとわたしはいつもクラスで一番と二番だった。どんなに悲しかったことか——クララがどうしてわたしと遊ぶのをやめてしまったのか、そして、つぎにはどうしてわたしが学校をやめなきゃいけないのか、どうしても理解できなかった。

　ペンキのはがれかけた家で六人のいとこと同じ部屋を使うことになったとき、わたし、最初は泣いていやがったんだけど、ある朝早く、父が散歩に連れてってくれたの。境遇が変わったんだってことを、わたし一人にいってきかせるためにね。父はアーサー叔父さんみたいに残酷な人ではなかったわ。叔父さんは母の弟で、自分の子供たちはもちろん、奥さんのフライアにも暴力をふるう人だった。

　太陽がのぼってくるなかで、父は運河沿いの道を歩きながら、みんながどんなつらい思いをしてるかってことを話してくれた。長年暮らしてきたフラットから追いだされたおじいちゃま《オーパ》とおばあちゃま《オーマ》。きれいな宝石をナチにすべて盗まれ、子供に食べさせるものや着せるものをどうやって手に入れればいいのか、どうやって教育を受けさせればいいのかと、頭を悩ませていた母。「ロットヒェン、おまえは一家のお姉さんなんだよ。おまえの元気いっぱいの明るさこそ、ママにとっていちばん大切な宝なんだ。おまえが勇敢な子で、明るい子だってことをママに見せてあげようね。もうじき赤ちゃんが産まれてくるんで、ママは具合が悪いんだ。だから、ぐずるのはやめて、ヒューゴーの面倒をみてやって、ママの力になれるってとこを見せてあげようよ」

わたしがいまになって愕然とするのは、父方の祖父母もそのフラットにいたのに、二人に関する記憶がほとんどないってことなの。それどころか、あのフラットはたしか、あの二人のものだったはずなのよ。二人は外国人で、ベラルーシからきた人たちだった。第一次大戦のころに東欧からウィーンへどっと流れこんできた大量のユダヤ人の一部だったの。

オーマとオーパは二人を軽蔑してたわ。そのことを考えると、いまでもとまどってしまう。だって、わたし、オーマとオーパが大好きだったんだもの。祖父母もわたしを溺愛してくれたわ。大切なリンガールの愛する子供だもの。でも、オーマとオーパが父方の祖父母を軽蔑してたのは、二人がイディッシュ語しかしゃべれなくて、ドイツ語はまったくだめだったのと、妙な服装と宗教上のしきたりを守ってたせいだったんでしょうね。

レンガッセから追いだされて、移民してきたユダヤ人が住んでいるあの地区で暮らすしかなくなったのは、オーマとオーパにとっては耐えきれない屈辱だった。そこはみんなから〝マツォインゼル〟、つまり、マツォ（ユダヤ人が過越しの祭りのときに食べる、イーストなしで焼いたパン）の島という侮蔑語で呼ばれている地区だったの。オーマとオーパでさえ、父がそばにいないと思うと、インゼルに住んでる父の家族の噂をしたものだった。父方の祖母がかつらをかぶっていることを、オーマはいかにも貴婦人らしい笑い声で嘲り、わたしはうしろめたさに包まれたものだった。だって、その古くさい習慣をオーマに告げ口したのはわたしだったんだもの。わたしがインゼルからもどってくると、オーマは〝インゼルの習慣〟を根ほり葉ほりききだすのを楽しみにしてたわ。そして、そのあとで、わたしにいってきかせたものだった――おまえはハーシェル家の人間なんだから、姿勢を正して、人生で成功をおさめなくてはいけない。インゼルで覚えたイディッシュ語なんか使っちゃだめよ。イディッシュ語は下品だし、ハーシェル家に下品な者は一人もいないのだからって。

父は月に一回か二回、自分の両親のところへわたしを連れていっていた。わたしは二人のことをツェイダ、ボーバって呼ぶようにいわれてた。〝おじいちゃん、おばあちゃん〟って意味のイディッシュ語なの。ドイツ語では、オーパとオーマね。二人のことを思いだすと、恥ずかしくて顔から火が出そう。向こうが望んでいた愛情と敬意を、わたしは見せようとしなかったんだもの。二人にとって息子は父一人で、わたしは初孫だった。でも、二人が望んだように〝ツェイダ、ボーバ〟と呼ぶことすら、わたしにはおぞましくてできなかった。それに、短く刈りこんだ黒髪の上にかぶさったボーバの金髪のかつらも、同じようにおぞましく見えたものだった。

自分が父方の一族と似ていることが、わたしはいやでたまらなかった。母はすごい美人で、肌が抜けるように白くて、美しい巻毛といたずらっぽい笑顔をしてたのに。見てのとおり、わたしは色黒で、ぜんぜん美人じゃないでしょ。ミシュリンゲ、ミナはわたしをそう呼んでたわ。〝混血〟って意味よ。ただし、祖父母の前では一度もいわなかったけど。

オーパとオーマから見れば、わたしはいつも美人だった。だって、大切なリンガールの娘なんですもの。わたしが自分を醜いと感じるようになったのは、イギリスに渡って、ミナの家で暮らすようになってからだった。

わたしを苦しめているのは、父方の伯母やいとこのことがまるっきり思いだせないことなの。五人か、もしかしたら六人ぐらいのいとこと同じベッドに寝てたはずなのに、誰の顔も覚えてないの。記憶にあるのはただ、自分だけの白いきれいな寝室から追いだされたのがいやでたまらなかったことだけ。オーマにキスをして泣いたのは覚えてるけど、ボーバにはさよならさえいわなかった。

自分がまだ子供だったことを忘れちゃいけないって、あなたはいうの？ いいえ。子供にだって、思いやりにあふれた人間的な行動をとる能力はあるものよ。

子供が汽車に持ちこめるのは、一人につき小さなスーツケース一個と決まっていた。オーマは自分が持っているカバンのなかから革の旅行カバンを選んで、わたしたちに持たせたがった。ナチがオーマの銀器や宝石を奪っていったとき、カバン類には興味を示さなかったから、そっくり残ってたのね。でも、オーパのほうはもっと現実的で、ヒューゴーとわたしに裕福な家の子らしい格好をさせて周囲の注意を惹くことになってはまずいと考え、厚紙でできた安物のカバンを見つけてきてくれた。どっちみち、小さな子供にはそのほうが持つのも楽だったわ。

汽車の出る日まで、ヒューゴーとわたしはわずかな荷物を何度も詰めなおして、それなしでは生きていけない品物はどれなのか、決めようとしたものだった。出発する前の晩、わたしが汽車に乗るときに着るつもりだったワンピースを、オーパがオーマのところへ持っていった。みんなもう眠ってたけど、わたしはだめだった。いとこたちと共同で使ってたベッドに、不安に身をこわばらせたまま横になっていたの。オーパが入ってきたとき、わたしはそっと薄目をあけて様子をうかがった。オーパがワンピースをかかえて忍び足で出ていったんで、ベッドを抜けだして、あとを追いかけたら、行き先はオーマのところだった。わたしに気づくと、オーマは唇に指をあて、ウェストのベルトのところを音のしないようにほどきはじめた。自分のスカートの裾から金貨を四枚とりだして、ウェストの飾りボタンの下にそれを縫いこんだの。

「これはおまえのお守りだ」オーパはいった。「誰にもいっちゃいけない。ヒューゴーにも。パパにも。誰にも。いつ必要になるかわからないからね」オーパとオーマは自分たちが緊急用のわずかな蓄えを持っていることを知られて家族のあいだに摩擦をひきおこすことを、避けようとしてたのね。リンガールの子供たちが貴重な金貨を四枚ももらったことを、伯父や伯母たちが知ったなら——そう、みんながおびえて身を寄せあって暮らしているときには、何がおきてもふしぎはないわ。

つぎに気がついたときには、父がわたしを揺りおこして、みんなが朝食のときに飲んでいた薄い紅茶のカップを渡してくれていた。大人の誰かが粉ミルクの缶を手に入れてくれたおかげで、子供たちは毎朝スプーン一杯ずつミルクを入れた紅茶をもらえることになってたの。

誰にももう二度と会えないと、あのときわかっていたら――でも、出発するだけでも悲しくてたまらなかった。よその国へ行って、頼れるのは親戚のミナだけで、しかも、ミナに関してわたしたちが知っていたのは、夏に三週間休暇をとってクラインゼーにやってくるたびに子供たち全員にいやな思いをさせる、意地悪な女だっていうことだけだった――あれが最後のさよならになるとわかっていたら、耐えられなかったでしょうね。出発することにも、そのあとの数年間にも。

汽車が出たのは四月の寒い日で、レオポルズガッセを歩いていくあいだ、雨がふりつづいてたわ。わたしたちが向かったのは中央駅ではなくて、人目を惹く心配のない町はずれの小さな駅だった。父は長い赤のスカーフを巻いていた。ヒューゴーとわたしが汽車のなかから簡単に父の姿を見つけられるようにって巻いてくれてたの。父はカフェのバイオリン弾きで、いえ、それはもう過去の話になってたけど、とにかく、汽車の窓から身を乗りだしたわたしたちを見ると、バイオリンをとりだして、ジプシーの曲を弾こうとした。それに合わせて踊ることを父が前に教えてくれた曲だった。幼いヒューゴーでさえ、悲しみで父の手が震えているのに気づいて、そんな音出すのはもうやめてって、父に叫んでたわ。

「すぐ会いにいくからね」父はわたしたちに約束した。「ロットヒェン、まじめな働き者を探してる人を見つけておくれ。パパはなんでもできるんだ、覚えといてくれ――給仕だって、木材や石炭運びだって、ホテルのオーケストラで演奏することだって」

汽車が動きだすと、わたしはヒューゴーのジャケットの背中に手をまわして、ほかの子たちと同じように二人で窓から身を乗りだし、父の赤いスカーフがわたしたちの目のなかで小さな点になり、見えなくなってしまうまで、手をふりつづけてた。

オーストリアとドイツを旅するあいだ、わたしたちも〈キンダートランスポート〉の子供たちすべてが報告しているように、子供を怖がらせようとする衛兵や、荷物を調べる検査官にびくびくして、向こうが金目の品を探すあいだ、身じろぎもせずに立ってたものだった。わたしたちに許された所持金は、一人につきたったの十マルク。わたしはワンピースの上からでも心臓が見えるんじゃないかと思ったわ。それぐらい激しい鼓動を打ってたんだけど、服を探られずにすんだおかげで、金貨はわたしのワンピースに隠れて無事に旅をつづけることができた。やがて、汽車はドイツを出てオランダに入り、ナチがオーストリアを併合して以来初めて、わたしたちは温かく歓迎してくれる大人にとりかこまれていた。パンやお肉やチョコレートの歓迎攻めだった。

海峡を渡ったときのことはあまり覚えてないのよ。たしか、海は静かだったと思うけど、ひどく神経質になってたから、たいした波じゃないのに、胃袋がよじれてしまってた。港について、船の出迎えにやってきた大人たちのなかにミナの姿がないかと、必死にあたりを見まわしたけど、ほかの子たちが出迎えの人と去っていったあとも、二人だけ残されて波止場に立ちつくしてた。そこへようやく、難民委員会の女の人がやってきた。わたしたちを汽車に乗せてロンドンによこしてほしいって、ミナから依頼があったそうなんだけど、ミナったら、その日の朝まで難民委員会に連絡するのをさぼってたんだって。わたしたち、その夜はホーヴ（イギリス南部の港町）で、引受人のいないほかの子たちと一緒にテントに泊めてもらって、つぎの朝、ロンドンに向かって出発したの。駅につくと――リヴァプール・ストリート駅だったんだけど――そこはすごく大きなところで、機関車が煙を吐き、拡声器が理解できない言葉をがなりたて、大事な用をかかえた人たちが脇を通りすぎていくなかで、二人でひしと抱きあったものだった。わたしはヒューゴーの手をしっかり握りしめてた。

親戚のミナは工場の人に出迎えを頼んでて、その人、わたしたちの写真を渡されてたらしくて、それとこちらの顔を心配そうに見比べてたわ。英語で話しかけてきたけど、わたしたちはまるきり理解できなかったし、イディッシュ語もしゃべってくれたけど、それもよくわからなかった。でも感じのいい人で、わたしたちをタクシーに乗せて、走る車のなかから、テムズ川や、国会議事堂や、ビッグベンを指さして教えてくれたり、長旅でお腹がすいてるだろうからって、変な味のペーストをはさんだサンドイッチをくれたりしたわ。

ロンドンの北のほうにある古くて狭い家についたときに初めて、ミナがひきとるのはわたしだけで、ヒューゴーをひきとるつもりはないことを知らされたの。工場の人から、いかめしい感じの居間で待つようにいわれたので、わたしたち、音を立てちゃいけない、迷惑がられちゃいけないってびくびくしながら、身じろぎもせずにすわってたわ。ずいぶん時間がたってから、ミナがひどく不機嫌な顔で仕事からもどってきて、ヒューゴーにはよそへ行ってもらう、手袋工場の工場長が一時間後に迎えにくることになっているっていいだした。

「子供は一人。一人だけ。マダム・バタフライ殿下からわたしの慈悲を乞う手紙がきたとき、そう返事しといたのに。ジプシー相手に干草のなかでころげまわるのは勝手だけど、だからって、こっちがあの人の子供の面倒みなきゃってことにはならないからね」

わたしは反論しようとしたけど、ミナから、あんたを通りへ放りだしてやってもいいんだよっていわれてしまった。「わたしに感謝することだね、チビの混血児ども。一日がかりで工場長に頼みこんで、ヒューゴーを児童福祉施設へやるかわりに、そっちでひきとってもらうことにしたんだから」

工場長は――ナスバウムって名前だった――ヒューゴーにとって親切な里親になってくれたわ。何年ものちには、ヒューゴーが事業を始める手助けまでしてくれた。でも、その日、工場長がヒューゴーを連れにきたとき、わたしたち二人がどんな思いをしたか想像がつくでしょ。そのときの二人にとって、子供時代に慣れ親しんだ顔といったら、おたがいが最後だったんだもの。

ミナはナチの衛兵と同じように、金目のものはないかと、わたしの衣類をかきまわしたわ。一家が貧乏のどん底につき落とされたことを信じようとしなかったの。幸いにも、オーマの知恵のおかげで、ナチとミナの両方の目をごまかすことができた。その金貨のおかげで医学学校の授業料を払うことができたんだけど、それはずっと先の話ね。両親と弟に会いたくて泣きじゃくってたわたしには想像もつかなかった、遠い未来の話なの。

10　読心術師の巣のなかで

　翌朝ようやく目がさめたときは、夢と浅い眠りの破片のおかげで頭が重かった。親しい人を亡くして一年から一年半ぐらいたつと、亡くなった人の全盛期の姿が夢に出てくるようになると、前に何かで読んだことがある。わたしもたまには、こちらが子供だったころの生き生きした情熱的な母の姿を夢で見ているにちがいないが、ゆうべの母は死にかけていて、目はモルヒネでどんより曇り、病気で肉がげっそり落ちたため別人のような顔になっていた。ロティと母がわたしの心のなかで緊密にからみあっているため、ロティの苦しみがわたしの眠りに暗くおおいかぶさるのは避けようのないことなのだろう。

　身体をおこすと、モレルがいぶかしげにわたしを見ていた。ゆうべはわたしがベッドに入ったあとで彼が帰ってきたのだが、わたしは寝つけなくて、寝返りばかり打っていた。彼のほうも出発が目の前に迫っているため、ひどく神経質になっていた。満たされぬ狂おしいエネルギーをそそいで愛しあったが、あとは話もせずに寝入ってしまった。朝の陽ざしを浴びて、彼が指でわたしの頬骨をなぞり、わたしの不眠症の原因は彼の旅立ちにあるのかと尋ねた。

わたしはゆがんだ笑みを浮かべた。「今回はわたし自身の問題なの」きのうのことをざっとまとめて彼に話した。「週末にミシガンのほうへ出かけようか。二人とも息抜きが必要だよ。どうせ土曜日は仕事なんかできないんだし、まわりの連中から遠ざかれば、二人だけでくつろいだ時間が持てるだろう。ドンのことは実の兄みたいに好きだけど、こうやって居候されてると、ちょっと負担なんだよね。日曜日に予定されてるマイクルとカールのコンサートに間に合うように帰ってくればいい」

その提案にわたしの筋肉もほぐれ、眠れぬ一夜をすごしたわりにはけっこう元気に一日のスタートを切ることができた。家に寄って犬たちを泳ぎに連れていったあと、車でウェスト・ループの〈アンブリンキング・アイ〉に向かった。ここはカメラとビデオの店で、最高級の品が必要なときに利用している。いつも相談に乗ってくれる技術者のモーリス・レドケンに、こちらが何を望んでいるかを説明した。

店のビデオ装置のひとつを使って、チャンネル13からもらったテープを再生し、自分の人生の辛酸について語るラドブーカの無防備な顔をみつめた。彼が「ぼくのミリアム。ぼくのミリアムはどこ？　ミリアムに会いたいよ」といったとき、カメラは彼の顔をまっすぐとらえていた。わたしはそこでビデオを止めて、この映像と、そのほか二つのクローズアップをプリントしてくれるよう、モーリスに頼んだ。リーア・ウィールがわたしをラドブーカに紹介してくれるのを期待してはいるけれど、万が一紹介してもらえなかった場合には、そのスチール写真があれば、メアリ・ルイーズとわたしが彼の居所をつきとめるのに役立つだろう。

モーリスはスチール写真とビデオのコピー三本を夕方までに用意しておくと約束してくれた。用がすんだときは、まだ十時半にもなっていなかった。ドンとリーア・ウィールの会見前に事務所へ寄るだけの時間はないが、ぐずぐずしなければ、〈アンブリンキング・アイ〉からウォーター・タワーまでの二マイルを歩くことができる。ゴールド・コーストで駐車料金を払うなんてまっぴらだ。

ウォーター・タワー・プレースはノース・ミシガン・アヴェニューにあるショッピングのメッカで、中西部の小さな町々からやってくる観光バスに人気の立ち寄りスポットであり、この街に住むティーンエイジャーのオアシスでもある。裾を短く切ったTシャツの下からピアスしたおへそをのぞかせた女の子たちと、買物の包みであふれんばかりの高価なベビーカーを押している女たちのあいだを縫って進み、裏の入口にもたれているドンを見つけだした。読んでいる本に夢中の彼は、わたしが横に立っても顔をあげもしなかった。わたしは横目で本の背の文字を読んだ。〝催眠誘導と暗示療法・入門編〟

「そこにミズ・ウィールの手法が書いてあるの？」わたしはきいた。

ドンはまばたきして本を閉じた。「催眠術を使えば封じこめられた記憶がもどってくるってことが書かれてる。すくなくとも、著者はそう主張している。幸い、おれの役目は本を売るための要素がウィールのなかにあるかどうかを見ることだけで、彼女のセラピーがまともかどうかを判断することではない。きみのことは、ウィールと出版社のあいだに契約が結ばれた場合、背景的なデータ集めの手助けをしてくれる調査員だと紹介しておこう。なんでも好きなことをいってかまわないよ」

ドンは腕時計に目をやり、胸ポケットから煙草をとりだした。ぴしっとアイロンのかかったオープンネックのシャツとツイードのジャケットに着替えていたが、あいかわらず半分眠っているような顔だった。ドンが煙草に火をつけているあいだに、わたしは催眠誘導に関する本を拝借した。おおざっぱにいうと、催眠術には主として二通りの手法があるらしい。暗示催眠は人が悪習を断ち切るさいの手助けをする。洞察もしくは探索催眠は人が自分をより深く理解するさいの手助けをする。記憶をとりもどすのは催眠療法のほんの一部にすぎない。

ドンは煙草の先端の火をもみ消して、吸い殻をポケットにもどした。「出かける時間だ、ミズ・ウォーショースキー」

わたしは彼のあとからビルに入っていった。「この本にすがれば、そのお金のかかる習慣と永遠にさよならできるかもね」

ドンはわたしに向かって舌をつきだした。「煙草をやめたら、両手をどうすればいいかわからなくなっちまうよ」

一階の新聞売場の裏にまわり、オフィス・フロアに通じるエレベーターのある薄暗いアルコーブに入った。秘密の場所というわけではなく、買物客の群れがうっかり迷いこむのを防ぐために目立たぬ場所を選んだにすぎない。テナント一覧表に目を走らせた。形成外科、口腔治療院、美容院、おや、シナゴーグまである。ずいぶん奇妙な組み合わせだこと。

「きみの助言に従って、ジェイン・アダムズ・スクールに電話してみた」エレベーターのなかで二人きりになったとたん、ドンがいった。「最初のうち、ウィールを知ってる人間が見つからなかった——彼女が学位をとったのは十五年も前だからね。だけど、催眠療法の話を始めたら、学部の事務員が思いだしてくれた。ウィールはそのころ結婚してて、夫の姓を名乗ってたんだ」

エレベーターをおりると、そこは四本の長い廊下が交わる場所だった。「イリノイ大学での彼女の評判は？」

ドンはアポイント用の手帳を見た。「こっちの廊下だと思う。かなり嫉妬されてるね——ウィールはペテン師だってほのめかす意見も出たけど、よくよくきいてみると、彼女がソーシャルワークで大儲けしたための嫉妬のようだった。誰でも彼でも金持ちになれるわけじゃないからね」

わたしたちはウィールの名前と肩書きの頭文字が書かれた淡い色のドアの前で足を止めた。この女性に心を読まれるかもしれないという思いに、胸がズキンとするのを感じた。わたし自身より彼女のほうが、わたしのことを深く理解できるかもしれない。そうした心理から、催眠の暗示性が生まれたのではないだろうか。自分を深く理解してほしいという焦燥感から。

ドンがドアを押しひらいた。わたしたちが入ったところは小さな玄関ホールで、閉ざされたドアが二つあり、三つめのドアはひらいていた。これは待合室のドアで、〝おかけになって、おくつろぎください〟という標示が出ていた。また、携帯電話とポケットベルのスイッチはすべて切るようにとつけくわえてあった。ドンとわたしは従順に電話をとりだした。ドンは彼の電話のスイッチを切ったが、わたしのはまたしても、こちらが気づかないうちに電池切れになっていた。

待合室は客がくつろげるようこまやかな配慮がなされていて、お湯の入ったポットと、何種類ものハーブティーまで用意してあった。ニューエイジの音楽がやわらかく流れていた。ふっくらした椅子は奥の壁にはめこまれた高さ四フィートの魚の水槽と向かいあっていた。魚たちは音楽に合わせて浮き沈みしているように見えた。

「この舞台装置にどれだけ金がかかってると思う?」ドンはあと二つのドアがひらかないか試していた。ひとつは洗面所だった。もうひとつはロックされていた。

「さあ、知らない——水槽の設置には大金が必要だろうけど、維持費はたいしたことないんじゃないかしら。もちろん、レンタル料はべつにしてね。あなたは体内にニコチンを蓄えてるから目覚めてられるわよね。わたしはこの魚を見てると眠くなってくる」

ドンはニヤッとした。「きみはだんだん眠くなる、ヴィク。目がさめたときは……」

「そんなんじゃないわよ。もっとも、最初はみんなびくついて、テレビで見た場面を想像するんだろうけど」ロックされたドアがひらいて、リーア・ウィールがわたしたちの背後からあらわれた。「出版社の方ですね」

テレビで見るより実物の彼女のほうが小柄だったが、その顔には、わたしがテレビ画面で見たのと同じ静けさが漂っていた。着ている服はカメラの前に立ったときと同じもので、やわらかな衣装がなびくさまは、まるでインドの神秘家のようだった。

ドンは臆することなく握手をかわし、自分たち二人の紹介をおこなった。「あなたとわたしが組んで仕事をすることに決まったら、ヴィクが背景調査の一部をやってくれることになっています」

わたしたちがウィールの前を通ってオフィスに入れるようにと、彼女が一歩しりぞいた。オフィスもまた、くつろぎを目的にデザインされていて、リクライニング・チェアも、カウチも、彼女自身の椅子も、やわらかな緑色で統一されていた。デスクの背後に卒業証書がかかっていた。ジェイン・アダムズ社会福祉スクールの社会福祉学修士号、臨床催眠アメリカン・インスティテュートの終了証書、イリノイ州発行の精神医学ソーシャル・ワーカーのライセンス。

わたしはリクライニング・チェアの端に腰かけ、ドンはカウチにすわった。ウィールは自分の椅子にすわり、膝の上でゆったりと両手を組みあわせた。《エルマー・ガントリー》に主演したジーン・シモンズみたいに見えた。

「先日、チャンネル13であなたを拝見したとたん、じつに強烈な体験談をお持ちだという印象を受けました。あなたとポール・ラドブーカからね」ドンはいった。「わたしが電話をさしあげる以前から、ご自分の体験を本にすることは考えておられたと思いますが。いかがですか」

ウィールはかすかな笑みを浮かべた。「もちろん、そう希望してきました。あの番組をごらんになったのなら、お気づきだと思いますが、わたしの仕事は——数多くのサークルから——誤解を受けています。抑圧された心的外傷の回復の正当性を示す本が出せれば、とても大きな助けになるでしょう。また、ポール・ラドブーカの話はとても珍しいもので——しかもパワーにあふれていますから——この問題にまじめな関心を向けてくれるよう、世間に働きかけることができるでしょう」

ドンは握りあわせた手で顎を支えて、身を乗りだした。「わたしはこの分野には素人です。二日前の夜に初めて触れたばかりです。催眠で暗示をかけるための手引書を読んだり、あなたに関する記事に目を通したりして、必死に知識を詰めこんできましたが、読むスピードが遅くてまだまだ追いつきません」

ウィールはうなずいた。「催眠術は総合的な療法のごく一部にすぎません。また、よく理解されていないため、胡散臭い目で見られがちです。記憶の分野には、何を記憶するか、どのように記憶するか、そして、たぶんもっとも興味深いこととして、なぜ記憶するかという問題がありますが、現在のところ、完全に解明されたものはひとつもありません。その分野の研究はわたしから見ても刺激的ですが、わたしは科学者ではないので、実験的研究を深く追う時間があるようなふりはしたくありません」

「本になさるとしたら、ポール・ラドブーカだけに焦点を合わせるおつもりですか」わたしはきいた。

「ドンから——ファースト・ネームでお呼びしてもかまいませんね？——ドンからきのう電話をもらって以来、それについてずっと考えてきました。ポールに対するわたしのセラピーが、そのう、〈捏造された記憶財団〉のセラピストたちの主張しているような〝無責任な療法〟ではないことを証明するためには、ほかの症例も使用すべきだと信じています」

「本の中心テーマは何にすべきだとお考えですか」ドンは無意識にジャケットのポケットを叩き、すいかけの煙草のかわりにペンをとりだした。

「人間の記憶が信頼できるものであることを示し、捏造された記憶と本物の記憶の差異を示したいと思っています。ゆうべ、仕事を終えてから、うちの患者のファイルに目を通してみて、この点を強く立証できる症例をいくつか見つけました。そのうち三例は、セラピーを受けはじめた当時、子供時代の記憶を喪失していました。一例は部分的な記憶しかなく、あとの二例については、当人が〝連続した記憶〟だと思いこんでいるものにすぎませんでした。ただ、セラピーの結果、三人とも新たな過去を見つけることができました。記憶喪失にかかった人の記憶を探りだすのは、ある意味でとても刺激的なことですが、それが本物であることを確認し、記憶がある程度残っている人のためにギャップを埋めていく作業には、もっと手間がかかります」

　ドンが横から口をはさみ、セラピーによって探りだされた記憶が本物かどうかを確認する方法はあるのかと尋ねた。わたしはウィールが防御の構えをとるものと予測したが、彼女はきわめて冷静に返事をした。

「だからこそ、わたしはこうした特殊な症例をとりあげることにしたのです。どの患者の場合も、それ以外の人物が最低一人は存在しています。患者の子供時代を見てきた人物、セラピーで判明したことを裏づけられる人物が。兄弟や姉妹というのが数例。ソーシャルワーカーが一例。小学校の先生が二例」

「承諾書をもらう必要がありますね」ドンはメモをとっていた。「患者の分と、裏づけをしてくれる人物——証人ってとこかな——の分を」

　ウィールはふたたびうなずいた。「もちろん、患者の身元は慎重に隠すつもりです。患者自身を守るためだけでなく、家族や職場の同僚を守るためにも。そうした発言をすることによって、危害をこうむる恐れがありますから。でも、そうですね、承諾書はもらうことにしましょう」

「ほかの患者さんというのもやはり、ホロコーストの生存者ですか」わたしはズバッときいた。

「ポールに力を貸すというのは、信じられないほど名誉なことでした」微笑が浮かんで、ウィールの顔が陶然たる喜びに輝いた。それがあまりに烈しく、あまりに個人的なことだったため、わたしはリクライニング・チェアの上で本能的に身を縮めて彼女から遠ざかろうとした。「うちにくる患者のほとんどが悲惨なトラウマに苦しんでいるのはたしかですが、それはこの文化の範囲内においての話です。もっと過去の時代へ、強制収容所で無力な遊び友達とたどたどしいドイツ語を話す幼い少年だったころの時代へ、ポールを連れていくのは、わたしにとって生涯でもっとも強烈な体験でした。どうすれば活字でそれを的確に伝えられるのか、わたしにはわかりません」ウィールは自分の手をみつめ、喉のつまりそうな声でつけくわえた。「ポールはつい最近、母親の死を目撃したときの記憶の断片をとりもどしたようです」

「あなたのために最善をつくします」ドンが低くいった。彼も身体をずらしてウィールから遠ざかっていた。

「本に登場する人々の身元は隠すつもりだと、さきほどおっしゃいましたね」わたしはいった。「すると、ポール・ラドブーカも彼の本名ではないんですか」

ウィールの顔から陶酔が消え、プロらしい冷静さという外観にもどった。「ポールにかぎっていえば、彼の告白によって迷惑をこうむる家族はもう一人も残っていないようです。また、自分がとりもどしたアイデンティティをとても誇りにしているので、仮名を用いるよう彼を説得するのはおそらく無理だと思います」

「それじゃ、本のことを彼にもう話されたんですか」ドンが勢いこんで尋ねた。「協力してくれそうでしょうか」

「まだ時間がなくて、どの患者にも本の話はしておりません」ウィールはかすかに微笑した。「だって、そちらからお話があったのがついきのうのことですもの。でも、ポールが記憶をとりもどしてどれだけ興奮しているかは、わたしにもよくわかっています。だからこそ、今週初めのバーンバウム財団の会議で発言したいと、彼が主張したのです。また、わたしの仕事に協力できるなら、ポールはどんなことでもしてくれると思います。そのおかげで彼の人生が劇的に変化したんですもの」

「何がきっかけでラドブーカという姓を思いだすにいたったんでしょう」わたしはきいた。

「もし彼が幼くして生みの親からひき離され、四歳のときから養父に育てられていたのなら——これで合ってます？」

ウィールはわたしに向かって首をふった。「あなたの役割がわたしを罠にはめることでなければいいんですけど、ミズ・ウォーショースキー。もしそうなら、わたしはエンヴィジョン・プレス以外の出版社を探さなきゃならなくなります。ポールは父親の——いえ、養父というべきね——デスクから書類を見つけだし、それが本当の姓を彼に教えてくれたのです」

「あなたを罠にはめようなんて考えてもおりません、ミズ・ウィール。ただ、彼がラドブーカ姓であることを裏づける客観的な証拠があれば、本のインパクトが増すにちがいありません。そこでですね、わたしがその証拠を提供できる立場にいるかもしれないという可能性が、ごくわずかながらあるんです。率直に申しあげますと、わたしの友人のなかに、戦争が始まる何カ月か前に〈キンダートランスポート〉計画によって中欧からイギリスへ渡った人たちがいるのです。彼らがロンドンで親しくしていたグループのなかに、ラドブ ーカという名前の人がいたようです。あなたの患者さんがもし血縁者であれば、当人にとっても、多くの家族を失ったわたしの友人たちにとっても、大きな意味があると思います」

ふたたび、陶然たる微笑が彼女の顔をよぎった。「まあ、あなたがポールを血縁者にご紹介くだされば、ポールにとっては言葉に尽くせない贈物になることでしょう。どういう方たちかしら。イギリスにお住まいなの？　あなたはどうしてその方たちをご存じなの？」

「このシカゴに住んでいる人を二人知っています。三人目は音楽家で、数日の予定でロンドンからこちらにきています。わたしからあなたの患者さんに話をさせてもらえれば……」

「わたしがポールと相談するまで待ってください」ウィールがさえぎった。「それから、その前にあなたの——お友達の——名前を教えていただけないかしら。こんな疑り深い態度はとりたくないんですが、〈捏造された記憶財団〉のしかけた罠に何度もひっかかっているものですから」

言葉の裏にひそむものをききとろうとして、わたしの目が細くなった。アーノルド・プレイガーとの度重なる衝突から生まれたパラノイアだろうか。それとも、正当な思慮分別だろうか。

どちらとも決めかねているうちに、ドンがいった。「きみの口から名前を出したって、マックスは気にしないんじゃないの、ヴィク」

「マックス？」ウィールが叫んだ。「マックス・ラーヴェンタール？」

「どうして彼を知ってるんです？」またまたわたしが答える暇もないうちに、ドンがきいた。

「あの会議のときに、家族のたどった運命をつきとめ、スイスもしくはドイツの銀行に資産が凍結されていないかどうかを調べるための、生き残っている人々の努力について、彼が発言したからです。ポールとわたしはそのパネルに出ていました。ポールの家族を捜す方法について、何か新しいアイディアが得られないものかと思って。マックスがあなたのお友達なら、ポールは喜んで話をすると思います。すばらしい男性のようでしたもの。やさしくて、思いやりがあって、自信にあふれていて、貫禄たっぷりで」

「彼の人柄に対する何よりのお言葉です」わたしはいった。「でも、彼は同時に、プライバシーをとても重視する人でもあります。わたしからミスタ・ラドブーカに話をするチャンスもないうちに、ご当人がマックスのところへ押しかけるようなことがあれば、向こうはひどく当惑するでしょう」

「プライバシーの価値はわたしも理解していますから、ご心配なく。わたしが患者を守らなければ、患者とのあいだに信頼関係は生まれません」ウィールは先日の夜テレビでアーノルド・プレイガーに向けたのと同じ、甘く冷酷な微笑をわたしによこした。

「では、あなたの患者さんとの顔合わせを設定していただけませんか？　わたしの友人たちに紹介する前に、ご本人と話をしたいんです」いらだちが声に出ないよう気をつけたが、神聖な雰囲気にかけては彼女の足もとにもおよばないことがわかっていた。

「おひきうけする前に、とにかくポールに話しておかなくては。それ以外の方法をとればポールとわたしの信頼関係がこわれてしまうことは、おわかりいただけますわね」ウィールは予定表に書かれたポール・ラドブーカとの約束のとなりに、マックスの名前を書きこんだ。四角い活字のような字は逆からでも簡単に読めた。

「わかりますとも」わたしはかき集められるだけの忍耐心を集めて答えた。「でも、ポール・ラドブーカがミスタ・ラーヴェンタールのことを身内だと思いこんで、いきなり訪ねていくようなことになっては困るんです。はっきり申しあげて、ミスタ・ラーヴェンタール自身がラドブーカ家の一員だとは思えません。わたしからポールに前もっていくつか質問できれば、みんなの不安もすこしは薄れると思います」

ウィールはきっぱりと首を横にふった。わたしのような未熟な部外者にポールを渡す気はないということだ。「ラドブーカ家と血のつながりのあるのがミスタ・ラーヴェンタールにしても、音楽家のお友達にしても、お近づきになるときはそちらの気持ちを傷つけないよう、できるだけ配慮することをお約束します。そして、その最初のステップが、ポールに話をして、わたしが彼らと会うことに対し、ポールの承諾を得ることなのです。音楽家のお友達はいつまでシカゴにご滞在ですか」

わたしはこのとき、自分の知りあいに関することは一言だって教えたくない心境になっていたが、ドンが答えてしまった。「たしか、月曜日に西海岸へ向かうって話でした」

わたしがぷりぷりしているあいだに、ドンは、催眠術にはどの程度の効果があるのか、ウィールがそれをどう使っているのかについて、彼女からおおざっぱな話をひきだし——効果はゆるやかなものです。患者がわたしを信頼する気になったあとで初めて使います——そのあとで、本が巻きおこすであろう論争についてとりあげた。

彼は愛嬌たっぷりの笑顔を見せた。「われわれの立場からすれば、論争おおいにけっこうです。新聞に大きくとりあげてもらえますからね。金では買えない宣伝効果だ。しかし、あなたのほうは——あなた自身や診療活動が脚光を浴びることになってはご迷惑でしょうね」

彼女はドンに笑みをかえした。「あなたと同じく、わたしも話題になるのは歓迎です。ただし、べつの理由からですけど。人がどうやって記憶を封じこめ、それをとりもどし、その過程でいかにして解放されうるかを、なるべく多くの人に理解してもらいたいんです。〈捏造された記憶財団〉は心的外傷に苦しむ人たちに膨大な被害を与えています。これまでのわたしには、より多くの人たちに対して真実を明らかにするための財力がありませんでした。本を出していただければ、わたしにとって大きな助けになります」

日本の寺院の鐘に似た銀白色のベルが彼女のデスクの上でちりんと鳴った。「そろそろ終わりにしなくては——もうじき、つぎの患者がくるので、セラピーの準備をする時間が必要なんです」

　わたしはウィールに名刺を渡して、なるべく早くポール・ラドブーカに会わせてほしいと念を押した。彼女は冷たく乾いた手でわたしと握手をかわし、自分の善意を伝えて安心させるつもりなのか、その手に軽く力をこめた。ドンに対しては、彼が望むなら禁煙に力を貸すことができるとつけくわえた。

「わたしがやっている催眠は大部分が自己分析の分野に属するものですが、ときには、悪癖の矯正を扱うこともあります」

　ドンは笑った。「これから一年ぐらいは、協力して仕事を進めていけるよう願っています。煙草をやめる決心がついたら、わたしがここのカウチに横になっているあいだ、原稿は脇へどけることにしましょう」

11 威嚇

脂肪吸引をやっている美容外科の前を通ってエレベーターに向かうあいだ、ドンはすべてが順調に運んだことにほくほくしていた。「おれは物事を信じる人間なんだ。こいつはすごい企画になるぞ。彼女のあの目を見てたら、なんだってやれるという自信が湧いてきた」

「そのようね」わたしはそっけなくいった。「マックスの名前を出すのはやめてほしかったわ」

「おいおい、ヴィク、マックス・ラーヴェンタールじゃないかって彼女が推測したのは、まったくの偶然だったんだぞ」エレベーターのドアがひらくと、彼は年輩のカップルを通すために一歩下がった。「こいつはおれのキャリアを救う本になるだろう。うちのエージェントに交渉させれば、何十万ドルって金が入ってくるにちがいない。映画化権はいうにおよばずね——過去を思いだす打ちひしがれたラドブーカの役、ダスティン・ホフマンがぴったりだと思わない？」

死者の肉をむさぼる食屍鬼云々というロティの辛辣な言葉が生々しくよみがえってきた。

「あなた、自分は人の顔にマイクをつきつけるたぐいのジャーナリストじゃないってことを、ロティ・ハーシェルに証明したいっていったわね。ロティの友人の悲惨な体験を映画化するんだっていって、うれしそうに跳ねまわったりしたら、彼女を説得するのはむずかしいわよ」

「ヴィク、落ちつけよ。勝利の瞬間に酔うことも許してくれないのかい。もちろん、ドクター・ハーシェルのもっとも神聖な感情は傷つけないようにする。おれは最初、リーアに多少疑いを持ってたんだが、一時間たったころには全面的に信頼するようになっていた――興奮のあまり頭に血がのぼってたのなら、勘弁してほしい」

「彼女のおかげで、神経をいささか逆なでされたわ」

「患者の自宅の電話番号を教えてもらえなかったからだな。相手が誰であろうと、リーアが教えるはずはない。それぐらいわかってるだろ」

「わかってる」同意するしかなかった。「わたしがいらいらしてるのは、彼女がすべてを仕切りたがってるからだと思うの。マックスとロティとカールに会うのも彼女、みんなが何をすべきかを決めるのも彼女。なのに、わたしが彼女の患者に会うことは許してくれない。ポールの自宅の住所がリーアのオフィスになってるの、変だと思わない？　まるで、彼のアイデンティティが彼女のなかに包みこまれてるみたい」

「過剰反応だぞ、ヴィク。自分が仕切る側に立ちたいからだろ。きみがぼくのためにプリントアウトしてくれた〈捏造された記憶財団〉によるリーアへの攻撃記事、きみもすこしは読んだだろ。彼女の警戒心が強くなるのも当然だよ」

エレベーターのドアが一階でひらくあいだ、ドンは話を中断し、外で待っていた人々のあいだをわたしと二人ですり抜けた。わたしはポール・ラドブーカがいないかと、人々の顔をざっと見ながら、みんな、エレベーターに乗ってどこへ行くんだろうと考えた。脂肪を吸引してもらう？　歯根を治療してもらう？　リーア・ウィールのつぎの患者はどの人だろう。

ドンは彼にとっていちばん気になる話題をつづけた。「ラドブーカとじっさいの血縁関係にあるのは、ロティ、マックス、カールの誰だと思う？　友達の利益を守ろうとしてるだけにしては、三人とも、ずいぶんぴりぴりしてる感じだぜ」

わたしは新聞売場のうしろで足を止めて、彼をみつめた。「三人ともラドブーカの身内ではないと思うわ。だからこそ、わたしはミズ・ウィールにマックスの名前を知られたのが不愉快でならないの。わかってる、わかってるって」彼が口をはさもうとしたので、わたしはつけくわえた。「あなたが教えたわけじゃないわ。でも、彼女は大切な展示品の幸福のことで頭がいっぱいだから、ほかの人間が何を求めてるかなんて考えてる余裕がないのよ」

「けど、彼女にしてみれば当然のことだろ。つまりさ、マックスやドクター・ハーシェルに対してもポール・ラドブーカのときと同じ思いやりを示してほしいって、きみが願う気持ちはわかるけど、リーアが見ず知らずの連中のことをどうしてそこまで気にかけられるんだよ。しかも、彼女はこのポールに催眠治療をほどこし、目をみはるような成果をあげてるわけだし、そりゃ仕方がないんじゃないかな。しかし、きみの友達連中、身内のことを心配してるんでないとしたら、なんでそう防御態勢を強めてるのかねえ」

「何いってるの、ドン——戦争で傷ついた難民の取材に関しては、モレルに負けないぐらい経験を積んできたあなたが……。あの人たちがどんな思いをしてきたか、あなたなら想像できるはずよ。子供たちがロンドンで身を寄せあって暮らし、その一人一人が心に同じ傷をかかえてたのよ——まずは家族と別れて、知らない言葉をしゃべる知らない国にやってきて、つぎは、家族に悲惨な死に方をされたことがさらに大きな傷となっている。そんななかにいれば、友情を超えた絆みたいなものが芽生えてくると思うの。仲間の体験であっても、わが身に直接ふりかかったことのように思えてくるはずだわ」

「たぶん、きみが正しいんだろうな。うん、正しいとも。おれは十年に一度というネタをとるために、リーアと仲良くしたいだけさ」ドンはふたたびニヤッと笑って、わたしの怒りをやわらげ、煙草のすいさしをポケットからまたとりだした。「リーアに治療を頼む決心がつくまでは、こいつを体内に補給する必要がある。一緒に〈リッツ〉にきてくれない？　シャンパンをつきあってよ。ほんのしばらくでいいから、おれの企画を祝う喜びにひたらせてほしいんだ」

わたしはお祝いしたいという気分にはまだなれなかった。「応答サービスにチェックだけ入れておきたいから、先にホテルのほうへ行ってて。それから軽く一杯やりましょ」

携帯電話の電池が切れているので、公衆電話からかけようと思い、ビルの隅へひきかえした。ドンがいったように、彼に勝利のひとときを味わわせてもいいではないか。わたしがむくれているのは、リーア・ウィールからラドブーカの電話番号を教えてもらえなかったからにすぎないという、ドンの意見が正しいのだろうか。だが、彼女がポール・ラドブーカに対する自分の手柄について話していたときの陶酔しきった表情が、わたしを落ちつかない気分にさせていた。もっとも、あれはペテン師の勝ち誇った薄笑いではなく、何かに心酔している者のうっとりした表情だった。となれば、うなじの毛をいちいち逆立てる必要もないではないか。

電話に小銭を入れて、応答サービスの番号をダイヤルした。

「ヴィク！　どこにいたの？」わたしが利用する以前から応答サービスに勤めている昼間の交換手、クリスティ・ウェディントンの声に、わたしはびくっとして、自分自身の問題にもどった。

「どうかしたの？」

「ベス・ブラックシンから三回電話があったわ。コメントがほしいそうよ。マリ・ライアスンからは二回。ほかにも、おおぜいの記者からメッセージ」彼女はいくつもの名前と電話番号を読みあげた。「メアリ・ルイーズからもこちらに電話があったわ。包囲されてるような気分なので、事務所の回線をうちへ切り替えるって」

「やだ、何が原因？」

「さあ、知らない。わたしはメッセージを受けるだけだから。でも、マリがダラム議員のことで何かいってたわね。あ――これだわ」彼女は抑揚のない平板な声でメッセージを読みあげた。「〝おれに電話して、雄牛のダラムと何をもめてるのか話してくれ。きみはいつから未亡人と孤児のわずかな財産を盗むようになったんだ〟」

わたしは完全に面食らった。「それを全部、うちの事務所のコンピュータに転送してちょうだい。仕事のメッセージはないのかしら。新聞記者からじゃないやつ」

彼女が画面をクリックしている音がきこえた。「なさそうね――ああ、エイジャックスのデヴローって人から何かきてるわ」ラルフの電話番号を読みあげてくれた。

わたしはまずマリに電話した。彼は《ヘラルド・スター》の事件記者で、ときたま、チャンネル13で特別リポートの仕事をしている。彼が電話をよこしたのは数カ月ぶりのことだ――《ヘラルド・スター》のオーナーがからんだ事件で、わたしたちは大喧嘩をしてしまった。最後は危うい和平にこぎつけたが、おたがいの事件に首をつっこむのは避けるようにしている。

「ウォーショースキー、雄牛のダラムの鎖をあんなに強くひっぱるなんて、いったいどういうつもりなんだ」

「あら、マリ。たしかに、カブスのことでがっくりきてるし、モレルがあと二、三日でカブールに発つから心配でたまらないわよ。でも、それ以外はふだんと変わりないわ。そちらは？」

マリはちょっと間をおいてから、生意気な口をきくんじゃないとどなった。

「最初から話したら？」わたしは提案した。「こっちは朝からミーティングの連続だったから、われらが市会議員が何をいったのか、あるいはしたのか、さっぱりわからないの」

「雄牛のダラムがエイジャックスの本社前でデモ隊を指揮してんだよ」

「まあ――奴隷の賠償問題で？」

「そう。エイジャックスはやつの第一の標的だからね。デモ隊の配ってるチラシに、黒人の保険契約者から保険金を奪うという形でいまなお弾圧をつづけている企業の手先として、きみの名前が出ている」

「なるほど」録音されたメッセージがわたしたちの会話に割りこみ、通話をつづけたいなら二十五セント玉を入れるよう告げた。「もう切るわ、マリ、小銭がないの」

それでは答えになっていないと彼がわめくなかで、わたしは電話を切った――きみ、何やったんだよ?! ラルフ・デヴローが電話をよこした理由もそれにちがいない。本格的なデモ攻勢をかけられるようなどんなことを、わたしがやったのか、つきとめようというのだろう。これはやばい。依頼人が――もと依頼人が――こっちにも考えがあるといったとき、彼の心にあったのはこれだったのだ。わたしは歯ぎしりしながら、新たな二十五セントを電話に入れた。

ラルフの秘書が電話に出たが、彼女がラルフに電話をつないでくれるまでかなり待たされたので、今度こそ本当に二十五セント玉を切らしてしまった。「ラルフ、いま公衆電話からかけてて、小銭がもうないから、手短にいくわよ。たったいま、ダラムのことをきいたわ」

「サマーズのファイルを彼に渡したのか」かなり疑っている声で、ラルフがきいた。

「彼から〝エイジャックスの手先〟と罵倒され、街じゅうの新聞記者に追っかけられるために？　おあいにくさま。依頼人の伯母さんに以前の死亡証明書と小切手のことを尋ねたら、その伯母さん、カンカンに怒りだしたの。おかげで、わたしは依頼人からクビにされてしまった。たぶん、その依頼人がダラムに訴えたんだと思うけど、確証はないの。はっきりわかったら電話するわ。ほかには？　ロシーもご機嫌ななめ？」

「六十三階全体がね。もっとも、ロシーはきみを信用しなくて正解だったといっている」

「ロシーはね、猛烈に頭にきて、怒りをぶつける先を探してるだけなのよ。夏の雪みたいなもので、エイジャックスの上に積もるようなことはないわ。わたしは多少凍えるかもしれないけど。サマーズに会いにいって、ダラムに何を話したのかききだしてみるわ。おたくの歴史家、エイミー・ブラントはどうなの？　ほら、エイジャックスの社史を書いた若い女性。きのう、彼女がダラムにエイジャックスの資料を渡していないとはいいきれないって、ロシーがいってたでしょ。彼女にそのことを尋ねてみた？」

「社の極秘資料を人に渡した覚えはないと、彼女はつっぱねているが、はるかな一八五〇年代に誰がわが社の保険に入っていたかをダラムが知るには、ほかに方法がないわけだし……。われわれは社史のなかでバーンバウムの名前を出し、この財団が一八五二年からうちの顧客だったことを自慢しているが、そこにはダラムが手に入れたようなくわしい情報は入っていない。バーンバウムから奴隷所有者に宛てて出荷された鋤の保険を、エイジャックスがひきうけた件なんだがね。目下、バーンバウムの弁護士連中から、受託者への義務違反ということで脅しをかけられている。もっとも、そんな昔までさかのぼるのかどうかとなると……」

「ブラントの電話番号、知ってる？　わたしからも事情をきいてみるわ」

二十五セント玉がもう一枚必要だと、金属的な声がわたしに告げた。ラルフが早口でいうには、ブラントは昨年六月にシカゴ大学で経済史の博士号をとっている、学部に問いあわせれば彼女の連絡先がわかるだろう、とのことだった。「何かわかったら連絡を……」彼がいいかけたが、電話会社がわたしたちの通話を断ち切ってしまった。

わたしはロビーを駆け抜けてタクシー乗場へ行こうとしたが、壁ぎわに身をひそめて煙草をすっているカップルを目にして、〈リッツ〉のバーでドンが待っていることを思いだした。どうしようかと迷ったが、携帯電話の充電器がモレルの車に置きっぱなしだったことを思いだした――タクシーに乗ってしまったら、長々と待たせた理由を説明するためにドンに電話することができなくなる。

バーの喫煙席でシダの下にすわっているドンを見つけた。シャンパンのグラスが二つ、彼の前に置かれていた。わたしに気づくと、彼は煙草を消した。わたしは身をかがめて彼の頰にキスをした。

「ドン――すべてうまくいきますように。今回の本も、あなたのキャリアも」グラスをあげて彼と乾杯した。「でも、わたし、ゆっくり飲んでるわけにいかないの。あなたがシカゴにきたそもそもの目的であるインタビュー相手にからんで、やっかいな事態が持ちあがったから」

ダラムがエイジャックスの前でデモをやっているので、向こうの狙いを探るために行ってみるつもりだと、ドンにいうと、彼は煙草にふたたび火をつけた。「エネルギー過剰だって誰かにいわれなかったかい、ヴィク。きみについていこうと思ったら、モレルのやつ、早々と老けこんじまうだろうな。おれはここに腰を落ちつけて、シャンパンを飲みながら、リーア・ウィールの本についてうちのエージェントと楽しく相談することにしよう。そのあとで、きみの分も飲んどいてあげる。いかれた天才が操るピンボールみたいにシカゴじゅう飛びまわってるうちに、きみが何か見つけてきたら、きみの言葉のひとつひとつに息もつがずに耳を傾けることにしよう」

「そのときは、一時間につき百ドル請求するわよ」わたしはシャンパンをごくっと飲んでから、彼にグラスを渡した。ロビーを横切ってエレベーターまで走っていきたい衝動を抑えた。ピンボールになって街じゅう走りまわっている自分の姿を想像したら、きまりが悪くなった――でも、午後の時間がすぎていくあいだ、その姿が心に浮かんできて仕方がなかった。

12　ピンボールの天才

わたしはまず、アダムズ通りにあるエイジャックスのビルへ飛んでいった。ダラムが連れてきたデモ隊は小規模なものだった。週の真ん中だから、ほとんどの人はデモをやっている時間などないのだろう。ダラム自身が先頭に立っていて、その周囲を〈若者の力を活かそう〉のメンバーがとりかこみ、折あらばすぐにも喧嘩を始めようと身構えている連中に特有の険悪な目で、通行人をにらんでいた。そのうしろには、サウス・サイドとウェスト・サイドからきた聖職者と地域社会のリーダーの小さなグループ。そして、例によってまじめな大学生の一団がつづいていた。「いまこそ正義を」「奴隷の骨の上に高層ビルを建てるな」「奴隷所有者に補償はいらない」と叫んでいた。わたしのことをデモ隊の参加希望者だと思いこんで歓迎してくれた学生の一人と、わたしは歩調をそろえて歩きはじめた。「エイジャックスが奴隷制度からそんなに利益を得てたとは知らなかったわ」といってみた。

「それだけじゃないんだ。きのう何があったかきいてる？　夫を亡くしたばかりの気の毒なお婆さんのとこへ、探偵を送りこんだんだ。会社のほうでその夫の生命保険を現金化したくせに、そのお婆さんがやったみたいに見せかけて、探偵を送りこんで責め立てたんだ。しかも葬式の最中にだよ」

「なんですって?」わたしは叫んだ。

「むかつくよね、まったく。ほら——ここにくわしく書いてある」学生はわたしにチラシをよこした。わたしの名前が目に飛びこんできた。

エイジャックス——慈悲の心はないのか。

ウォーショースキー——羞恥心はないのか。

バーンバウム——哀れみの心はないのか。

寡婦のわずかな財産はどこへ消えたのか。信心深い女性であり、熱心に教会に通う女性であり、納税の義務も果たしている女性であるガートルード・サマーズは、息子を失った。やがて、夫も失った。さらには彼女の尊厳までも失わねばならないというのか。

エイジャックス保険は十年前に彼女の夫の保険を現金化した。先週、夫が亡くなったときには、社にべったりの探偵、V・I・ウォーショースキーを送りこんで、シスター・サマーズが盗みを働いたと非難させた。葬儀の最中に、友人や愛する者の見ている前で、彼女に恥をかかせたのである。

ウォーショースキー、食べるために働かなくてはならない点は誰もが同じだが、貧しい者の遺体を踏みつけてでも、そうしなくてはならないのか。エイジャックス、過ちを正せ。未亡人に金を払え。奴隷の子孫に与えた損害を弁償しろ。バーンバウム、奴隷を犠牲にしてエイジャックスとともに手に入れた金を返してくれ。アフリカ系アメリカ人社会への不公平が是正されるまで、ホロコーストの賠償問題にわれわれは断固反対する。

頭のなかで血がドクドクいっているのを感じた。ラルフが激怒していたのももっともだ——でも、どうしてわたしに八つ当たりするんだろう。誹謗されているのはラルフの名前じゃないのに。わたしは列から飛びだしてダラム議員につかみかかりそうになったが、きわどいところで、テレビの映像が浮かんできた——罵倒の言葉をわめきちらすわたしを押さえこもうとするEYEチーム、怒りよりも悲しみのこもった表情で首をふり、カメラに向かって何やら殊勝なことをまくしたてる市会議員。

わたしがプリプリしながら見守るうちに、デモ行進の輪がぐるぐるまわって、ダラムがわたしのそばまでやってきた。肩幅の広い大男で、注文仕立てではないかと思われる黒と黄褐色の千鳥格子のジャケットを着ていた。ていねいな仕立てで、なめらかな縫い目に沿って格子の柄がみごとに合っている。頰髯《ほおひげ》におおわれた顔は興奮で輝いていた。

彼を殴りつけることができないので、チラシをたたんでバッグに入れ、車までもどろうとアダムズ通りを走りはじめた。タクシーのほうが速いだろうが、怒りが肉体的な捌け口を必要としていた。キャナル通りにつくころには、都会の舗道をパンプスで走ったために足の裏がうずいていた。足首をくじかずにすんで運がよかった。車の外に立ち、大きく息を吸いこんだ。喉がからからだった。

脈が正常にもどったところで、雄牛のダラムは服をあつらえるお金をどこから手に入れているのだろうという疑問が湧いてきた。エイジャックスとバーンバウムを――もちろん、わたしのことも――攻撃する見返りに、誰かから金を受けとっているのだろうか。いやいや、市会議員たるもの、完全に合法的な手段で現金箱に手をつっこむチャンスはいくらでもある。

電話が必要だ。わたしは彼に猛烈に腹を立てるあまり、最悪の想像をしたがっているのだ。

それから、水も必要だ。ボトル入りの水が買えるコンビニはないかと見まわしていたら、通信機器を扱う店の前を通りかかった。二つめの車内用充電器を買った。これがあれば、今日の午後をもっと楽にすごせただろうに。

依頼人――もと依頼人――に会いにいくために高速道路に入るつもりだったが、その前に、わたし専用の事務所の回線に電話して、メアリ・ルイーズを呼びだした。彼女は無理からぬことだが、わたしの留守中に全責任を押しつけられて焦っていた。わたしは事のいきさつを説明してから、雄牛のダラムのチラシを読みあげた。

「あきれた、とんでもない男だわ！　どう対処する？」

「まずは声明書からね。こんな感じで」

ダラム市会議員はガートルード・サマーズさんの被害を自分の政治活動に利用しようと躍起になるあまり、事実を含めたいくつかの点をなおざりにしています。ガートルード・サマーズさんの夫が先週亡くなったとき、サマーズさんがチャペルに腰をおろすと同時に葬儀にストップをかけるという侮辱的行為をおこなったのは、ディレイニー葬儀社だったのです。葬儀社がなぜそんな行為に出たかというと、夫の生命保険が何年も前に現金化されていたからです。遺族は何があったかを調べるために、探偵のV・I・ウォーショースキーを短期間だけ雇い入れました。ダラム議員の主張と異なり、エイジャックス保険はウォーショースキーを雇ってはおりません。ウォーショースキーはアーロン・サマーズさんの葬儀には出ていませんし、不幸な未亡人に会ったのはその翌週のことでした。議員が主張しているような形で、ウォーショースキーが葬儀の邪魔をしたとは考えられません。ウォーショースキーと事件とのかかわりをめぐる事実について、ダラム議員が完全にまちがっているとすれば、彼のほかの主張にも同じ疑問を向けることができるのではないでしょうか。

メアリ・ルイーズがそれを読みかえしてくれた。二人で何度か手直ししてから、電話をよこした記者たちにファクスかメールでそれを送ることにした。ベス・ブラックシンかマリがわたしとじかに話をしたがっている場合は、六時半ごろ事務所にくるよう、彼女から伝えてもらうことにした。もっとも、彼らがシカゴのメディア界の連中と同じなら、たぶん、バーンバウム一族をつかまえようとして、一族が住むあちこちの家の玄関先で野宿しているることだろう。

警官がわたしのパーキング・メーターを叩いてみせて、嫌味をいった。わたしは車のギアを入れ、高速道路めざしてマディスン通りを走りはじめた。

「ダラムのチラシにバーンバウムがどうのって書いてあるけど、どういうことかしら」メアリ・ルイーズがきいた。

「エイジャックスは一八五〇年代からバーンバウム家の保険を扱ってたらしいの。バーンバウム家の莫大な財産の一部は南部でやってた何かの事業から得たものなんですって。ダラムがどこからその情報を得たのかって、エイジャックスの上層部はいきり立ってるわ」

のろのろと高速道路に入りながら、水を買っておいてよかったと思った。このところ、車の流れがスムーズなのは夜十時から翌朝六時までのあいだだけのような気がする。いまは午後の二時半、ライアン高速で南に向かうトラックが分厚い壁を作っていた。わたしはメアリ・ルイーズを電話口で待たせておいて、ユナイテッド・パーセル・サービスのトレーラー・トラックと、原子炉の発電機らしきものを荷台にくくりつけた平床型の長いトラックのあいだに入りこんだ。

電話を切る前に、エイミー・ブラントの自宅住所と電話番号を調べてくれるよう彼女に頼んだ。「わかったら、この車に連絡をちょうだい。でも、あなたから直接向こうにかけるのはやめて。彼女と話す気があるかどうか、自分でもまだわからないから」

うしろの平床型トラックに大きな警笛を鳴らされて、わたしは飛びあがった。前に車三台分のスペースをあけていたのだった。あわてて車を進めた。

メアリ・ルイーズがいった。「切る前にもう一言。〈サウス・ブランチ屑鉄処理場〉でアーロン・サマーズの同僚だった人たちの追跡調査、やっといたわよ。サマーズと同じようにリック・ホフマンと保険契約を結んだ人たち」

ダラムから個人攻撃を受けたショックで、わたしはそれ以前の仕事のことをすっかり忘れていた。依頼人からクビにされたことをメアリ・ルイーズに伝えるのを忘れていたため、彼女のほうで調査を進めて、保険を契約した四人のうち、存命中の三人を探しだしていた。彼女は社のクオリティ・チェックを独自におこなっているという口実のもとに、保険契約者たちを説得し、彼らからミッドウェイ保険代理店に電話をかけてもらった。彼らの保険証券は手つかずで残っているとのことだった。メアリ・ルイーズからも代理店に電話を入れて、再確認してみた。四人目の男は八年前に亡くなっていた。葬儀の費用はエイジャックスがきちんと支払っている。となると、どのような詐欺がおこなわれたにせよ、ミッドウェイかホフマンが彼らの生命保険を使って大規模な不正を働いていたわけではないらしい。いまとなっては、もうどうでもいいことだが、メアリ・ルイーズの余分な努力に礼をいって――午前中の短い時間にずいぶん仕事をしてくれたものだ――車の流れに注意を向けた。

スティヴンスン高速の出口にさしかかるころには、わたしの動きはピンボールというより、精神安定剤を飲んだカメに近くなっていた。この高速道路では三年前から工事がつづいているため、車線の半分が閉鎖されている。街の南西に細長く延びた工業地帯へ行くための幹線道路である。つねにトラックで混みあっている。工事と午後の渋滞のせいで、どの車も時速十マイルほどののろのろ運転だった。

ケッジー・アヴェニューでいそいそと高速道路を離れ、工場と屑鉄処理場の迷路へ入っていった。よく晴れた日なのに、工場が林立するこのあたりまでくると、煙で空気が青灰色にぼやけている。錆びた車がぎっしりの敷地、船外モーターを造っている工場、鉄筋の工場、黄色味を帯びた塩の山（冬の到来を告げる不吉な先触れ）などを通りすぎた。道路には深いわだちがついていた。わたしは慎重に運転をつづけた。車高がかなり低いため、大きな穴ぼこに入りこんだら車軸の損傷をまぬがれないだろう。何台ものトラックが交通標識を楽しげに無視してわたしを追い越していった。

くわしい地図を持っていてさえ、何度か道をまちがえた。ドカティ・エンジニアリング・ワークスの敷地にガタガタ入っていったときは、すでに三時十五分になっていた。イザイア・サマーズの勤務時間が終わってから十五分たっている。敷地には砂利が粗く敷いてあって、周囲の通りと同じく、大型トラックのわだちに荒らされていた。マスタングからおりると、荷揚場で十四輪トラックが鼻を鳴らしていた。

この午後はついていた――七時から三時のシフトの人々がちょうど工場から出てくると

ころだった。わたしは車にもたれて、横のドアから男たちがばらばら出てくるのを見守った。大脱出《エクソダス》のなかほどで、イザイア・サマーズがあらわれた。ほかの男二人と話をしていて、そのくったくのない笑い声がわたしには意外だった。前に会ったときは、身構えていて無愛想だったのに。彼が同僚の肩を叩いて自分のトラックのほうへ歩いていくまで待ってから、身体をおこしてあとを追った。

「ミスタ・サマーズ？」

微笑が消えて、わたしが先日の夜に見た警戒の表情へと変化した。「ああ。あんたか。なんの用だ」

わたしはバッグからチラシをひっぱりだして彼に渡した。「自分でなんとかするっていったのは、ダラム議員のところへ直行することだったのね。事実にいくつか誤りがあるけど、おかげで街がすばらしく活気づいてるわ。さぞご満足でしょうね」

彼はわたしの契約書のときと同じく、ゆっくりと、注意を集中して、チラシに目を通した。「それで？」

「わたしがあなたの伯父さんの葬儀の席にいなかったことは、わたしに劣らずよく知ってるでしょ。わたしが葬儀に出てたって、ミスタ・ダラムにいったの？」

「向こうが二つの話をごっちゃにしたのかもしれん。だが、たしかに、おれからダラムに話をした。あんたがうちの伯母を非難したことを話しておいた」サマーズは喧嘩腰で顎をつきだした。

「わたしがここにきたのは、〝彼がこういった、彼女がこういった〟ごっこをするためじゃなくて、なぜあなたが自分の力で真相を究明しようとするかわりに、わたしをこんなふうに世間の笑いものにしたかを探りだすためなの」

「うちの伯母にはな、あんたみたいな連中から不当な非難を受けたときに、それに対抗するだけの金も人脈も手段もないんだよ」

数人の男がこちらを物珍しそうに見ながら通りすぎた。一人がサマーズに挨拶をよこした。サマーズは片手をあげたが、わたしに向けた怒りの視線ははずさなかった。

「おたくの伯母さん、ご主人に先立たれてがっくりきてるんだわ。八つ当たりする相手がほしくて、だからわたしを悪者にしてるのよ。十年近く前に、誰かが伯母さんの名前を騙って保険を現金化した。保険金請求をするために、伯父さんが亡くなったっていう死亡証明書を提出したうえでね。伯母さんがやったのかもしれないし、ほかの誰かがやったのかもしれない。でも、小切手には伯母さんの名前が書いてあった。わたしとしては、伯母さんに質問するしかなかった。あなたにクビにされたから、これ以上質問する気はないけど、どうしてそんなことになったのか、あなた、ふしぎに思わない？」

「保険会社のしわざさ。会社がやって、こっちに罪をなすりつけるためにあんたを雇ったんだ。ここに書いてあるように」彼はチラシを指さしたが、この声には確信が欠けていた。

「その可能性もなくはないわ」わたしは譲歩した。「会社のしわざでないとはいいきれない。真相は結局わからないだろうけど」

「なんで?」

わたしは微笑した。「わたしには調査する理由なんてないわ。そちらで誰かを雇って調べさせればいいでしょ。莫大なお金がかかるだろうけど。もちろん、真相を究明するより、言いがかりをつけてまわるほうがずっと楽よね。それが最近のアメリカのやり方よ。そうでしょ。事実のかわりにスケープゴートを見つけだすのが」

彼の顔が困惑にゆがんだ。わたしは彼の手からチラシをとり、自分の車にもどった。充電器に接続しておいた電話が鳴っていた——メアリ・ルイーズがエイミー・ブラントに関する詳細を連絡してきたのだった。それをメモして、車をスタートさせた。

「待ってくれ」イザイア・サマーズが叫んだ。

イザイアは彼としゃべろうとして立ち止まった誰かをふりきって、わたしの車に駆けよってきた。わたしは車を停めると、眉をあげ、表情を出さないようにして、彼のほうを見あげた。

サマーズは言葉を探していたが、やがて、いきなり叫んだ。「どう思ってんだ」

「何を……?」

「会社が保険を現金化した可能性もなくはないといっただろ。ほんとにそう思ってるのかい」

わたしはエンジンを切った。「正直にいうと、ノーよ。可能性ゼロとはいわないけど。ずっと以前に、あの会社の保険金詐欺を暴いたことがあるの。でも、そのときの経営陣はいまとはまったくべつだったわ。詐欺の件が世間に知れ渡ったため、全員が辞任に追いこまれたの。現金化したのが会社だとすると、社内の誰かと代理店が共謀してるってことになりそうね。だって、代理店が小切手を銀行に持ちこんでるんですもの。でも、ファイルをわたしに見せることに、支払業務部の責任者はなんの異議も唱えなかったわ」ロシーがわたしに完全なファイルを見せまいとして、何かとごねたのはたしかだが、エーデルワイスがエイジャックスを傘下におさめてまだ四カ月しかたっていないのだから、彼がエイジャックスの生命保険詐欺にかかわっていることはどう考えてもありえない。

「怪しいとしたら代理店のほうね。もっとも、ホフマンがおたくの伯父さんの職場で契約を結んだ保険のうち、不正に現金化されたものはほかには一件もないし、死亡した人については、ミッドウェイ経由で小切手が支払われてたわ。伯父さんがやった可能性だってあるのよ。その理由はけっしてわからないかもしれないし、わかればつらい思いをするかもしれない。もしくは、家族の誰かって可能性もある。あなたがカッとなるか、手近な電話で雄牛のダラムに連絡をとるかする前にいっておくと、おたくの伯母さんを本気で疑ってるわけじゃないのよ。話をすれば、それぐらいわかるもの。でも、調べる対象は家族か代理店の二つしかないでしょ。わたしが調査をするとすれば」

サマーズは鬱憤晴らしにわたしの車の屋根をバンと叩いた。その力のすごさに、車が軽く揺れた。

「きいてくれ、ミズ・ワラシュキー。誰を信じればいいのか、誰の言葉に耳を貸せばいいのか、おれにはわからん。うちの女房は——ダラム議員に話をしにいくのがいいといった。カミーラ・ローリングズは——最初にあんたの名前を教えてくれた女だが——おれがあんたをクビにしたってんで、もうカンカンだ。あんたと仲直りしろといっている。けど、何を信じりゃいいんだよ。ダラム議員は、自分は保険会社が奴隷制度から利益を得たという証拠を握っている、これもやはり隠蔽工作だといってるし、気を悪くしないでほしいんだが、白人のあんたになんでそれが理解できる?」

わたしは車からおりた。そうすれば、彼は身をかがめなくてすむし、わたしは上を見ているうちに首の筋をちがえずにすむ。「ミスタ・サマーズ、完全には理解できないかもしれないけど、わたしは相手の身になって、偏見を持たずに耳を傾けようという努力だけはしてるつもりよ——どんな話に対しても。あなたの伯母さんの立場は、アメリカの歴史に災いされてややこしくなってるんじゃないかしら。どうしてあの小切手に伯母さんの名前が出てるのかって、わたしが質問しようとすると、あなたも、奥さんも、伯母さんも、わたしのことを、あれは白人女だ、会社とぐるになって人をだまそうとしてるって思いこむ。でも、事実の裏づけもなしに、そちらと声をそろえて『会社の隠蔽工作だ! 詐欺だ!』って叫びはじめたら、わたしは探偵として失格よ。わたしの唯一の行動指針は事実にしがみつくこと——探りだせるかぎりの事実にね。この方針は高くつくのよ——あなたのような依頼人を失うことになるし、カミーラのお兄さんみたいにすてきな男を失うことにもなった。つねにこちらが正しいとはかぎらないけど、でも、事実にしがみつかなきゃいけないの。でないと、風が吹くたびに木の葉みたいにきりきり舞いさせられてしまう」

コンラッド・ローリングズとの別れの痛手を癒すには長い時間が必要だった。いまのわたしはモレルを愛している。すばらしい男性だもの――でも、コンラッドとわたしはめったにないぐらいぴったりと波長が合っていた。

サマーズの顔が緊張にゆがんだ。「おれのために仕事することを、もう一度考えてくれないか」

「考えてもいいけど、でも、警戒心が先に立つかも」

彼は悲しげな理解の色を浮かべてうなずき、やがて不意にこういった。「ダラムが事実をごっちゃにしたことは、おれから謝る。保険金のことだが、いとこのなかに、あいつならやりかねないってのが一人いる。けど、血縁者のことをこんなふうに密告するのはつらいんだ。つらくてたまらん。もし、いとこのコルビーがやったのなら、くやしいが、金は二度ともどってこないだろう。家族を世間のさらし者にしたうえに、葬式代も、あんたに払った金も丸損ってことになる」

「それは深刻な問題ね。わたしにはなんの助言もできないわ」

彼はしばらくのあいだ、目を固く閉じた。「あの――おれが払った五百ドルだけど、その分の調査時間、まだあまってるかな」

メアリ・ルイーズが〈サウス・ブランチ屑鉄処理場〉の男たちの調査にとりかかった時点で、彼のために残っていた時間は一時間半だった。調査を続行するなら、追加料金を請求しなくてはならない。

「一時間ほど」わたしはぶっきらぼうに答え、自分を呪った。

「その代理店に関して、一時間以内に何か調べだせるかい——い、いや、調べだせそうなことはあるかな」

「あなたからダラム議員に電話して、彼のまちがいだっていってくれる？　わたし、六時半に記者会見の予定なの。あなたが依頼人ということになれば、あなたの名前は出さないようにしないとね」

サマーズは息を吸った。「電話しておく。あんたが保険代理店のことを調べてくれるのなら」

13 秘密諜報員

「バーンバウム財団のスポークスマンをつとめるアンディ・バーンバウム氏――屑鉄拾いからアメリカ最大の資産家の一人にのしあがった創業者の曾孫にあたる人物ですが、氏の語るところによりますと、ダグラム市会議員の非難を浴びて、一族は困惑しているとのことです。バーンバウム財団は四十年にわたって、市中心部の教育、芸術活動、経済発展を支えてきました。また、アフリカ系アメリカ人社会と、バーンバウム・コーポレーションおよび財団とはたがいに支えあってきた仲であり、ダグラム議員が話し合いに応じてくれれば、誤解があったことをわかってもらえるにちがいないと、氏は確信しています」

車で街にもどる途中、ラジオからこのコメントが流れてきた。市内に向かう道路は混んでいたが、車の流れはスムーズだったので、たいして注意もせずにきき流していたら、やがて、わたしの名前が耳に飛びこんできた。

「探偵のV・I・ウォーショースキーさんは、彼女がアーロン・サマーズさんの葬儀に乱入して金の問題で騒ぎ立てたとするダグラム議員の非難はまったくの誤りであると、書面で抗議をおこなっています。いっぽう、ホロコースト資産返還法案を議会で通過させるようイリノイ州に強く求めているジョゼフ・ポスナー氏のほうは、エイジャックスに対するダラム議員の攻撃は議会における法案審議をさまたげるための策略であると述べています。ダラム氏の反ユダヤ的発言は亡くなった人々の思い出を汚すものであるが、あと数時間で安息日が始まるので、市会議員と対決するために公の場に顔を出して安息を乱すことは避けたいとのことでした」

ジョゼフ・ポスナーが喧嘩騒ぎに加わることだけは、とりあえず避けられて、ひと安心だ。あとのニュースをきく元気はもうなかった。音楽に替えた。クラシック専門局のひとつが、やたら現代的なとげとげしい曲で通勤者のささくれだった心を癒そうとしていた。べつの局では、インターネットのプロバイダーのコマーシャルをがんがん流していた。ラジオを消して、湖に沿って南下し、ふたたびハイド・パークに向かった。

ハワード・フェプルの商売に対する無気力な態度からすると、金曜の午後四時半にオフィスで彼をつかまえられる可能性は万にひとつもなさそうだ。だが、ピンボールたる者、お金にめぐりあえることを願って、あらゆるピンにぶつかってみなくてはならない。今回は幸運に恵まれた——いや、フェプルとふたたび話をするチャンスを幸運と呼べるかどうかはわからないが。彼はオフィスにいただけでなく、蛍光灯もとりかえていたため、わたしがドアをあけた瞬間、はがれたリノリウムと、部屋の汚れと、彼の期待に満ちた表情があざやかに目に飛びこんできた。

「ミスタ・フェプル」わたしは誠意をこめていった。「まだ商売をたたんでないようで安心したわ」

彼は顔をそむけ、期待に満ちた表情がしかめっ面に変わった。背広とネクタイに着替えていたのは、どう考えても、わたしに会うことを期待してのことではなさそうだ。

「あのね、今日の午後、イザイア・サマーズに会ってから車でこっちにもどる途中で、妙なことに気づいたのよ。雄牛のダラムはわたしのことを知っていた。バーンバウム家のことを知っていた。エイジャックスのことを知っていた。ところが、サマーズ家が受けた不当な仕打ちを何日も前から調べてたくせに、あなたのことは知らなかったみたい」

「あんたはアポイントもとってない」視線をそらしたままで、彼はぼそっといった。「もう帰ってくれ」

「わたし、飛びこみ客なの」わたしは明るく答えた。「そういう客をもっと大切にしなきゃ。さてと、あなたがアーロン・サマーズに売った保険の話をしましょうよ」

「前にもいっただろ。おれじゃないって。リック・ホフマンが売ったんだ」

「同じことだわ。この代理店なんだから。いかなる不祥事についても、法的な責任はあなたにあるのよ。わたしの依頼人には、この件を何年もかけて法廷で争う気はないけど、エリサ法（年金受給者を保護するための連邦法）にもとづいて莫大な額の訴訟をおこしかねないわ——あなたには依頼人の伯父さんに対して、受託者への義務というものがあったのに、それに違反したんですもの。保険金の額面は一万ドルだったから、あなたのほうで同じ額の小切手を切ってくれれば、依頼人も喜ぶと思うけど」

「そいつはもうあんたの――」フェプルがいいかけて、あわてて口をつぐんだ。

「あらあら、ハワード。誰からきいたの。ミスタ・サマーズ本人から？　ううん、そんなわけないわね。だったら、彼がわたしを呼びもどして、最後まで調査するよう頼んだことも知ってるはずだもの。じゃ、ダラム議員からでしょ。もしそうなら、あなたはマスコミの寵児になって、仕事してる暇なんかなくなるかもね。もうすこししたら、わたし、チャンネル13のインタビューを受ける予定になってるの。おたくの代理店が顧客の情報を雄牛のダラムに流してたとわかったら、テレビ局はよだれを垂らして喜ぶでしょうね」

「とんでもない誤解だ」フェプルは唇をゆがめた。「おれがダラムと話せるわけないだろ――白人に用はないと、ダラムが公言してるのに」

「まあ、いよいよ興味が湧いてきたわ」わたしは彼のデスクの前にあるぐらぐらの椅子にすわった。「あなたが誰のためにおめかししてるのか、知りたくてたまらないんだけど」

「デートだよ。おれにだって、保険とは関係ない社交生活があるんだ。オフィスをしめたいから、帰ってくれないか」

「もうすこししたらね。あなたがいくつか質問に答えてくれれば、すぐに帰るわ。アーロン・サマーズのファイルを見せてほしいの」

そばかすカーペットのオレンジ色が濃くなった。「ずうずうしい人だな。そいつは個人の書類なんだ。あんたに見る権利はない」

「依頼人には見る権利があるわ。あなたがここで協力するか、わたしが裁判所命令をとるか、とにかく、どちらかの方法によって、あなたはわたしにファイルを見せることになるのよ。どうせなら、いまやってしまいましょうよ」

「とれるものなら、裁判所命令をとるがいい。うちのおやじはおれを信用して経営をまかせてくれたんだ。おやじの期待にそむくことはできん」

それは風変わりな、いささか哀れなはったりだった。「わかったわ。裁判所命令をとってくる。それともうひとつ。リック・ホフマンの帳簿のことなんだけど。彼がいつも持ち歩いて契約者の払込のチェックマークを入れてた、黒い小さなノート。それも見せてほしいの」

「列にならびな」フェプルは嚙みつくようにいった。「シカゴじゅうの連中がその帳簿を見たがってるが、おれは持ってない。ホフマンはその帳簿を毎晩家に持って帰ってた。原子爆弾の製法でも書いてあるんじゃないかと思うほどだった。ホフマンが死んだとき、帳簿はやつの家に置いてあった。息子の居所がわかれば、そのいまいましい帳簿の在り処もわかるだろう。だが、あのできそこない、どっかの精神病院にでも入ってんじゃないのかね。とにかく、シカゴにはいない」

彼の電話が鳴りだした。歩道に落ちた百ドル札をつかむような勢いで、フェプルが電話に飛びついた。

「ちょっと人がきてるんだ」送話口に向かってがなった。「そう、女探偵」しばらく耳を傾けてからいった。「わかった、わかった」彼は紙片に数字らしきものを走り書きしてから、電話を切った。

フェプルはデスクのスタンドを消し、仰々しい身ぶりでファイル・キャビネットをロックした。彼がドアをあけようとして入口のほうへ行ったので、さすがのわたしも腰をあげるしかなくなった。二人でエレベーターに乗ってロビーまでおり、驚いたことに、そこで彼が警備員に近づいた。

「このレディを覚えといてくれ、コリンズ。うちのオフィスにきて、おれを脅迫しようとした。この女が今夜もう一度ビルに入りこむことのないよう、気をつけてくれる？」

警備員はわたしを上から下までながめたあげく、「承知しました、ミスタ・フェプル」と、熱のこもらない声で答えた。フェプルはわたしと一緒に外に出た。わたしが彼のみごとな戦術をほめると、向こうは薄笑いを浮かべてから、大股で通りを遠ざかっていった。わたしは彼が角のピッツァ・レストランに入るのを見守った。入口に電話があり、彼は電話をかけようと足を止めた。

わたしは通りの向かいにあるコンビニの外で酔っぱらい二人のそばに立った。二人はクライヴという男と、クライヴの妹が口にした彼らのどちらかに関する意見について口論していたが、急に口論を中止して、わたしに酒代をせびろうとした。わたしはフェプルに視線を据えたまま、二人から離れた。

五分ほどすると、フェプルが出てきて、用心深くあたりを見まわし、わたしに気づいたとたん、通りの北側にあるショッピング・センターのほうへ逃げ去った。わたしもあとを追おうとしたが、酔っぱらいの一人がわたしの腕をつかみ、そんなにお高くとまるんじゃないといった。わたしは男のみぞおちに膝蹴りを食らわせて、腕をふりほどいた。向こうが卑猥な言葉をわめきちらすあいだに、北のほうへ走ったが、またしても、わたしがはいていたのはパンプスだった。左のかかとがとれて、コンクリートの上で転倒した。ようやくおきあがったときには、フェプルの姿は消えていた。

自分自身と、フェプルと、酔っぱらいどもを、同じぐらいのすさまじさで呪った。奇跡的にも、被害はパンティストッキングの伝線と、左脚と腿の血だらけのすり傷だけにとどまった。日の光が薄れつつあるので、スカートが破れているかどうかまではわからなかった。絹のような手ざわりの黒のスカートで、けっこう気に入っている。脚をひきずって車にもどり、ボトルの水を使って脚の血を拭きとった。スカートはコンクリートにこすられて生地の表面がほつれていた。憂鬱な気分でコンクリートの砕片を払いのけた。クリーニングに出せば、繊維のほつれは目立たなくなるだろう。

目を閉じて運転席の背にもたれ、ハイド・パークの銀行のビルにひきかえそうとするのが価値のあることかどうかを考えた。このぼろぼろの状態で警備員を首尾よく魅了してビルに入りこみ、何かを盗みだせたとしても、フェプルはすぐさま、わたしのしわざだと見抜くだろう。計画は月曜日まで延ばすことにしよう。

ベス・ブラックシンとの約束の時間まで、まだ一時間以上あった。本当なら、このまま家に帰ってインタビューのために身なりを整えるべきだが、その一方、銀行からわずか三ブロックの距離に、エイジャックスの社史を書いた、博士号を持つ若い女性、エイミー・ブラントの住まいがある。メアリ・ルイーズが調べてくれた電話番号にかけてみた。

ミズ・ブラントは在宅だった。例によって丁重かつよそよそしい口調で、わたしと会ったことは覚えているといった。わたしがエイジャックスに関していくつか質問したいと説明すると、よそよそしさが冷淡さに変わった。

「そういう質問だったら、すでにロシー氏の秘書から受けました。ずいぶん失礼なやり方だわ。ロシー氏のときと同様、あなたに対してもお答えする気はありません」

「すみません、ミズ・ブラント、こちらの言い方が曖昧でした。エイジャックスに頼まれたわけではないんです。ロシーがあなたに何を尋ねる気だったのか、わたしにはわかりませんが、たぶん、こちらの質問とはちがうものだと思います。わたしの質問は、生命保険の証券がどうなったかをつきとめようとする依頼人からのものです。あなたが答えをご存じだとは思っておりませんが、ぜひお話を伺いたくて。その理由は……」その理由は……なんだろう。フェプルに無視され、ダラムに誹謗されたことでがっくり落ちこんで、どんなワラでもいいからすがろうとしているのだろうか。「その理由は、何がどうなっているのか、わたしではわからないため、エイジャックスのことをよくご存じの方とお話ししたいと思ったからです。ちょうど近くまできています。お時間をいただければ、十分ほどお邪魔したいのですが」

しばしの沈黙ののちに、話はいちおうきかせてもらうが、質問に答えるかどうかは約束できないと、彼女はいった。

彼女の住まいはコーネル・アヴェニューのコの字形をしたみすぼらしいビルのなかにあった。ろくに手入れもされていない貧乏学生向きの建物だった。とはいえ、シカゴのメディカル・スクールに通いはじめた息子を持つ旧友の愚痴を通じてわたしが知ったように、ブラントもおそらく、歩道に落ちているガラスの破片や、建てつけの悪いロビーのドアや、吹き抜けの壁の穴などに対して、月に六百から七百ドルの家賃を払っているのだろう。

ブラントはワンルーム形式のアパートメントのひらいたドアのところに立ち、三階までの階段をのぼるわたしをみつめていた。自宅なので、ドレッドヘアを顔のまわりにふわっと垂らしていた。エイジャックスへ着ていったきりっとしたツイードのスーツのかわりに、ジーンズにぶかぶかのシャツというスタイルだった。丁重ではあるが温かみのない態度でわたしを招き入れ、片手で木の椅子を指し示して、彼女自身はワークステーションのデスクの回転椅子に腰かけた。

派手な色のガーナの手織布をかけたフトンと、バスケットの陰にしゃがんだ女性が描かれた写真をのぞくと、室内は修道院のように簡素だった。四方の壁ぎわには白い合板紙の本棚がならんでいる。食事用の狭いアルコーブにまで、時計を囲むようにして棚がならんでいた。

「ラルフ・デヴローからききましたけど、経済史の博士号をお持ちなんですってね。その関係でエイジャックスの社史を書くことになったんですか」

彼女は無言でうなずいた。

「博士論文はどういうテーマで？」

「それとあなたの依頼人と関係があるのかしら、ミズ・ウォーショースキー」

わたしは眉をあげた。「儀礼的な会話よ、ミズ・ブラント。でも、おっしゃるとおりね。質問にはいっさい答えないってことだったわね。ベルトラン・ロシーからすでに話をきいてらっしゃるそうだから、ダラム議員がエイジャックスを攻撃してることはご存じでしょうけど……」

「彼の秘書からよ」彼女はわたしの誤りを正した。「ロシー氏は大物だから、わたしに直接電話をよこすようなことはしないわ」

その声があまりに平板だったので、皮肉のつもりなのかどうか、わたしには判断がつかなかった。「でも、質問は彼の指示でなされたものでしょ。さてと、ダラムがエイジャックスのビルの外でデモをやって、エイジャックスとバーンバウムの両方に対し、奴隷制度で儲けたお金をアフリカ系アメリカ人の社会に返還するよう求めているってことはご存じね。ロシーはたぶん、エイジャックスの古い記録のなかからその情報をダラムに渡したといって、あなたを非難したんだと思うけど……」

彼女は目に警戒の色を浮かべて、わずかにうなずいた。

「ダラムはもうひとつ、わたしに直接関係のあることを抗議スローガンにしてるのよ。銀行のビルに入っているミッドウェイ保険代理店の名前を目になさったことはないかしら。

ハワード・フェプルというのが現在の無能なオーナーだけど、三十年前、彼の父親に使われていた外交員の一人がサマーズという名前の男を保険に加入させたの」わたしはサマーズ家の問題をざっと説明した。「それがダラムの耳に入ってしまってね。エイジャックスの社史をまとめたあなたなら、会社の歴史と現在のこの保険金請求に関するくわしい内部情報を市会議員に渡せそうな人物に、何か心あたりがあるんじゃないかしら。サマーズがダラムに愚痴をこぼしたのはたしかだけど、ダラムの抗議スローガンには、サマーズが知っているとは思えない項目がひとつ入っているの。南北戦争以前の時代にエイジャックスがバーンバウム・コーポレーションの保険をひきうけていたという事実が。たぶん正確な情報だと思うわ。でなければ、ロシーがあなたを呼びつけるはずが――いえ、秘書にあなたを呼びつけさせるはずが――ありませんもの」

わたしが言葉を切ると、ブラントはいった。「ある意味では正確ね。初代のバーンバウム――一族の富を築いた人だけど――この人が一八五〇年代にエイジャックスの保険に入ってたの」

「どういうことかしら。〝ある意味で〟というのは」わたしはきいた。

「一八五八年に、蒸気船がイリノイ川で爆発炎上したため、モーディカイ・バーンバウムがミシシッピへ送る途中だったスチール製の鋤を大量に失ってしまったの。エイジャックスが保険金を支払ったわ。ダラム議員がいってるのは、たぶん、そのことでしょう」彼女は抑揚のない早口でしゃべりつづけた。学生に講義するときはもうすこし生き生きとしゃべってくれるといいけれど。でないと、みんな、居眠りしてしまうだろう。

「スチール製の鋤？」わたしはそちらに注意を奪われてくりかえした。「南北戦争の前からあったの？」

ブラントは気どった笑みを浮かべた。「ジョン・ディアがスチール製の鋤を開発したのは一八三〇年よ。一八四七年には、ここイリノイに最初の主力工場と小売店を造ってるわ」

「すると、バーンバウム家は一八五八年にはすでに財界の大物だったわけなのね」

「いえ、そうでもないの。一族の富を築いたのは南北戦争だと思うけど、エイジャックスの古い記録にはこまかいことはあまり出てないの。わたしは保険がかかっていた品物のリストから推測したのよ。バーンバウムの鋤が船荷に占めてた割合はごくわずかだったみたい」

「あなたから見て、バーンバウムの鋤が船で送られた件をダラムに話すことができそうな人物は誰かしら」

「それって、わたしに白状しろという遠まわしな言い方？」

この質問ならユーモラスな口調を用いてもよかっただろうに、彼女はそうはしなかった。わたしは癇癪をおこさないよう自分を抑えた。「あらゆる可能性を検討してはいるけど、手に入った事実を考慮しなくてはならないの。あなたは古い記録に近づくことができた。ダラムに情報を渡した可能性がある。でも、そうでないのなら、誰がやったのか多少は見当がつくんじゃない？」

「やっぱり、わたしを悪者に仕立てるためにやってきたのね」彼女は妥協するものかといいたげに顎をこわばらせた。

わたしは話し合いをすることに疲れてしまい、両手に顔を埋めた。「わたしがここにきたのは、もっとくわしい情報がほしかったからよ。でも、もういいわ。いまからチャンネル13のインタビューに応じて、今回のくだらない騒ぎの顚末を話す約束なの。家に帰って着替えなくては」

ブラントは唇をこわばらせた。「テレビでわたしを非難するつもり？」

「あなたに非難をぶつけるために訪ねてきたわけじゃないのに、あなたときたら、わたしにも、わたしの動機にも疑いをはさんでばかり。これじゃ、いくらあなたを安心させようとしても、信じてもらえそうにないわ。訓練を積んだあなたのような観察者なら、何がおきているのかを新たに考えるきっかけになりそうなものを、何か見てるかもしれないと期待して、ここまでやってきたんだけど……」

彼女は迷いの表情でわたしを見た。「わたしはダラムに資料を渡していないといったら、信じてくれる？」

わたしは両手を広げた。「試しにいってみて」

彼女は息を吸ってから、コンピュータの向こうの本を見ながら、早口でしゃべりはじめた。「たまたまだけど、わたしもダラム氏の考えには賛成できないの。この国にいまも存在する人種差別のことは充分に認識してるつもりよ。黒人の経済と商業の歴史についてリサーチしたうえで書いたことがあるから、こうした差別のことは人一倍よくわかってる。差別は深く広く根づいてるものだわ。たとえば、わたしがエイジャックスの社史を書く仕事をひきうけたのは、大学で歴史や経済の講座を持ちたくてもなかなかできないからなのよ。アフリカ系アメリカ学という例外はあるけど、あまり注目されない分野だから、わたしは興味が持てないの。職探しをするあいだに、すこしはお金を稼がないとね。それに、エイジャックスの記録を調べれば興味深い研究論文が書けるだろうし。でも、アフリカ系アメリカ人を被害者という枠にはめこんでしまうやり方には賛成できないわ。哀れな存在でいるかぎり、尊敬を得ることはできないのよ」知らない人間に自分の信念を語ったことが照れくさくなったのか、彼女は顔を赤らめた。

わたしは、被害者としてのユダヤ人という問題をめぐって、ロティがマックスに激しい怒りをぶつけたことを思いだした。ゆっくりうなずき、ブラントに、あなたを信じることができると告げた。

「それに」さらに顔を赤くしながら、彼女はつけくわえた。「エイジャックスがわたしを信用して非公開の資料を見せてくれたときに、外部の人間にファイルの内容を洩らすなんて、わたしの倫理に反することだわ」

「エイジャックスの内部情報を市会議員に洩らしたのがあなたでないとすると、誰か思いあたる人物はいないかしら」

彼女は首をふった。「あそこは大企業よ。ファイルはかならずしも機密扱いってわけじゃないわ。すくなくとも、わたしがリサーチをした時点ではそうだった。古い書類はすべて箱に詰めて、会社の資料室に置いてあった。そういえば、箱は何百もあったわね。最近の資料は大切に保管してあるけど、最初の百年間の分はねえ——資料に近づく許可を得るための苦労より、そのなかを骨折って進む忍耐心があるかどうかが問題だったわ。資料を見るには、管理担当者に頼まなきゃいけないけど——でも、そうした資料に目を通したい者なら誰だって、その程度の苦労は乗り越えるでしょうね」

「じゃ、社員かもしれないってことね。会社を恨んでる社員とか、買収されやすい社員とか。それとも、ダラム議員の組織に入ってる熱烈なメンバー？」

「そのいずれか、あるいはすべてに可能性があるけど、具体的にあげられる名前はないわ。でも、三千人の黒人があの会社で下っ端の事務仕事や肉体労働に従事してるのよ。給料は低いし、管理職にはめったになれないし、あからさまな人種差別を受けることがしばしばある。怒りに駆られてひそかな破壊活動に走る可能性は、誰にだってあるでしょうね」

わたしはサマーズ家の親戚の誰かがエイジャックスで下っ端の事務仕事についているのだろうかと思いつつ、腰をあげた。こころよく話をしてくれたエイミー・ブラントに礼をいい、彼女がほかに何か思いついたときのために、名刺を置いていった。彼女に送られてドアまで行く途中、足を止めて、しゃがんだ女性の写真にみとれた。女性は目の前のバスケットの上に頭を垂れていた。顔は見えなかった。

「ロイス・メイロウ・ジョーンズのとった写真よ」ミズ・ブラントはいった。「彼女も被害者になることを拒否したわ」

14　ビデオを再生

その夜遅く、わたしは暗いなかでモレルに寄り添って横になり、今日一日を思いかえして、終わることなき無益ないらだちに襲われていた。リーア・ウィールからダラム議員へと、心がピンボールのように跳びまわり、ダラムがエイジャックスの前の広場で配っていたあのチラシを思いだすたびに、彼への怒りが募っていった。それを消そうとすると、わたしの心はエイミー・ブラントへ、ハワード・フェプルへ、そして最後には、ロティを案じる、身を切られるような思いへともどっていくのだった。

この日の夕方、エイミー・ブラントのところを出て事務所にもどると、〈アンブリンキング・アイ〉がダビングしてくれたポール・ラドブーカのビデオと、ラドブーカのスチール写真が届いていた。

サマーズやフェプルと渡りあった長い午後のおかげで、ラドブーカのことはすっかり忘れていた。最初は包みをみつめ、〈アンブリンキング・アイ〉に何を頼んだのか思いだそうとした。ラドブーカの顔のスチール写真を見たとき、ダビングしたビデオを今日じゅうに届けるとロティに約束していたことを思いだした。疲れてくたくただったので、日曜日にマックスの家で会うまで延ばそうかと思っていたら、そこにロティから電話があった。

「ヴィクトリア、これでも遠慮してかけてるんだけど、午後にわたしが残したメッセージ、きいてないの？」

わたしは応答サービスのチェックをする暇がなかったのだと弁明した。「あと十五分したら、雄牛のダラムがわたしに投げつけた非難に関して、テレビのリポーターに話をしなきゃいけないんで、こちらの返事を誠実かつ簡潔にまとめあげようと思って苦心してたとこなの」

「雄牛のダラム？　ホロコースト資産返還法案に反対してる男？　彼がポール・ラドブーカの問題にまでしゃしゃりでてきたなんていわないでね」

わたしはまばたきした。「大丈夫よ。わたしが調査してる事件にかかわってるの。サウス・サイドのある一家が巻きこまれた保険金詐欺事件」

「わたしのメッセージに返事するより、そっちのほうが優先だったの？」

「ロティ！」わたしは怒りに駆られた。「ダラム議員は今日、わたしを中傷するチラシを配ってたのよ。公共の広場を行進して、拡声器でわたしの悪口をわめきたててたのよ。その対応に駆けずりまわってたのが非常識なこととは思えないけど。五分前に事務所にもどってきたとこなの。メッセージもまだチェックしてないのよ」

「そう、わかったわ。でも――でも、わたしにも支えが必要なの。その男のビデオが見たいのよ、ヴィクトリア。あなたが力になろうとしてくれてることを知りたいの。わたしを見捨てることも——友情を忘れることもないって——」

その声は恐慌をきたしていた。彼女が言葉を探して苦しんでいる様子に、わたしは胃がよじれそうな気がした。「ロティ、やめて。あなたとの友情を忘れるわけないでしょ。あなたを見捨てるなんてとんでもない。インタビューが終わったら、すぐそっちへ行くわ。一時間以内に、ねっ?」

電話を切ってから、メッセージをチェックした。ロティから三回電話が入っていた。ベス・ブラックシンからは一回。ぜひ話をききたいが、今日のすべてのインタビューとデモのVTRの編集に追われて身動きがとれないので、〈グローバル〉のビルまできてもらえないかとのことだった。マリ・ライアスンに会ったという。彼もスタジオにくるらしい。奥の部屋に置いてあるポータブル・ベッドに焦がれたが、持ち物をかき集めて車でダウンタウンに向かった。

ベスはマリと二人でわたしに質問を浴びせながら、二十分にわたって収録をおこなった。わたしは依頼人を巻きこむことのないよう注意したが、ハワード・フェプルの名前は気前よく提供した。そろそろ、わたし以外の誰かが彼をいびりはじめてもいいころだ。ベスはこの新しい特ダネが手に入ったことに大喜びして、彼女のほうでわかっていることをこころよく話してくれたが、誰がバーンバウムに関する情報をダラムに渡したかとなると、彼女にもマリにもわからなかった。

「市会議員に三十秒だけインタビューしたんだが、向こうがいうには、そんなものは世間周知の事実だってさ」マリがいった。「バーンバウムの法律顧問にも話をきいてみた。誇張された古代史だといっていた。エイジャックスの社史を書いたエイミー・ブラントって女性には会えなかった――エイジャックスの誰かが、犯人は彼女だといっていた」

「わたし、彼女に会ったわよ」わたしはすましていった。「彼女じゃないほうに大金を賭けてもいいわ。ぜったい、エイジャックスの内部の人間よ。でなきゃ、バーンバウムの社内で恨みを抱いてる人間ね。ベルトラン・ロシーとは話をした？　彼、さぞかしご立腹でしょうね――スイス人は街頭デモに慣れてないだろうから。わたしがダラムから個人攻撃を受けてなきゃ、大笑いしたいところだわ」

「うちが水曜日に流したポール・ラドブーカの番組、あなたも見たでしょ」ベスは彼女が個人的に気にかけている問題へ話を変えた。「彼の幼友達のミリアムを知ってるっていうメールが百三十通ほど届いたわ。アシスタントがひとつひとつ調べてくれてるとこなの。大部分は精神不安定な目立ちたがり屋からだけど、なかのひとつが本物だとわかったら、それこそすごい特ダネよ。二人の再会を生で放送したときのことを考えてみて！」

「生放送《オン・エア》はやめたほうがいいと思うけど」わたしは辛辣にいった。「ただのガセネタ《エア》かもしれない」

「なんですって」ベスがわたしをみつめた。「あなた、彼が自分の友達をでっちあげたと思ってるの？　そんなことないわ、ヴィク、あなたの誤解よ」

六フィート八インチの巨体でファイル・キャビネットにもたれて丸くなっていたマリが、突然まっすぐ立ちあがり、わたしに質問を浴びせはじめた。ポール・ラドブーカに関してどんな内部情報をつかんでるんだ。遊び友達のミリアムに関して何を知ってるんだ。リーア・ウィールに関して何を知ってるんだ。

「いずれのことに関しても、何ひとつ知らないわ」わたしは答えた。「ポールとはまだ話もしてないの。でも、けさ、リーア・ウィールに会ってきたわ」

「リーアはインチキじゃないわよ、ヴィク」ベスが鋭くいった。

「それぐらいわかってるわ。インチキじゃないし、詐欺師でもない。ただ、自分に絶大な自信を持ってて、それで――だめだわ、うまく説明できない」わたしは無力に言葉を切り、彼女がポール・ラドブーカの話をするときの陶然たる表情がなぜこちらの神経を逆なでするのかを、明確な言葉で表現しようとあがいた。「そりゃね――ウィールのように経験を積んだ専門家がだまされるなんて、わたしもありえないと思うわよ。でも――ううん、ラドブーカに会うまでは意見を控えることにする」歯切れの悪い終わり方になった。

「彼に会えば、心から信じる気になるわ」ベスが請けあった。

その一分後、ベスはわたしのインタビューを十時のニュース用に編集するため出ていった。マリがわたしをお酒に誘おうとした。「なあ、ウォーショースキー、せっかく仲良く仕事をしてきたんだから、もう昔にはもどれないとしたら、つまんないじゃないか」

「あらら、マリったら、お口のうまいこと。今回の騒ぎに関して、あなたがいかに個人的な角度からの取材を必要としてるか、わたしにはよーくわかってるのよ。今夜はおつきあいできないわ——何をおいても、三十分後にはロティ・ハーシェルの家へ駆けつけてなきゃいけないの」

わたしが警備デスクで入館証を返していると、マリが廊下の向こうから追いかけてきた。

「きみがとりくんでる事件はどっちだよ、ウォーショースキー。ラドブーカとウィール？それとも、ダラムとサマーズ家？」

わたしはしかめっ面で彼を見あげた。「両方よ。それが問題なの。どっちにも集中できないの」

「この街ではここんとこ、ダラムが市長につぐ小狡い政治屋っていわれてる。やっとやりあうときは気をつけろよ。ドクターによろしくな」マリはわたしの肩を愛情こめて抱いてから、ホールをひきかえしていった。

わたしはシカゴ大学の学生だったころからロティ・ハーシェルを知っている。裕福な学生ばかりのキャンパスに入ったブルーカラーの家の娘だったわたしは、彼女と出会ったとき、疎外感に悩まされていた。ロティはわたしがボランティアをやっていた地下の中絶組織に対して、医師の立場からアドバイスをする人だった。その翼でわたしをかばい、わたしが母を亡くしたときに失ってしまった社会生活に必要な技術を指導し、ドラッグと暴力的反抗に満ちていたあの時代にわたしが道に迷わないよう目を光らせ、ぎっしりつまったスケジュールのなかで時間を作って、わたしの成功には喝采を、失敗には慰めを送ってくれた。わたしがプレイするのを見るために、大学のバスケット試合にまできてくれた。これこそ真の友情だ。およそスポーツと名のつくものは、彼女にとって退屈でたまらないというのに。でも、わたしが大学で学べるのはスポーツ奨学金のおかげなので、そこで最善を尽くそうとするわたしを彼女も応援してくれたのだ。いま、ロティがつぶれそうになっているのなら、彼女の身に何か恐ろしいことがおきているのなら——そう思っただけで怖くなり、最後まで考えることすらできなかった。

ロティはつい最近、湖畔に高くそびえる建物に越したばかりだ。美しい古い建物のひとつで、湖とのあいだにあるのはレイク・ショア・ドライヴと細長く延びた公園だけという環境で日の出をながめることができる。以前は、通りに面した診療所から歩いてすぐの二階屋に住んでいたのだが、年をとることへの唯一の譲歩が、麻薬売買に手を染めている押しこみ強盗でいっぱいの地域で家主をやるのをあきらめることであった。屋内駐車場つきの建物で暮らすようになった彼女を見て、マックスもわたしも安堵したものだった。

彼女のところのドアマンに車をあずけたとき、時刻はまだ午後八時だった。朝からずいぶん長い時間がたったような気がして、また新たな一日を始めるべく真夜中の向こう側へたどりついたものとばかり思っていた。

エレベーターをおりると、ロティが玄関ホールで待っていた。冷静な態度をくずすまいと、痛々しいまでの努力をしていた。わたしがスチール写真とビデオの入った封筒をさしだしても、飛びつこうとはせずに、わたしを居間に通して、飲みものを勧めてくれた。水でいいと答えると、ロティは封筒を無視したまま、あなたがウィスキーのかわりに水をほしがるなんて病気にちがいないと、冗談をいおうとした。わたしは微笑したが、彼女の黒い目の下にできた濃いくまが気になってならなかった。その外見については何もいわないで、台所へ行こうと向きを変えた彼女に、果物かチーズを持ってきてもらえないかと頼むだけにしておいた。

そのとき初めて、ロティがわたしをまともに見たようだった。「食事、まだだったの？顔のそのしわからすると、ぐったり疲れてるようね。待ってて。何か作るから」

いつものてきぱきした彼女にもどったようだ。わたしはすこしだけ安心して、カウチにぐったりもたれ、彼女がトレイを運んでくるまでうとうとした。チキンの冷製、ニンジンのスティック、サラダがすこし、そして、病院にいるウクライナ出身の看護師がロティのために焼いてくれる分厚いパンのスライス。うちの犬みたいに食べ物に飛びつきたいのをぐっと抑えた。

わたしが食べているあいだ、ロティはこちらをじっと見ていた。意志の力で封筒から目をそむけているかのようだった。とりとめのないことをしゃべりつづけた――あなた、週末はモレルとどこかへ行くことにしたの？　日曜の午後のコンサートまでにもどってきてくれる？　コンサートのあとで、マックスが四十人か五十人を自宅に招いてディナーの予定なんだけど、あなたがきてくれないと、マックスが――それから、とくにカリアが――寂しがるわ。

わたしはついに話の流れをさえぎった。「ロティ、ビデオを見るのを恐れてるようだけど、何かを目にするのが怖いから？　それとも、目にできないかもしれないから？」

ロティはかすかな笑みを浮かべた。「鋭い人ね。両方がすこしずつってとこかしら。でも——あなたがビデオをセットしてくれたら、わたしも見る覚悟ができるかもしれない。その男は人好きのするタイプじゃないって、マックスから警告されてるのよ」

彼女がテレビを見るのに使っている奥の寝室へ二人で行って、わたしがビデオ装置にテープを入れた。ロティにちらっと目をやったが、その顔に浮かんだ恐怖があまりに生々しかったため、彼女を見るのが耐えられなくなった。ポール・ラドブーカが彼の悪夢について語り、幼友達を求めて悲痛な叫びをあげるあいだ、わたしの視線は彼に向いたままだった。リーア・ウィールとアーノルド・プレイガーの登場する《シカゴ探検》も含めてすべてを見終わると、ラドブーカのインタビューのところにもどしてほしいと、ロティが細い声で頼んだ。

彼女のためにさらに二回再生したが、三回目を頼まれたときは、さすがにことわった。ロティの顔が緊張で青ざめていた。「自分で自分を拷問にかけてるようなものよ、ロティ。なぜなの」

「わたし——何もかも悲惨だわ」わたしは彼女の肘掛椅子のそばの床にすわっていたのに、言葉の意味がほとんど理解できなかった。「この男がいってることのなかに、わたしにとってなじみのものがあるの。でも、考えられない。だって——考えられない。こんなのいや。頭の働きを止めてしまうものを見るなんていや。この男の話、あなたは信じる？」

わたしはお手上げというしぐさをした。「信じていいものかどうかわからないけど、わたしが人生に望むものとは大きく隔たってるから、心がそれを拒絶してしまってるの。きのう、セラピストと会ってきたわ――いえ、今日ね。ずいぶん前のような気がする。正規の臨床セラピストなんだけど、なんていうか、狂信的なところがあるみたい。自分の仕事全般に、そしてとくに、この男のことに熱中してるの。わたし、ラドブーカと話をさせてほしいって頼んだのよ――そうすれば、あなたとマックスが知ってる人の血縁者なのかどうか確認できるでしょ――でも、彼女がどうしても会わせてくれないの。電話帳を調べたけど、ポール・ラドブーカも、ポール・ウルリッヒも出てないから、メアリ・ルイーズに頼んでシカゴじゅうのウルリッヒを調べてもらってるとこなの。いまも父親の家に住んでるかもしれないし、近所の人が彼の写真を見て気づくかもしれない――父親のファースト・ネームがわからないんだけど」

「年はいくつぐらいだと思う？」ロティから思いがけない質問がきた。

「本人が主張している経歴にあてはまる年格好かって意味？　それに関してはあなたのほうが正しく判断できるだろうけど、でもやっぱり、本人に直接会ったほうが答えを出しやすいと思うわ」

わたしは封筒からスチール写真をとりだし、三枚のちがう写真を、正面から光があたるようにかざした。ロティは長いあいだそれを見ていたが、最後は無力に首をふった。

「なんだってまた、何かぴんとくるものがあるはずだって期待してたのかしら。マックスにもいわれてたのに。似てるっていうのは、ちょっとした表情の加減によることが多いのよね。ここにあるのはただの写真、それも、ビデオからとった写真にすぎない。本人に直接会わなくては。ただ、会ったとしても——大人の顔と、子供の記憶のなかに残された、いまのこの男よりはるかに若いある人物の顔を、比較するしかないんでしょうけど」

わたしは両手で彼女の手を包みこんだ。「ロティ、あなたが恐れているのは何なの？ あなたのその苦しみようを見てると、こっちの胸まではりさけてしまいそう。ねえ——もしかして、彼はあなたの一族なの？ お母さんの身内だと、あなたは思ってるの？」

「この問題についてすこしでも知ってれば、あなたも、そんな質問をよこすようなバカなまねはしないだろうけど」傲慢な態度をちらっとのぞかせて、ロティはいった。

「でも、ラドブーカ家のことは知ってるんでしょ？」

ロティはトランプを扱うような手つきでコーヒー・テーブルに写真を置き、ならべはじめたが、そちらのほうはろくに見てもいなかった。「ずっと昔に、その家の人を何人か知ってたの。あんな時代だったから——最後に会ったときは、ほんとにつらかった。別れを告げたときっていうか、とにかく、あのときのすべてがね。もしこの男が——ほんとに本人が主張してるとおりの人物だなんて信じられないけど、もしそうなら、わたしはあの一家に恩返しするために、この男の力にならなきゃいけないのよ」

「わたしのほうですこし調べてみましょうか。調べる手がかりとなる情報を渡してもらえるのなら」

ロティの生き生きした浅黒い顔が緊張にゆがんだ。「ああ、ヴィクトリア、どうすればいいのかわからない。過去の出来事をなかったことにできればいいのに。でも、おきてしまったことは変えられないから、そこにとどめておければいいと思う。過去に。死者のなかに。無の世界に。この男と知りあいになりたいとは思わないわ。でも、話をする義務はあるでしょうね。あなたに調査を頼んだほうがいいのかしら。いえ、あなたをこの男に近づけるのは気が進まない。でも、彼を見つけてちょうだい。わたしから彼に話ができるように。ええと、それから——彼が自分の本名をポール・ラドブーカだと信じるにいたった裏にどんな書類の存在があったかを、あなたのほうで調べてもらいたいの」

その晩遅く、矛盾だらけの悲しげなロティの言葉がわたしの心に響きつづけた。二時をまわったころ、ようやく寝入ったが、夢のなかで雄牛のダラムに追いかけられ、気がつくとテレーツィンでポール・ラドブーカとともに監禁されていて、鉄条網の向こうから、ロティが傷ついた苦悩の目でこちらを見ていた。「彼を死者のなかにとどめておきなさい」彼女が叫んだ。

ロティ・ハーシェルの話「英語のレッスン」

ヒューゴーとわたしがロンドンについたときは新学期が始まるまでに三週間あったけど、ミナはわたしの入学手続きをする必要はない、英語ができないんだから、授業にはついていけないだろうという考えだった。そのうち、家のなかの雑用や、近所へのおつかいを、わたしにやらせるようになった。ミナが買物リストをのろのろと英語で書くの。単語のつづりを小声でつぶやきながら——わたしがこの新しい言語を読んだり書いたりできるようになってからわかったことだけど、ミナのつづりは不正確だったわ。わたしに一ポンド渡して、夕食のお肉や、ジャガイモや、パンを買いに、角の店まで行かせるの。仕事からもどってくると、お釣りを二回数えて、わたしがくすねてないかどうか確認したものだった。それでも、毎週、お小遣いとして六ペンスずつくれたわ。

ヒューゴーとは日曜ごとに会ってたけど、あの子はもう英語で自由におしゃべりしてた。屈辱だったわ。わたしのほうがお姉さんなのに、ミナからドイツ語の壁の奥に閉じこめられてるおかげで、何もしゃべれないんだもの。ミナはわたしがウィーンへ送りかえされることを毎日願ってたのよ。「朝になったらここを離れるかもしれないのに、なんで英語に時間を無駄遣いしなきゃならないの」

ミナから初めてそういわれたときは、心臓がドキンとした。「ママとおばあちゃま《ムッティ・ウント・オーマ》、手紙をくれたの《ハーベン・ジー・ディア・ゲシュリーベン》？　わたし、向こうに帰れるの？」

「マダム・バタフライから手紙なんかきてないわよ」ミナは吐き捨てるようにいった。「あの女があんたのことを思いだすのは、都合のいいときだけ」

ママ《ムッティ》はわたしのことを忘れてしまった。それが子供だったわたしの心にこぶしのようにめりこんだ。一年たって、英語が読めるようになると、学校でもらう子供向けの本を軽蔑したものだったわ。サッカリンみたいに甘ったるい母親と子供が出てくるんだもの。「ママはあたしのことを忘れないわ。遠くにいてもあたしを愛してくれてるし、あたしはママにまた会えますようにって、毎晩お祈りしてるのよ。だって、ママもあたしのためにお祈りしてくれて、あたしを見守ってくれてるんだもの」『若草物語』や『イギリスの孤児』に出てくる女の子たちなら、少女っぽい声を震わせて、大胆な喧嘩腰でミナにそういったでしょうね。でも、人生のことなんて何ひとつわかってなかったのよ。その子たちには。

母はベッドに臥せってて、わたしが汽車に乗せられ、生まれた街と、家と、ムッティとオーマから離れていくときも、衰弱がひどいため、おきて別れのキスをすることすらできない。軍服の男たちがわたしに停止を命じて、スーツケースを調べ、わたしの下着やお気に入りの人形を大きな醜い手でいじり、その気になれば奪うことだってできるのに、母はベッドに臥せったままで、彼らを止めることもできないのよ。

もちろん、わたしにも事情はわかってたわ。ビザと旅行の許可がおりたのはヒューゴーとわたしだけで、大人はイギリスに住む誰かが仕事を世話してくれないかぎり、イギリスへは渡れなかったの。わたしたちがユダヤ人であるがために、ナチはわたしたちを憎み、オーパのフラットをわたしの寝室ごととりあげてしまったの。どこかの知らない女がそこに住み、わたしの白い天蓋つきベッドで金髪の子供が眠るようになった。わたしはある朝早く、歩いて建物を見に出かけた。ユダヤ人立入禁止《ユーデン・フェアボーテン》という小さな標示が出ていたわ。こういう事情はわかってたし、みんなと同じように母も空腹なんだってわかってたけど、子供にとって、両親はとても力のある存在だから、いまに両親が、オーパが立ちあがってすべてを昔にもどしてくれるだろうって、心の半分では信じてたのよ。

母がわたしのことを思いだすのは都合のいいときだけだってミナがいったとき、それはまさに、わたしの心の奥にあった恐怖を言葉にしたものだった。あんたがこっちに送られてきたのは、ムッティがあんたを邪魔にしたからだよ。九月に戦争が始まって、もう誰もオーストリアを出ることができなくなるまで、ミナは一定の間隔を置いてそういいつづけてた。

わたし、いまでも確信してるけど、ミナがそんなことをいったのは、うちの母を、リンガールを、やわらかな金色の巻毛と美しい微笑と魅力的な物腰をそなえた小さな蝶々を、ひどく恨んでたからなのよ。ミナがリンガールを傷つけるには、わたしをいじめるしか方法がなかったの。たぶん、母は何も知らずにいるという事実が、ミナをよけいひどいいじめに駆り立てたんでしょうね。リンガールをじかに攻撃できないために、わたしをいびりつづけたんだわ。一家の運命を知らされたときに、ミナがあんなひどい憎しみをぶちまけたのも、たぶんそのせいだったのね。

　ロンドンですごした初めての夏に——三九年の夏よ——ひとつだけわたしの心に刻みつけられてたのは、父からいわれたことだった。わたしが父の仕事を見つけてあげれば、父もこちらにこられるってこと。ミナの家の居間で見つけた独英辞典を持って、わたしはその夏、ミナの家があったケンティッシュ・タウン界隈の通りを行ったりきたりしてすごしたものだった。恥ずかしさに頬を赤らめて、玄関の呼鈴を鳴らし、つっかえながらこういうの。「わたしの父《マイン・ファーター》、仕事がほしいです、いろんな仕事します。庭、庭をつくります。家、家をそうじします。石炭、石炭を運びます。家を暖かくします」

　最後はとうとう、ミナのところの裏にある家へ行ったわ。わたし、屋根裏部屋の窓から、その家をよく見てたのよ。だって、ミナの家とはずいぶんちがうんですもの。ミナの家は狭い木造で、東も西もとなりの家とくっつきそうだった。庭は細長い殺風景なもので、家と同じように狭くて、みすぼらしいラズベリーの茂みがすこしあるだけだった。わたしはいまにいたるまで、ラズベリーは食べないことにしてるの……。

　それはともかく、裏の家は石造りで、広い庭と、バラの花と、リンゴの木と、小さな野菜畑があって、そして、クレアがいた。わたしがその名前を知ったのは、その子のお母さんとお姉さんがそう呼んでたから。その子はあずまやでブランコ式のベンチにすわり、金色の髪を耳にかけて背中に垂らし、本を読むのに夢中になってたものだった。「クレア」お母さんが呼ぶの。「お茶の時間よ。お日さまの下で本なんか読んでたら、目が悪くなるわよ」

もちろん、お母さんが何をいってるのか、最初のころは理解できなかった。ききとれたのはクレアの名前だけ。でも、夏がくるたびにその言葉がくりかえされてたから、わたしの頭のなかでは、すべての夏がごっちゃになってしまってるの。記憶のなかのわたしは、ミセス・トールマッジの言葉を最初から完璧に理解してるの。

クレアが勉強していたのは、その翌年に進学のための試験を受けることになっていたからだった。医者になるのが彼女の夢だったの——これもあとになってわかったことだけどね。ヴァネッサってお姉さんがいて、この人はクレアより五つ年上だった。何か洗練された仕事についてたわね。いまはもう思いだせないけど。夏に結婚することになってて、その支度に忙しそうだった。それはわたしにもはっきりと理解できたわ——小さな女の子は、手すり越しに見てるだけで、お嫁さんや結婚式っていうのが理解できるものなのよ。わたしはヴァネッサが庭に入ってくるのを何度も見たものだった。クレアにドレスや帽子を試着させたり、生地見本を見せたがったりして、妹の注意を惹く方法がほかに何もないとなると、おしまいにはクレアの本をひったくるの。で、二人で庭じゅう追っかけっこしてまわり、最後はあずまやの屋根の下で二人一緒に笑いころげてたわ。

わたしは二人の暮らしに加えてもらいたくてたまらず、夜になると、ベッドに横になってお話をこしらえたものだった。クレアが何かトラブルに巻きこまれて、それをわたしが救いだすの。クレアはミナの家でのわたしの暮らしを、なぜかくわしく知っていて、大胆にもミナに食ってかかり、彼女の意地悪を責め立てて、わたしを救ってくれるの。わたしの憧れの人になったのが、どうしてお母さんや花嫁になるお姉さんじゃなくてクレアだったのか、いまだにわからないわ。年齢が近いってことで、クレアになった自分を想像することができたからかもしれない。わかっているのは、あの姉妹が一緒に笑いころげてるのを見るたびに、涙があふれてきたことだけ。

　クレアに同情されるのがいやで、あの家はいちばんあとまわしにしてたの。あそこの召使いになった父の姿が浮かんできた。そうなったら、クレアがわたしとブランコにすわって笑いころげることなんてありえない。でも、その夏、イギリスとウィーンのあいだをまだ行き来していた手紙のなかで、父は〝なんとかしてパパの仕事を見つけてほしい〟って何度もいってきたの。あれから何十年にもなるけど、ミナが手袋工場で父のための働き口を見つけてくれなかったことを思うと、いまでも腹が立つわ。そりゃ、ミナの工場ではなかったけど、でも経理をやってたんだから、ヘル・シャッツに頼むぐらいはしてくれてもよかったはずよ。わたしがその話を出すたびに、ミナは人からうしろ指をさされるのはごめんだってわめきたてた。戦争中、軍へ品物をおさめるために、手袋工場は三交替制でフル操業してたっていうのに……。

　ついに、暑い夏の朝、クレアが本を持って庭に出てくるのを見て、わたしはあの家の呼鈴を鳴らした。ミセス・トールマッジが出てきたら、なんとかして頼みこむつもりだった。憧れのクレアは庭に出てたから、顔を合わせる心配はなかったしね。でも、もちろん、玄関に出てきたのはメイドだった。それぐらい予想しておくべきだった。だって、あの界隈の大きな家にはかならずメイドがいたんですもの。ミナのところみたいな小さいみすぼらしい家だって、大掃除のときには派出婦を頼んでたのよ。

メイドが何かいったけど、早口すぎてわたしには理解できなかった。わかったのは怒りの口調だってことだけ。メイドがわたしの鼻先でドアをしめようとしたので、わたしは思わず、クレアに呼ばれてきたんだって、たどたどしい英語で口走ってしまった。

「クレアが頼みます、彼女がいいます、あなたきなさいって」

メイドはドアをしめたけど、今度は待つようにいってくれた。あちこちの玄関の呼鈴を鳴らして何週間もすごしたおかげで、〝待つ〟って言葉だけは覚えてたの。まもなく、クレアがメイドと一緒にやってきた。

「まあ、スーザン、裏の家のおかしな女の子よ。あたしが話をきくわ——もう行っていいわよ」スーザンが鼻を鳴らして姿を消すと、クレアは身をかがめていった。「あなたが塀の向こうからあたしを見てたの、知ってるわよ。風変わりなかわいいお猿さん。なんのご用？」

わたしはつっかえながら話をした。父が仕事を必要としている。父はなんでもできる。

「でも、お庭の手入れは母がしてるし、掃除はスーザンがやってくれるし」

「バイオリン弾きます。お姉さん――」わたしは花嫁姿のヴァネッサを身ぶりで演じて、クレアを大笑いさせた。「父が弾きます。とても上手。お姉さん気に入ります」

娘のうしろにミセス・トールマッジがあらわれて、わたしが誰で、なんの用できたのかと問いただした。クレアと何か話しはじめて、それがしばらくつづいたけど、わたしにはさっぱり理解できなかった。わかったのは、当然ながら、ヒトラーの名前と、ユダヤ人って言葉だけ。クレアがミセス・トールマッジを説得しようとしてるのがわかったけど、母親も頑固だった――お金がなかったからなの。わたしの英語が流暢になって、一家をよく知るようになると、ご主人はすでに亡くなって、多少の財産が遺されてることがわかってきたの。家を維持して、ミセス・トールマッジと娘たちが不自由なく暮らしていくには充分なお金だったけど、贅沢をする余裕はなかったのよ。うちの父を雇うことは、一家にとっては贅沢だったのね。

途中でクレアがわたしに顔を向けて、母のことをきいてきた。わたしは、「はい、母もきます」と答えたけど、クレアが知りたかったのは、うちの母にどんな仕事ができるかということだった。そんなこと想像もできなくて、わたしはクレアをぽかんとみつめるだけだった。妊娠で具合が悪いからっていうだけじゃなくて、母が働くなんて誰も思ってなかったもの。人が母に望むのは、そばにいて楽しい気分にさせてくれることだった。だって、踊りがうまくて、話もうまくて、誰よりも美しく歌える人だったから。でも、わたしの英語にそれだけのことを伝える力があったとしても、そういうことはいっちゃいけないってわかってたわ。

「縫いもの」ようやく思いついた。「とてもうまい縫いもの、母が作るです。いえ、作ります」

「テッドはどう？」クレアが提案した。

「きいてみたら？」彼女の母は鼻を鳴らして、家のなかへもどっていった。

テッドというのは、エドワード・マーマデュークのこと。ヴァネッサの夫になる人だった。その人のことも庭で見かけたことがあった。みごとな金髪をした色白のイギリス人だけど、夏の太陽に照らされて、肌が不健康なピンクっぽい赤に変わってしまってた。戦争でアフリカとイタリアへ行ってたけど、一九四五年に無事に帰ってきて、日焼けして深いレンガ色に変わった肌は以後もずっとそのままだった。

三九年のその夏、ヴァネッサとの結婚生活のスタートを貧しい移民夫婦に邪魔されることなんて、彼は望んでなかったわ。わたしはミナの庭とクレアの庭を隔てる塀の陰にうずくまって、向こうからきこえてくる口論に耳を傾けてた。わたしと家族に関する口論だってことはわかったけど、彼の「だめだ」という大声と、ヴァネッサの口調から、彼女がクレアと婚約者の両方をなだめようとしてることしか理解できなかった。

クレアはわたしに、希望を捨てないようにっていってくれた。「でもね、かわいいお猿さん、英語の勉強をしなきゃ。あと二、三週間で学校でしょ」

「ウィーンで」わたしはいった。「わたしは帰ります。そちらで学校へ行きます」

クレアは首をふった。「大陸で戦争が始まるかもしれないのよ。おうちには当分帰れないんじゃないかしら。そうよ、あなたが英語をしゃべれるようにしてあげなきゃ」

というわけで、わたしの人生は一夜にして変化した。もちろん、ミナの家で暮らして、使い走りをさせられて、彼女の意地悪に耐えていたのは同じだけど、憧れの人にあずまやへ連れてってもらえたんだもの。毎日午後になると、クレアと英語でおしゃべりさせられたわ。新学期が始まると、クレアはわたしを近くのグラマー・スクールへ連れていき、女の校長先生にわたしを紹介して、ときたま、わたしの勉強を手伝ってくれるようになった。

わたしはお返しに、クレアを熱烈に崇拝したわ。クレアはロンドンじゅうでいちばんきれいな女の子だった。イギリスの流儀についての、わたしのお手本になった。「そんなことしちゃおかしいって、クレアがいってるわ」わたしはミナに冷たくそういったものだった。「こうするのがふつうだって、クレアがいってるわ」わたしは彼女のアクセントをまね、ゆるやかな服をまとって庭のブランコに乗ることから、帽子のかぶり方にいたるまで、彼女のやることを残らずまねた。

クレアがロイヤル・フリーに合格したら医学を志すつもりであることを知ったとき、それもまた、わたしの野心になったのよ。

15 招かれざる客

モレルとミシガンですごした短い休暇が金曜日の悩みを心の奥へ押しやってくれた――それは主として、モレルの分別のおかげだった。わたしはせっかく郊外に向かうのだからと思い、まわり道してハイド・パークに寄ろうとした。サマーズ家のファイルを探すために、フェプルのオフィスにさっと入って出てくるつもりだったのだ。モレルがこれに猛反対して、四十八時間は仕事抜きという約束を二人でかわしたことを、わたしに思いださせた。

「ぼくはノートパソコンも置いてきたんだぞ。ヒューメイン・メディスンにメールしたい誘惑に駆られないようにって。きみも休暇のあいだぐらい、保険代理店のオーナーのことを――きみの話からすると、ひどくいやみな野郎のようだが――忘れてられるだろ、V・I」モレルはわたしのバッグから万能鍵をとりだし、自分のジーンズのポケットにつっこんだ。「とにかく、きみの不正なる情報収集テクニックの片棒をかつぐのはおことわり」

わたしは一瞬困惑したものの、思わず笑いだしていた。それもそうだ。モレルとすごす最後の数日を、どうしてフェプルのような蛆虫《うじむし》の心配をして台無しにしようというのか。

読まずにバッグにつっこんできた朝刊のことも、ついでに忘れることにした。わたしに対する雄牛のダラムの攻撃を活字で読んで、こちらの血圧をあげる必要など、どこにもない。

ロティへの懸念を脇へ押しやるのはそれほど簡単ではなかったが、ビジネス禁止という わたしたちの約束には、友達を心配することまでは含まれていなかった。わたしはロティの苦悩をモレルに伝えようとした。わたしが運転する横で、モレルは話に耳を傾けてくれたが、ロティの苦悩に満ちた言葉の奥に何がひそんでいるのかを判読する役には立たなかった。

「たしか、ロティは戦争で家族を失ったんだったね」

「弟のヒューゴーをのぞいてね。ヒューゴーはロティと一緒にイギリスに渡ったの。いまはモントリオールに住んでるわ。モントリオールとトロントで高級婦人服ブティックの小さなチェーンを経営してるの。ステファン伯父さんていう人が、たしかおじいさんの兄弟の一人だったと思うけど、一九二〇年代にシカゴにやってきた人よ。そして、戦時中はほとんど、フォート・レヴンワースで連邦刑務所の客としてすごしたんですって。偽造の罪で」驚いたモレルの物問いたげな顔に応えて、わたしはつけくわえた。「腕のいい彫版工で、アンドリュー・ジャクソンの顔に恋したんだけど、こまかい点をおろそかにしてしまったの。というわけで、この伯父さんはロティの子供時代とは無関係よ」

「ロティが母親と別れたのは九歳か十歳のときだったわけだな。戦時中の思い出がつらすぎるのも無理はない。死亡したっていわなかった、ラドブーカって名前の男は?」

「あるいは女。ロティはくわしい話をいっさいしてくれないの。でも、一言だけいってたわ――その人はもう存在していないって」わたしはそれについて考えた。「意味深ね、この表現。〝その人はもう存在していない〟。幾通りにも解釈できるわ――死亡した。身元を変えた。あるいは、もしかしたら、その人がなんらかの形でロティを裏切ったため、ロティのほうで、自分が愛した人物、あるいは自分を愛してくれていると思っていた人物の存在を、頭から否定してるのかも」

「その場合は、第二の喪失から苦しみが生じているのかもしれない。ロティを追いつめるのはやめたほうがいいよ、ヴィク。彼女が強さをとりもどして、進んで話をする気になるまで待つんだ」

わたしは道路に視線を据えた。「いつまでたっても話してくれなかったら？」

モレルは身を乗りだして、わたしの頬の涙を拭いてくれた。「それは友達としてのきみの責任ではない。ロティにとりついた悪霊のせいなんだ。きみが悪いんじゃない」

残りのドライブのあいだ、わたしは口数すくなになっていった。百マイルほど走って、ミシガン湖南端の大きなUの字をまわり、その向こうへ行く予定だった。車と道路のリズムで心を満たした。

ミシガン湖を見渡すだだっぴろい石造りの宿に、モレルが部屋をとってくれていた。チェックインしてから、二人で浜辺へ長い散歩に出かけた。これがシカゴをふちどる湖と同じものだとは、とても信じられなかった――砂丘がどこまでもつづき、小鳥と草むらのほかは何もない。都会の容赦なき騒音と汚れに比べると、まったくの別世界だ。レイバー・デイから三週間たっているので、湖畔はわたしたちだけのものだった。湖から吹いてくる風を髪に感じ、はだしのかかとで水晶のような浜辺の砂を踏みつけてきしきしいわせると、安らぎの繭に包まれた気分になれた。頬と額から緊張のしわが消えていくのを感じた。

「モレル――これから数カ月、あなたなしで暮らしていくのがつらくてたまらない。今度の旅行が刺激に満ちてて、あなたが出かけたくてうずうずしてるのはわかってるわ。そのことで文句をいうつもりはないのよ。でも、あなたがそばにいなくなったらつらいでしょうね。こんなときだから、とくに」

モレルが抱きよせてくれた。「ぼくだって、きみから離れるのはつらいんだよ、ペパイオーラ。きみは活気に満ちた発言でぼくを奮い立たせ、くしゃみさせてくれるんだから」

父がよく母とわたしをそう呼んでいたことを、前にモレルに話したことがある。それは父が母から教わった数すくないイタリア語のひとつだった。胡椒挽き。わが二つのペパイオーラ――わたしたちが何かのことで父にわめきたてると、父はそういって、くしゃみするふりをしたものだった。おまえたちのおかげで父さんの鼻は真っ赤だよ、わかった、わかった、鼻を守るために、おまえたちのいうとおりにしよう。小さかったころ、父がくしゃみのまねをしただけで、わたしは笑いころげたものだった。

「ペパイオーラだぞ――さあ、くしゃみしろ！」わたしはモレルめがけて砂を投げつけ、さっと彼から離れて浜辺を駆けだした。彼が追っかけてきた。ふだんはめったにないことなのに。モレルは走るのが好きじゃないし、どうせ、わたしのほうが速いんだもの。つかまえさせてあげるために、ペースを落とした。その日の残りは、目前に迫った彼の出発も含めて、むずかしい話題はすべて避けてすごした。空気が冷えこんできたが、湖はまだ暖かかった。わたしたちは暗いなかで裸になって泳ぎ、それから浜辺で毛布にくるまって、アンドロメダ座が頭上できらめき、わたしの守り神である狩人のオリオン座が東の空にのぼってくるのを見ながら、愛しあった。オリオンのベルトに光る三つの星がすぐ近くにあり、手を伸ばせば空からもぎとれそうだった。日曜の正午にしぶしぶ服を着て、チェリーニのシカゴでの最終コンサートに間に合うよう、車で街にもどることにした。

有料道路の入口近くでガソリンスタンドに寄ったとき、週末が正式に終わったような気がしたので、日曜版の新聞を買った。ダラムの抗議行動が《ヘラルド・スター》のニュース欄と特集ページの両方を飾っていた。わたしがブラックシンとマリから受けたインタビューのおかげで、わたしに対するダラムの攻撃が弱まったのを見て、ほっとした。

ダラム氏は彼の苦情のひとつを、すなわち、シカゴの私立探偵V・I・ウォーショースキーさんが夫を亡くした女性をその夫の葬儀の場で侮辱したとの発言を、このほど撤回した。「わたしの選挙区の人々は、愛する者の葬儀費用を支払うとの約束を守ろうとしなかった保険会社の恐るべき不人情な仕打ちに、無理からぬことながら、打ちのめされておりました。動揺のあまり、この件におけるミズ・ウォーショースキーの役割をわたしに誤って伝えたのかもしれません」

「誤って伝えたのかもしれない？　自分のまちがいだったって、率直に認めたらどうなのよ」わたしはモレルにわめきたてた。

マリはさらに二、三の文章をつけたして、わたしの調査の結果、ミッドウェイ保険代理店とエイジャックス保険会社の両方の役割に関して厄介な疑問が持ちあがっている、と述べていた。ミッドウェイのオーナーであるハワード・フェプルは取材の電話を入れても返事をよこさない。エイジャックスのスポークスマンは、「当社では、十年前に偽の死亡証明書が提出されたことを知り、目下、なぜそのようなことがおきたかを調べているところです」と述べている。

特集ページには、イリノイ州保険協会会長の書いた記事が出ていた。わたしはそれをモレルに読んできかせた。

あなたがドイツの首都ベルリンを訪れ、合衆国で三世紀にわたって酷使されつづけたアフリカ人奴隷の恐怖を伝えるために造られた、大きな博物館を見つけたところを想像してみてください。つぎに、フランクフルト、ミュンヘン、ケルン、ボンのすべてに、アメリカの奴隷制度をテーマとする、それよりすこし小規模な博物館があるところを想像してみてください。それはちょうど、こちらでアフリカ人とアメリカ先住民に対して加えられた残虐行為を完璧に無視して、アメリカがホロコーストをテーマとする博物館を造るようなものです。

ではここで、奴隷制度で利益を得たアメリカ企業はヨーロッパで取引をおこなうことができないとする法律を、ドイツが制定したとしましょう。それこそまさに、イリノイ州がドイツ系企業に対しておこなおうとしていることなのです。過去というのは錯綜した領域です。きれいな手をした者は誰一人いませんが、自動車、化学製品、さらには保険を売る前に、十分おきに立ち止まって手を洗わねばならないとしたら、商業活動は停止してしまうでしょう。

「ざっとこんな調子よ。過去を葬ったままにしておこうと望んでるのは、ロティ一人じゃないのね。なかなか弁舌さわやかだわ。うわすべりではあるけど」

モレルは渋い顔になった。「うん。この記事だけ読むと、思いやりにあふれたリベラル派で、アフリカ系アメリカ人とアメリカ先住民のことを心配してるように見えるけど、彼の本当の狙いは、誰かに生命保険の記録を調べられ、イリノイ州の保険会社が支払いを望んでいない保険契約がどれだけ結ばれているかを知られてしまうのを、阻止することにあるんだ」

「そういえば、サマーズ家も保険に入ってたのに、お金がもらえないのよね。ただ、サマーズ家をだましたのは保険会社じゃなくて、代理店のほうだと思うわ。フェプルのファイルが見られればいいんだけど」

「今日はだめだよ、ミズ・ウォーショースキー。ぼくが火曜日に777機に搭乗するまで、きみの万能鍵は返さないからね」

わたしは笑って、スポーツ欄へひっこんだ。カブスが自由落下を始めて、宇宙の彼方へ行ってしまっている。スペース・シャトルを送りこんで、ナショナル・リーグに連れもどさなくてはならないほどだ。それに反して、ホワイトソックスは好調で、メジャー・リーグでトップの成績で今シーズン最後の週に入ろうとしている。プレイオフの最初で消えてしまうだろうと専門家たちはいっているが、それでも、シカゴのスポーツ界にとっては驚嘆すべき出来事だ。

案内係が扉をしめる数秒前に、オーケストラ・ホールに到着した。マイクル・ラーヴェンタールがモレルとわたしのために受付にチケットをあずけておいてくれた。わたしたちはボックス席でアグネスとカリアの仲間入りをした。カリアは金色のバラを刺繍した白いスモックを着ていて、まるで天使のようだった。人形と犬もおそろいの金色のリボンに飾られ、そのとなりの椅子にもたせかけてあった。

「ロティとマックスはどこ?」演奏者がステージに登場するあいだに、わたしは声をひそめて尋ねた。

「マックスはパーティの準備中よ。ロティが手伝いにきたんだけど、彼とカールの二人を相手にすごい口論になってしまったの。体調もよくないみたい。パーティまで残ってくれるかどうかわからないわ」

「シーッ、ママ、ヴィコリーおばちゃん、パパがステージで演奏するときはしゃべっちゃいけないのよ」カリアがきびしい目でわたしたちを見た。

カリアはその短い人生のなかで何度もそう注意されてきたのだろう。アグネスとわたしはおとなしく沈黙したが、ロティを案ずる気持ちがわたしの心に大きくのしかかってきた。それに、ロティがマックスと大喧嘩しているのなら、今宵を楽しみに待つ気にはなれそうもない。

ステージに登場した演奏者たちはフォーマルな装いのため、よそよそしく見えた。友人ではなく、赤の他人のようだ。一瞬、コンサートをすっぽかせばよかったと思ったが、カールの演奏の特徴である抑制されたリリシズムを漂わせて曲が始まったとたん、わたしのなかのこわばりがほぐれていった。シューベルトの三重奏曲にこめられたマイクル・ラーヴェンタールの演奏の芳醇さと、彼がチェロに対して、仲間の演奏家に対して感じている親密さが、わたしの胸をせつなくうずかせた。モレルがわたしの指をとり、軽く握りしめてくれた。離ればなれになっても、ぼくたちは一緒だよ。

休憩時間に、ロティとマックスの口論の原因を知っているかどうか、アグネスに尋ねてみた。

アグネスは首をふった。「マイクルの話だと、二人はマックスが水曜日に発言したユダヤ人に関する会議のことで、夏のあいだ、喧嘩ばかりしてたみたい。今日は、マックスがそこで出会ったか、意見をいうのをきいたか、まあ、とにかくそういう男性のことで喧嘩してたようだけど、わたしはカリアの髪にリボンを編みこむあいだ、この子をじっとさせておくのに忙しくて、そっちにはあまり注意を向けていなかったの」

コンサートのあと、カリアを車でエヴァンストンまで連れて帰ってもらえないかと、アグネスに頼まれた。「この子、とってもお行儀よくして、三時間のあいだお姫さまみたいにすわってたでしょ。早く自由に走りまわってストレスを発散できるようにしたほうがいいと思うの。わたしはマイクルの帰り支度ができるまで残っていたいし」

カリアの天使のようなお行儀は、オーケストラ・ホールを出たとたん消えてしまった。金切り声をあげて通りを走りだし、リボンをひきちぎり、青いぬいぐるみのニンシュブルまで投げ捨てる騒ぎとなった。カリアが通りへ飛びだす前に、わたしが追いついて抱きあげた。

「あたし、赤ちゃんじゃない。抱っこなんかいや」カリアはわたしにわめきちらした。

「ええ、ちがうわよね。赤ちゃんなら、そんなわがままいわないもの」わたしはカリアをかかえて階段をおり、駐車場へ行くまでの努力で、ぜいぜいあえいでいた。モレルがそんなわたしたちを見て笑いだしたので、カリアはたちまち氷のような威厳をとりもどした。

「そのお行儀にはがっかり」母親の口まねをして、胸の前で小さな腕を組んだ。

「こっちがいいたいわ」わたしはつぶやきながら、カリアを下におろした。

モレルがカリアに手を貸して車に乗せ、おごそかな顔でニンシュブルを彼女に返した。カリアときたら、わたしが彼女のシートベルトをしめるのは頑として拒んだくせに、モレルのことはわたしに反抗するための同盟者だと認めたらしく、彼が身をかがめてベルトをしめようとすると、暴れるのをやめた。車でマックスの家に向かうあいだ、カリアは人形に小言をいうという形をとって、わたしを説教しつづけた。「困った子ねえ。ニンシュブルが走ってるときに抱きかかえて、階段をおりてくんだもん。ニンシュブルは赤ちゃんじゃないのよ。走りまわってストレスをほぐさなきゃいけないのよ」カリアのおかげで、ほかの悩みごとは頭からすっかり消えてしまった。子供を持つ理由として、これはけっこうよさそうだ。エネルギーを使いはたして、ほかのことでくよくよする暇がなくなってしまう。

マックスの家につくと、車寄せに何台か車が停まっていて、ロティのダーク・グリーンのインフィニティもそのなかに含まれていた。傷だらけのフェンダーは通りを走るときの彼女の横柄さを示す雄弁なる証拠である。ロティが運転を習ったのはシカゴにきてからで、そのときすでに三十歳になっていた。教官はきっと、全国自動車レース協会で使われている衝突実験用のダミーだったのだろう。パーティまで居残っているのなら、マックスと仲直りしたにちがいない。

黒い背広姿の若い男性がドアをあけてくれた。カリアは金切り声で祖父を呼びながら、玄関ホールを走っていった。そのあとを、わたしたちがもっとゆっくり歩いていくと、ウエイターの装いに身を包んだべつの男性二人がダイニング・ルームでナプキンをたたんでいるのが見えた。マックスはみんながすわって食事できるようにと、そこと、となりの客間に、小さなテーブルをいくつも用意していた。

ロティはドアに背を向けて、フォークを一定の数ずつまとめては、サイドボードに叩きつけるように置いていた。こわばった姿勢から察するに、まだ怒っているらしい。わたしたちは何もいわずにそっと通りすぎた。

「パーティに最適の雰囲気とはいえないわね」わたしはささやいた。

「カールに挨拶だけして、早めに抜けてもいいよ」モレルもわたしと同じ意見だった。

台所にいるマックスを見つけだした。彼はパーティの進め方について家政婦と打ち合わせ中だった。カリアが走ってきて、マックスの腕をひっぱった。彼はカリアを抱きあげてカウンターにのせたが、ミセス・スクワイアーズとの打ち合わせはいっときも中断しなかった。マックスは長年にわたって病院の理事長をしている。邪魔が入るたびに中断していたら、どんな用も片づかないことを知っている。

「ロティと何があったの」彼とミセス・スクワイアーズの打ち合わせがすんだところで、わたしはきいた。

「ああ、ロティが癇癪をおこしただけさ。こっちはべつに気にしてもいない」

「ラドブーカの件じゃないでしょうね」眉をひそめて、わたしはきいた。

「オーパ、オーパ」カリアが叫んだ。「あたし、ずっと静かにしてたのに、ヴィコリーおばちゃんとママはおしゃべりしてて、そいで、ヴィコリーおばちゃんはすごく悪い人で、あたしを抱いて階段おりるときに、あたしのおなか痛くしたのよ」

「そりゃかわいそうだったね、お人形ちゃん《ピュップヒェン》」マックスは小声で答えて、カリアの髪をなで、さらにわたしにつけくわえた。「ロティとわしは、意見の相違を今夜だけは脇へどけておくということで合意した。だから、こちらの意見を述べてその協定を破るわけにはいかんのだ」

ウェイターの一人がジーンズ姿の若い女性を台所に連れてきた。マックスはその女性をリンジーだといって紹介してくれた。近くに住む学生で、パーティにきた子供たちの世話をしてくれるという。わたしがカリアに、一緒に階上へ行って遊び着に着替えるのを手伝ってあげるというと、カリアはさも軽蔑したように、今夜はフォーマルなパーティだから、パーティ・ドレスのままでいなきゃいけないと答えたが、リンジーと一緒に庭に出ることには同意した。

ロティがさっと台所に入ってきて、モレルとわたしに王侯のごとき会釈をよこしてから、二階へ行って着替えてくるといった。偉そうな態度ではあったが、苦悩に打ちひしがれるかわりに傲然たる態度をとっている彼女を見るのは、ほっとすることだった。ほかの客が到着しはじめたころ、ロティは真紅の絹のジャケットとロング・スカートでふたたびあらわれた。

ドン・ストレイペックはモレルの家から歩いてやってきた。なんと、アイロンのかかったシャツを着て……。モレルの旧友を招待客リストに入れることを、マックスがこころよく認めてくれたのだった。音楽家たちはまとまってやってきた。そのうち三人か四人はカリアと同じ年ごろの子供を連れていた。陽気なリンジーがみんなを集め、ビデオを見せてピッツァを食べさせるために二階へ連れていった。

カールは燕尾服からやわらかなセーターとズボンに着替えていた。自分自身と、自分の音楽と、自分の友達への満足感で、目が輝いていた。彼の人柄のおかげで、パーティはどんどん盛りあがっていった。ロティですら緊張を解いて、チェリーニのベース奏者と片隅で笑っていた。

わたしはいつのまにか、マイクル・ラーヴェンタールが初めて師事したチェロの教師を相手に、シカゴの建築について議論していた。ワインを飲み、山羊のチーズで作った小さな四角いポレンタをつまむ合間に、フランスにおける現在の反米感情は古代のガリアに広まっていた反ローマ感情によく似ていると、チェリーニのマネジャーがそれとなくほのめかした。ピアノの近くでは、モレルが彼の大好きな政治論議に夢中になっていた。早めにひきあげることなど、二人とも忘れていた。

九時ごろ、客たちが食事のため家の奥へ姿を消したとき、玄関の呼鈴が鳴った。わたしはサンルームに残って、ローザ・ポンセルが歌う《羊飼いの王様》のアリア《彼女を愛そ《ラメロ・サ》う、いつまでも《ロ・コスタンテ》》に耳を傾けていた。母が大好きだった曲のひとつなので、最後まで聴きたかった。からっぽの玄関ホールを横切ってほかの客のところへ行こうとしたとき、またしても呼鈴が鳴った。ウェイターたちは料理を出すのに忙しくて、応対に出る暇もないらしい。わたしはどっしりした両びらきの玄関ドアまでひきかえした。

玄関に立った人影を見た瞬間、息を呑んだ。カールした髪はこめかみのあたりが薄くなっていたが、白髪のまじったその髪や、口のまわりのしわにもかかわらず、顔には子供っぽい雰囲気があった。わたしが見てきた写真には、苦悩にゆがんだ彼の顔が写っていたが、恥ずかしそうなひたむきな笑みで頬にしわを刻んでいてさえ、ポール・ラドブーカの顔は見まちがえようがなかった。

16　接触の問題

彼はオーディションに早めにやってきたかのように、神経質そうな熱っぽい目で玄関ホールを見まわした。「もしかして、ラーヴェンタールさんの奥さんですか。それとも、お嬢さん？」

「ミスタ・ラドブーカ――いえ、ミスタ・ウルリッヒかしら――誰の招待でいらしたの？」これがロティとマックスの口論の原因だったのではないかと、わたしはとっぴなことを考えた――マックスがこの男の住所を調べて、カールが街にいるあいだに訪ねてくるよう、彼を説得し、過去をめざめさせることに激しい恐怖を抱いているロティが、それに猛反対したのではないだろうか。

「いや、いや、ウルリッヒがわたしの名前だったことは一度もありません。わたしの父親と称していた男の名前です。わたしはポール・ラドブーカ。あなた、わたしの新しい身内の一人ですか」

「どうしてここに？　誰に招待されたの？」わたしはくりかえした。

「誰にも。勝手に押しかけてきたんです。わたしの身内を知ってる人たちが、いや、もしかしたら身内かもしれない人たちが明日シカゴを離れると、リーアにいわれたものだから」

「わたしが金曜日にリーア・ウィールに会ったときは、彼女、『ラドブーカ家の者がほかにもいるかどうか、ポールは知りません。その人たちに会うことをポールがどう感じるか探ってみます』といってたけど」

「ああ。ああ――リーアとの会見にあなたもきてたのか。わたしの本を出したがってる出版社の人というのは、あなただったのか」

「わたしはV・I・ウォーショースキー。あなたに会わせてもらえないかって、リーアに話をした探偵よ」声が冷ややかなのは自分でもわかっていたが、彼がいきなりあらわれたため、狼狽してしまったのだ。

「なるほど――リーアが出版社の人と話をしたとき、一緒にきた探偵さんか。じゃ、生き残ったわたしの身内の友達っていうのは、あなただったんだね」

「いいえ」わたしはポールを落ちつかせようとして、きつい調子で答えた。「ラドブーカ家の人を知ってるかもしれないっていう友達が何人かいるのよ。その人があなたの身内かどうかを判断するには、いろんな事情がからんでくることだし、今夜はちょっと無理だと思うの。もしよかったら……」

ポールは熱っぽい笑みを怒りに変えて、わたしの話をさえぎった。「身内かもしれない人がいたら、とにかく会いたいんだ。あらためてあんたに連絡して、ラドブーカ家の人間っていうのが誰なのかを調べて、そいつがおれと本当に縁続きなのかどうか、おれに会う気があるかどうかを確認するなんていう、まどろっこしいやり方じゃなくて。そんなことしてたら、何カ月も、いや、何年もかかってしまう——そういう時間がすぎてくのを待つわけにはいかないんだ」

「だから、神さまにお祈りして、ミスタ・ラーヴェンタールの住所を教えてもらったの？」

彼の頬が赤くまだらに染まった。「皮肉をいってるつもりだろうが、そんな必要はない。リーアのとこで教えてもらったんだ——マックス・ラーヴェンタールって男がおれを見つけたがってることと、彼には音楽家の友人がいて、そいつがおれの身内を知ってて、この街には明日までしか滞在しないってことを。リーアからそう告げられたとき、つまり、おれの身内を知ってるかもしれないと、マックスとその友人が思ってるらしいと告げられたとき、おれは真実を見抜いたんだ。マックスか、音楽家の友人のどちらかが、行方知れずだった身内にちがいないと。おれの家族と知り合いだっていう隠れ蓑に身をひそめてるんだ——おれにはわかる——よくある偽装工作だからな。自分の正体がばれるのを恐れてる連中の場合はとくに。こっちが主導権をとって、自分から押しかけ、正体がばれるという彼らの恐怖を打ち消す必要があると、おれは気づいた。で、新聞にじっくり目を通すと、イギリスからチェリーニという楽団がきていて、今日がシカゴでの最後の公演だと書いてあるのを見つけた。チェロ奏者がラーヴェンタールって名前だったから、マックスの血縁者にちがいないと思った」

「リーアがミスタ・ラーヴェンタールの名前を出したの？」マックスのプライバシーを侵害した彼女に激怒して、わたしは尋ねた。

ポールは人を見下すような笑みを浮かべた。「見て見てといわんばかりの態度だった。アポイント用のノートを見たら、おれの名前の横にマックスの名前が書きこんであった。それを見て、マックスとおれには血縁関係があると確信した」

わたしは自分もリーアの角張った字を逆から読んだことを思いだした。事実をすぐさま自分の都合のいいようにねじまげるポールのやり方に唖然として、どうやってマックスの家を見つけたのかと、とがった声できいた。自宅の電話番号は電話帳にのせていないのに。

「ああ、簡単だった」ポールは怒りを忘れて、子供っぽい喜びの笑い声をあげた。「シカゴ交響楽団の事務所に電話して、マイクル・ラーヴェンタールのいとこだと名乗り、マイクルが街にいるあいだにぜひ会いたいといったんだ」

「で、交響楽団がこの住所を教えてくれたの？」わたしは愕然とした。ストーカーが演奏家にとって深刻な問題となっているご時世だから、ちゃんとした楽団事務所が演奏家の自宅住所を教えるなどということはありえない。

「ちがう、ちがう」ポールはまた笑った。「あんたが探偵さんなら、この話は愉快だと思うよ。ひょっとすると、あんたの仕事に役立つかもしれん。おれは楽団事務所から住所をききだそうと必死になったが、向こうはコチコチの石頭だった。そこで、今日、コンサー

ト へ行ってみた。マイクルはなんてすばらしい才能を持ってるんだろう——なんてみごとにチェロを演奏するんだろう。コンサートが終わってから、彼にお祝いがいいたくて舞台裏にまわったんだが、そっちも簡単には運ばなかった——一般の者は演奏家に面会できないようになってるんだ」

一瞬、怒りに駆られて彼の顔がゆがんだ。「舞台裏へ行ったときには、身内のマイクルはもう帰ってしまってたが、ほかの演奏家たちが今夜マックスの家でひらかれるパーティのことを話していた。そこで、おれはマックスが働いてる病院に電話して、自分は室内楽団のメンバーだが、マックスの住所をなくしてしまったと告げた。病院のほうで管理部の誰かを探して、おれに住所を教えてくれた。それにしばらくかかったんだ。日曜日だから。そのため、ここにくるのが遅れてしまった」

「ミスタ・ラーヴェンタールが働いてるところをどうやって知ったの？」彼の話術を前にしたわたしは呆然とするばかりで、些細な点に飛びつくことしかできなかった。

「プログラムにのってたんだ。バーンバウムの会議のプログラムに」ポールは得意げににっこりした。「利口なやり方だろ。演奏家の一人だって名乗ったんだから。それって、あんたみたいな探偵さんが人捜しをやるときに使う手じゃないの？」

彼の言葉があたっていることがわたしを激怒させた。わたしもまさに同じことをやっただろう。「いくら利口なやり方にしても、あなたがここにきたのは勘違いの結果だわ。マックス・ラーヴェンタールはあなたの身内じゃないのよ」

彼はわたしをなだめるように微笑した。「うん、うん、マックスをかばってるんだね。リーアがいってた——あんたはマックスをかばおうとしてて、その点だけは偉いと思うって。だけど、考えてもらいたいな——マックスはおれのことを調べたがってるんだよ。その理由として、おれたちに血のつながりのあることを彼が知ってるという以外に、何が考えられる？」

わたしたちはまだ玄関に立ったままだった。「あなたもご存じのように、いまはパーティの最中なの。ミスタ・ラーヴェンタールにじっくり話をきいてもらいたくても、今夜は無理よ。あなたの住所と電話番号を教えてくれない？　彼のほうも、ゆっくりあなたの相手ができるときに会うほうがいいでしょうから。知らない人でいっぱいの部屋で自分のやったことを釈明しようという、困った立場に自分を追いこむ前に、ひとまず家に帰ったほうがいいわよ」

「あんたはマックスの娘でも奥さんでもない。おれと同じ客にすぎないじゃないか」ポールはどなった。「マックスの息子と友達がここにいるあいだに、マックスに会いたいんだ。どの男が友達だい。コンサートのステージには、その年ごろの男が三人いたが」

わたしの目の端に、ダイニング・ルームを出て家の表のほうにゆっくりもどってくる二人連れの姿が映った。ラドブーカだか、ウルリッヒだか、どちらでもいいが、わたしはとにかくその腕をつかんだ。「外のコーヒー・ショップへ行って、この件について二人でゆっくり話しあいましょう。そうすれば、あなたがミスタ・ラーヴェンタールの周囲の誰かと――血縁関係にあるのかどうか、検討できるでしょうから。でも、ここじゃ人がざわざわしてて、そういうことには向いてないわ」

ポールは腕をふりほどいた。「あんた、どうやって時間を使ってるんだ。消えた宝石や、行方不明の犬を捜してんだろ。あんたは人の所有物を捜す探偵だ。けど、おれは所有物じゃない。人間なんだ。長い歳月を経て――いくつもの死と別離を経て――ショアー（ヘブライ語でホロコーストの意）を生き延びた身内がいるかもしれないってわかったんだから、その身内に会うのに、一秒だってもう無駄にしたくない。ましてや、あんたがおれに関する情報を集めるあいだ、あと一週間とか、何年とか、待ってくれといったって、待てるわけないだろうが」激情に駆られて、彼の声がたかぶってきた。

「たしか――先週のテレビのインタビューでは、過去を思いだしたのはつい最近のことだっていわなかった？」

「けど、意識はしてなくても、昔からずっとそれが心にかかってたんだ。怪物のもとで、サディストのもとで育てられ、なぜ自分が憎まれてるのかどうしても理解できないっていうのがどういうことか、あんたにはわからないだろ。あいつはアメリカ行きのビザを手に入れるために、自分が蔑んできた相手にくっついたんだ。おれがあいつの正体を知ってたら――ヨーロッパで何をしてきたかを知ってたら――国外追放にしてやったのに。いまようやく、本当の家族に会うチャンスができたんだ――あんたなんかに邪魔されてたまるか」涙がポールの頬を伝った。

「とにかく、あなたの連絡先を教えてくれたら、かならずマックス・ラーヴェンタールに伝えておくわ。彼のほうで、なるべく早くあなたと会える日を設定してくれるでしょう。でも、こんなふうに――人がおおぜい集まってる場所で彼に詰め寄ったりしたら――どんな応対を受けることになると思う？」わたしはリーア・ウィールをまねた聖女のごとき笑みの下に、懸念と困惑を隠そうとした。

「きっと歓迎してくれるさ――廃墟の生き残りから生き残りへの、心をこめた抱擁。あんたには理解できるはずがない」

「何を理解するんだね」不意に、チェリーニのオーボエ奏者の腕をとって、マックス自身があらわれた。「ヴィクトリア、そのお客さまにご挨拶したほうがいいのかな」

「あなたがマックス？」ポールがわたしを押しのけてマックスに近づき、喜びに輝く顔で彼の手を握りしめた。「ああ、今宵がわたしにとってどんな大きな意味を持っているか、それをあらわす言葉があればいいのに。本物の身内に挨拶できるなんて。マックス。マックス」

マックスはわたしが感じているのと同じ混乱のなかで、ポールからわたしへと視線を移した。「申しわけないが、なんのことやら――ああ――きみ――きみか――ヴィクトリア――きみが企んだことか」

「いいえ、わたしのやったことです」ポールがはしゃいだ声をあげた。「ヴィクトリアがあなたの名前をリーアに告げたので、それで、わたしの親戚にちがいないと思ったんです。

あなたか、もしくは、あなたの友達が。それ以外に、ヴィクトリアがあなたをかばおうと必死になる理由があるでしょうか」

ポールはその場の状況にすばやく自分を順応させている。ここにきたときの彼はまだ、わたしの名前を知らなかった。それがいまではヴィクトリアだ。彼はまた、自分の特別な世界にいる者は——たとえばリーアがそうだが——自分が話をするすべての相手にとっても親しい存在にちがいないという、子供っぽい思いこみをしている。

「しかし、なぜそのセラピストとのあいだでわしの話が出たんだね」マックスがいった。

彼のうしろに人だかりができていて、そこにまじっていたドン・ストレイペックが進みでた。「すみません、わたしが悪いんです、ミスタ・ラーヴェンタール——わたしがついうっかり、あなたのファースト・ネームを口にしてしまい、リーア・ウィールがそこですかさず、あなただと推測したんです。バーンバウムの会議のプログラムにあなたの名前がのっていたもので」

わたしは処置なしというしぐさをした。「ミスタ——ラドブーカに——勧めてたところなの。わたしと外に出て、彼の立場について二人でゆっくり相談しましょうって」

「いい考えだ。ミズ・ウォーショースキーに夕食をごちそうしてもらってから、二階の書斎で待っててくれないかな。一時間ほどすれば、わしもそっちへ行けるから」マックスは不意のことにうろたえてはいたが、この状況にてぎわよく対処しようとしていた。

ポールは頭を上下にふって笑いだした。「ふん、やっぱりね。リーアがいってた——おれたちの関係を公にするのを、あんたがいやがるだろうって。けど、正直なとこ、あんたが怖がる必要はどこにもない——こっちは、金をせびろうとか、そんなこと企んでるわけじゃないんだから——おれの父親と名乗ってた男が金をどっさり遺してくれた。その金は極悪非道な行為で手に入れたものだから、ほんとは受けとっちゃいけないんだろうが、あの男がおれに愛情を持てなかったのなら、せめて金で償ってもらってもいいじゃないか」

「きみは思いちがいをして、この家にやってきたようだね。はっきりいおう、ミスタ・ラドブーカ。わたしはラドブーカ家の血縁者ではない」

「恥じてるのか」だしぬけにポールがいった。「けど、おれがここにきたのは、あんたを困らせるためじゃないんだ。ただ、身内を見つけだして、自分の過去について、テレーツィン以前の人生について、どんなことがわかるか調べてみたいっていう、それだけのことなんだ」

「わずかではあるが、わしの知っていることを、つぎの機会に話してあげよう。わしの手があいていて、ゆっくりきみの相手ができるときに」マックスは彼の肘に手を添え、玄関のほうへ行かせようとむなしい努力をした。「それから、きみ自身についてわかっていることを、わしに話してほしい。ミズ・ウォーショースキーに電話番号を教えておいてくれれば、こちらから連絡させてもらう。明日。約束しよう」

ポールの顔が泣きだそうとする子供のようにゆがんだ。これ以上一分も待てないという演説をくりかえした。「そして、明日になったら、あんたの友達の音楽家は去ってしまう。

その人がおれの行方知れずの身内だったらどうするんだ――どうやって、ふたたびめぐり会えるというんだ」

「いいかね」マックスは困りはてた様子だった。「事実の裏づけもなしに騒ぎ立てたところで、きみがつらい思いをし、わたしがつらい思いをするだけだ。お願いだ。ミズ・ウォーショースキーと一緒に二階へ行って、静かな場所で話をしててくれたまえ。それがいやなら、電話番号を彼女に教えて、いますぐ帰ってもらいたい」

「けど、ここにはタクシーできたんだ。車は運転できない。帰る手段がない」ポールは子供のようにうろたえてわめいた。「なんで歓迎してくれないんだよ」

食事を終えた客がふえてきて、居間にもどる途中で玄関ホールを埋めはじめた。階段の下での激論は人々の注意を惹きつける稲妻のようなものだった。人垣が大きくなって、マックスのまわりに押しよせてきた。

わたしはふたたびポールの腕をとった。「歓迎はするわ――でも、パーティの最中に玄関ホールで口論するのはおことわり。リーアだって、あなたにそんなみっともないまねはしてほしくないはずよ。そうでしょ？　くつろげる場所へ行ってすわりましょう」

「マックスの友達の音楽家に会うまではいやだ」ポールは頑固にいいはった。「おれを知っている、母のことを――母が生きたまま生石灰のなかへつき落とされるのを、おれは目にしたんだ――その母のことを覚えていると、そいつがおれにいってくれるまではいやだ」

ロティが居間と玄関ホールをへだてるドアのところに姿を見せていた。人垣を押しわけて、わたしのそばまでやってきた。「どうしたっていうの、ヴィクトリア」

「これがラドブーカって名乗ってる男よ」わたしは彼女にささやいた。「やっかいなことに、自分で手早くあれこれ調べあげて、押しかけてきたの」

わたしたちの背後から、ロティの質問を人だかりのなかの誰かにくりかえしている女性の声がきこえてきた。また、その返事もきこえてきた。「それがよくわからないの。カール・ティーソフが自分の父親だとかなんとかいってるんじゃないかしら」

ポールもその声をきいた。「カール・ティーソフ？　それが音楽家の名前？　いまここにいる？」

ロティの目が狼狽で大きくなった。わたしは噂が広まる前に否定しようと決心して、急いでふりむいたが、人がどんどん押し寄せ、ざわめきは藁を焼く火のように燃えあがり、あたりに広がっていった。玄関ホールの奥にカールが姿を見せたことで、急に静寂が訪れた。

「あれがカール？」ポールの顔がふたたび輝いた。「わたしの身内というのはあなたですか。ああ、カール、会いにきましたよ、長らく行方知れずだったあなたの身内が。ひょっとすると兄弟では？　ああ、みなさん、どいてくれませんか。あの人のそばへ行かなきゃ！」

「とんでもない話ね」ロティがわたしの耳もとでささやいた。「どうやってここまできたのかしら。カールが身内だなんて、何を根拠にいってるの？」

人々は感情をコントロールしきれなくなった大人を前にしたときに感じる困惑を胸に、凍りついたように立っていた。ポールが人垣を分けて進もうとしたとき、階段の上に突然カリアがあらわれ、甲高い声でわめいた。ほかの子供たちもついてきて、カリアが駆けおりるあいだ、負けじとうるさくがなりたてた。リンジーがあとを追いかけ、おとなしくさせようとしていた――何かゲームをやっていて、手に負えなくなったのだろう。

カリアは途中の踊り場で足を止め、見物人の多さに気づいた。やがて、大きな声で笑いだし、ポールを指さした。「見て、大きな悪いオオカミ、おじいちゃまを食べようとしてる。つぎはあたしたちをつかまえる気よ」

子供たち全員がその言葉をまねて、ポールを指さして甲高くわめいた。「オオカミだ、オオカミだ、大きな悪いオオカミだ！」

ポールは自分が嘲りの的になっているのに気づいて、震えだした。また泣きだすのではないかと、わたしは思った。

アグネス・ラーヴェンタールが玄関ホールの人垣を肘で押しのけてやってきた。短い階段を駆けあがって途中の踊り場まで行き、娘をすくいあげた。

「興奮の度がすぎたようね、お嬢ちゃん。おチビさんたち、リンジーと一緒に遊戯室にいるはずだったでしょ。そのお行儀にはがっかり。お風呂に入って寝る時間をとっくにすぎてるわ――もう充分すぎるほどはしゃぎまわったでしょ」

カリアがわめきだしたが、アグネスは彼女をかかえたまま、上の踊り場めざして階段を駆けあがった。あとの子はたちまちおとなしくなった。真っ赤な顔をしたリンジーの前に立ち、とぼとぼと階段をのぼっていった。

子供たちによる小さなひと幕で、人々の呪縛が解けた。マイクル・ラーヴェンタールに案内されるままに、コーヒーが用意されている居間のほうへ移動した。モレルの姿が見えた。彼はわたしがカリアに注意を奪われていたときに、玄関ホールに姿を見せ、いまはマックスとドンを相手にしゃべっていた。

ポールは悲しみに暮れて顔をおおっていた。「どうしてみんな、こんなふうにいじめるんだ。オオカミ、大きな悪いオオカミ、それはうちの養父のことなのに。ウルリッヒ、ドイツ語でオオカミのことだが、それはおれの名前じゃない。おれをそう呼べと、誰が子供たちに教えたんだ」

「いいえ、誰も」わたしは同情する気をすっかりなくして、ぴしっといった。「子供たちは勝手に遊んでただけよ。子供なんだから当然でしょ。ウルリッヒが大きな悪いオオカミを意味するドイツ語だなんて、ここにいる人は誰も知らないのよ」

「オオカミじゃないわ」ロティがうしろに立っていることを、わたしは忘れていた。「それは中世のトーテミズムにもとづく名前で、オオカミのような支配者とか、そんなような意味よ」ロティはポールにドイツ語で何かをつけくわえた。

ポールはそれにドイツ語で答えようとして、下唇をつきだした。意地っぱりになったときのカリアにそっくりだった。「虐げられてたころの言葉なんかしゃべるもんか。あんた、ドイツ人？　おれの父親だと名乗ってた男と知り合いだったのかい」

ロティはためいきをついた。「わたしはアメリカ人よ。でも、ドイツ語もしゃべれるの」

ポールの気分がまた上向きになった。ロティに笑いかけた。「けど、マックスとカールの友達なんだろ。やっぱり、ここにきてよかった。うちの家族を知ってるのなら、ゾフィー・ラドブーカのことも知ってる？」

その質問を耳にして、カールがふりむき、彼をみつめた。「きみ、その名前をどこで知ったんだ。ロティ、きみは何を知ってるんだ。マックスとわたしを苦しめるために、この男を連れてきたのか」

「わたしが？」ロティはいった。「わたし――すわらなきゃ」

彼女の顔が真っ青になっていた。その膝から力が抜けた瞬間、わたしは間一髪のところで彼女を抱きとめた。

17 過去を掘りおこす

モレルに手を貸してもらって、二人でロティをサンルームまで運び、柳細工の長椅子に横たえた。ロティは完全に気を失ったわけではなかったが、まだ顔が真っ青で、ほっとした様子で横になった。マックスが心配に顔をひきつらせ、アフガン編みの毛布をロティにかけた。危機にあってもつねに冷静な彼はドンに頼んで、家政婦のところへアンモニアの瓶をとりにいかせた。わたしがナプキンにアンモニアをしみこませて、ロティの鼻先でふると、彼女の顔色がもどってきた。ロティは上体をおこして、客のところへもどるようマックスをせかした。マックスは、かなり元気になったようだと自分にいいきかせたあとで、しぶしぶパーティの席にもどっていった。

「今夜はきっと、メロドラマ菌が空中に漂ってたのね」ロティはいつもの調子でそういおうとしたが、うまくいかなかった。「こんなことになったの、生まれて初めてよ。あのとんでもない男を連れてきたのは誰なの？　まさか、あなたじゃないでしょうね、ヴィクトリア」

「勝手に押しかけてきたのよ」わたしはいった。「隙間があればもぐりこむという、ウナギみたいな能力を持った男なの。病院にももぐりこんだみたいで、管理部のドジな誰かがマックスの自宅の住所を教えてしまったの」

モレルが警告の咳払いをして、部屋の反対側の暗がりへぐいと頭をひねった。そこにポール・ラドブーカが立っていた。フロアスタンドが投げかける光の輪のちょうど外に。彼が突進してきて、ロティのそばに立った。

「気分はよくなりました？　しゃべれます？　あなたはゾフィー・ラドブーカを知ってるにちがいない。どういう女性なんです。どうすれば見つかりますか。その人はわたしとどこかで血がつながってるにちがいない」

「あなたが捜している人はミリアムって名前じゃなかったかしら」

ロティは手の震えにもかかわらず、気力をふりしぼって、いつもの〝オーストリアの王女さま〟という態度に出ていた。

「〝ぼくのミリアム〟ね、うん、もう一度彼女に会いたくてたまらない。だけど、ゾフィー・ラドブーカっていうのは、これはおれの目の前にニンジンみたいにぶらさがってた名前で、そのおかげで、身内の一人がいまも生きてるって信じることができたんだ。ただ、そのニンジンはもうひっこめられてしまった。でも、あんたはゾフィーを知ってるにちがいない。でなきゃ、どうしてその名前をきいたとたん、気絶したりするんだい」

その問いの答えはわたしもききたいが、この男の前ではおことわりだ。

ロティは彼に向かって横柄に眉をあげた。「わたしが何をしようと、あなたには関係ないことよ。あなたが玄関ホールでおこした騒ぎからすると、ここにきたのは、ミスタ・ラーヴェンタールかミスタ・ティーソフのいずれかが身内ではないかどうかをたしかめるためだったわけでしょ。みんなにさんざん迷惑をかけたんだから、悪いけど、ミズ・ウォーショースキーにあなたの住所を教えて、おとなしく帰ってもらえないかしら」

ラドブーカは下唇をつきだしたが、頑強に抵抗する暇もないうちに、モレルが横から口をはさんだ。「ぼくがラドブーカをマックスの書斎に案内しよう。V・Iも一時間前にそうしようとしてただろ。マックスとカールは身体があいたら、あとでくればいい」

ドンはうしろのほうでおとなしくすわっていたが、ここで立ちあがった。「そうだね。行こうか、きみ。ドクター・ハーシェルには休息が必要だ」

ドンがポールに腕をまわした。モレルが彼の反対の肘をとり、みじめな顔のラドブーカを二人でドアのほうへ連れていった。ポールの首は大きすぎるジャケットに埋まり、顔には困惑に満ちた悲しみが生々しく浮かんでいて、なんだかサーカスの道化師のように見えた。

三人が出ていってから、わたしはロティのほうを向いた。「ゾフィー・ラドブーカって誰なの？」

ロティは霜のように冷たい視線をよこした。「わたしの知らない人よ」

「じゃ、どうしてその名前をきいて気を失ったの？」

「ちがうわ。ラグの端につまずいて、それで——」

「ロティ、話したくないのなら、あなたの胸にしまっておいてくれればいいわ。でも、バカな嘘をつくのだけはやめて」

ロティは唇を噛み、わたしから顔をそむけた。「今日のこの家は感情のぶつかりあいが多すぎたわね。最初は、マックスとカールがわたしに猛烈に腹を立て、つぎは、問題の男があらわれた。あなたにまで怒られるなんて、たまったものじゃない」

わたしはロティの長椅子の前に置かれた柳細工のテーブルに腰かけた。「怒ってなんかいないわ。ただ、あの男が玄関先にあらわれたとき、たまたま、わたしがホールに一人でいたでしょ。彼と十分一緒にいただけで、フラフープみたいに頭がくらくらしだしたの。あなたが気を失いながら、もしくは、失いかけておきながら、なんでもないってがんばったりしたら、こっちはよけいくらくらしてくるわ。あなたを非難する気はないのよ。ただ、金曜日にあなたがひどくとり乱してたから、心配でたまらないの。あなたの苦しみは、バーンバウムの会議にあの男が登場したことから始まったような気がするんだけど」

ロティがわたしをみつめかえし、尊大さが不意に狼狽に変わった。「ヴィクトリア、ごめんなさい――自分勝手だったわ。わたしの行動があなたにどんな影響をおよぼすか考えもしないで。あなたには一応説明しておかなきゃね」

彼女はすわったまま顔をしかめ、どこまで話すべきか決めようとしているかに見えた。「ちゃんと説明できるかどうか、自分でもわからないわ――わたしの人生におけるあの時期の人間関係を。マックスと、さらにはカールと、どうしてこんなに親しくなったのかを。

わたしたち難民の子供が九人で作ってたグループがあったの。戦時中に仲良くなったのよ。出会ったきっかけは音楽だった。ザルツブルクからきた女性が――バイオリニストで、その人自身も国を捨てて逃げてきたんだけど――ロンドンにやってきて、みんなを集めたの。カールの才能を見抜いて、彼をレッスンして、質の高い音楽の授業を受けさせた。ほかにもいろんな子がいたわ。テレーズ。のちにマックスと結婚した女性ね。わたし。わたしの父はバイオリン弾きだった。弾くのはカフェの音楽で、フラウ・ヘルプストが催す夜会向きのものではなかったけど、腕はみごとだったわ――すくなくとも、わたしはみごとだと思ってた。でも、子供のころに聴いただけだから、たしかなことはわからないけど。とにかく、わたし自身は音楽の才能には恵まれてなかったけど、フラウ・ヘルプストのところで音楽を聴くのは大好きだった」

「ラドブーカというのはそのグループの一人だったの？　カールがあんなに気にしてるのはなぜ？　彼が恋をしてた人なの？」

　ロティはつらそうに微笑した。「それは彼に尋ねてちょうだい。ラドブーカは――それとはべつの人の名前なの。マックスは若いころから、組織を動かす才能に恵まれた人だった。終戦になると、ロンドンじゅうをまわって、家族の消息をつきとめるのに力を貸してくれそうなあちこちの団体を訪ね歩いてたわ。そのあと、中欧に出かけて、家族捜しにとりかかった。たしか――四七年のことだったと思うけど、ずいぶん昔のことだから、正確な年はよく覚えてないわ。ラドブーカっていう名前が出てきたのはそのときよ。グループにいた仲間の苗字ではなかったの。ただ、仲間どうしのよしみで、マックスにラドブーカ家の人を捜してほしいって頼むことができたの。グループの絆がとても強かったから。家族という感じじゃなくて、もっとべつのものね。長年一緒に戦ってきた戦闘部隊ってとこかしら。

わたしたちのほぼ全員にとって、マックスからの報告は容赦のない完璧なものだった。生存者なし。ハーシェル家も、ティーソフ家も、ラーヴェンタール家も――マックスは父親と二人のいとこを見つけだしたけど、それもまた悲惨だった……」ロティは途中で言葉を切った。

「わたしは医学の勉強を始めたところだった。それだけでくたくたで、ほかのことに心を向けるゆとりはなかった。そんなわたしをカールはいつも非難して――いえ、よけいな話はやめるわね。ラドブーカ家の出身という人物も悲惨な運命に見舞われてたの。カールはいつも、わたしが医学に没頭するあまり、彼からすれば冷酷としか思えない態度をとっているって思ってたみたい……音楽に対する彼の没頭ぶりだって、負けず劣らずすごかったのに」

この最後の部分は、ふと思いついたように小声でつぶやいたものだった。そして黙りこんだ。ロティが自分の失ったものをこんな口調で――こんな感情的な口調で――わたしに語るのは、初めてのことだった。ラドブーカ家の友人について彼女が何をいおうとしているのか、もしくは、いうまいとしているのか、わたしには理解できなかったが、明らかにそれ以上は話したくない様子だったので、無理にききだすことはできなかった。

「ところで」相手をできるだけ傷つけずに質問する方法を考えようとして、わたしは口ごもった。「マックスはラドブーカ家について何か探りだせたの？」

ロティの顔がゆがんだ。「それについては——まったく消息がつかめなかったわ。もっとも、消息をつかむのはむずかしいし、マックスにはお金もなかった。みんなですこしずつカンパしたんだけど、こっちもお金に困ってたから」

「じゃ、あの男がラドブーカって姓を名乗るのをきいたときは、ずいぶんショックだったでしょうね」

ロティは身震いして、わたしを見た。「ええ、たしかに。その週のあいだじゅう、ショックが消えなかったわ。カールのことがどんなにうらやましかったか。演奏を始めたとたん、全世界を脇へどけてしまえる人だもの。いえ、もしかしたら、全世界を自分のなかに押しこめて、クラリネットの管から吹き飛ばしてしまうのかもしれない」ロティはポールのビデオを見たときにした質問をくりかえした。「さっきの男、いくつぐらいだと思う？」

「戦争が終わってから、四歳ぐらいでこっちにきたっていってるから、四二年か四三年の生まれね」

「そうなると、たぶん……ねえ、あの男は自分がテレージエンシュタットの生まれだと思ってるの？」

わたしは両手をあげた。「わたしが知ってるのは、水曜の夜のインタビューに出た話だけ。テレージエンシュタットって、彼のいってるテレーツィンと同じところ?」

「テレーツィンはチェコ名なの。プラハの郊外にある古い砦の名前よ」ロティは思いがけないユーモアをきらめかせて、つけくわえた。「オーストリア人の気どりね。ドイツ名を使うっていうのは——プラハがハプスブルク帝国の一部にされ、みんながドイツ語をしゃべってた時代の名残なんだわ。今夜のあの男はテレーツィンという呼び方をすることで、自分がドイツ人ではなく、チェコの人間だってことを強調してたのよ」

わたしたちはすわったまま、ふたたび黙りこんだ。ロティは自分の思いのなかにひきこもってしまったが、この数日に比べると、緊張がほぐれ、苦悩も薄れた様子だった。わたしは二階へ行ってラドブーカから何かききだせないかやってみると、ロティに告げた。

ロティはうなずいた。「わたしも気分がよくなったら、あとから行くわ。いましばらくは——ここでおとなしく横になってることにする」

わたしはマックスが持ってきたアフガン編みの毛布が彼女をしっかり包みこんでいるのを確認してから、明かりを消した。背後のフレンチドアをしめたとき、ホールの向かいの居間を奥まで見通すことができた。十人あまりがブランディを飲みながらくつろいでいた。マイクル・ラーヴェンタールがピアノの椅子にすわり、アグネスを膝にのせていた。誰もが楽しそうだった。わたしは階段をのぼった。

マックスの書斎は湖を見渡す広い部屋で、明朝の花瓶や唐朝の馬の置物がたくさん飾ってある。二階のなかでは、子供たちがビデオを見ている部屋からいちばん遠く離れている。マックスがこの部屋を選んだのは彼自身の子供たちがまだ小さかったころで、家の中心部分から心地よく隔離されているというのがその理由だった。ドアをしめると、外部の物音が室内の緊張を乱すこともなくなった。モレルとドンが笑顔で迎えてくれたが、ポール・ウルリッヒ（ラドブーカ）は入ってきたのがマックスでもカールでもなく、わたしだと気づいたとたん、失望して顔をそむけた。

「何がどうなってるのかわからないよ」哀れを誘う声で彼はいった。「みんな、おれと一緒のところを見られるのを恥じてるのかい？　マックスとカールにどうしても話をしたいんだ。どういう血のつながりがあるのか知りたいんだ。カールやマックスだって、生き残った身内がいることを知りたいはずだよ」

わたしは目をぎゅっと閉じた。そうすれば、彼の感情のたかぶりを締めだせるかのように。「そうカリカリしないで、ミスタ——あの……。ミスタ・ラーヴェンタールもお客さまから解放されたら、すぐここにくることになってるから。たぶん、ミスタ・ティーソフも一緒にね。ワインでも持ってきましょうか。ソフトドリンクのほうがいい？」

彼はもどかしげにドアのほうを見たが、助けがなくてはカールを見つけることはできないと観念したようだった。肘掛椅子に身を沈めて、水を飲めば神経が静まると思うとつぶやいた。ドンが飛びあがって水をとりにいった。

わたしは、ポールから情報をひきだすには、彼の身元を信じているかのごとくふるまうしかないと決めた。精神的にとても不安定で、悲哀から陶酔まで何オクターブもの音階を駆けあがり、会話のなかの藁をつかんで衣服に仕立ててしまう男だから、いうことを信用していいものかどうかまるっきりわからないが、こちらが彼の言葉を疑ったりすれば、向こうは身を守るために泣きだすのがおちだろう。

「あなたの生まれたところに関して、何か手がかりはあるのかしら」わたしはきいた。

「ラドブーカって、チェコの名前でしょ」

「おれと一緒にテレーツィンへ送られた出生証明書にはベルリンと書いてあった。それも、おれが身内に会いたいと必死になってる理由のひとつなんだ。ラドブーカというのはベルリンに身をひそめてたチェコ人なのかもしれない。ユダヤ人のなかには、ナチの特別行動隊から逃れようとして、東ではなく西へ逃げた者もいるからね。戦争が始まる前にドイツに移住したチェコ人かもしれない。ああ、何かわかればいいのにと、どんなに願ってることか」ポールは苦悶のなかで手を握りあわせた。

わたしはあとの言葉を慎重に選んだ。「あなたの——そのう——育てのお父さんが亡くなって、その出生証明書が見つかったときは、さぞかしショックだったでしょうね。ベルリン生まれのポール・ラドブーカだって書いてあったわけだもの。それまできかされてたのとちがって——ねえ、ウルリッヒはあなたがどこの生まれだっていってたの？」

「ウィーン。だけど、ちがうんだ、おれはテレーツィンの出生証明書を見たわけじゃない。ほかのところで読んだだけなんだ。自分が誰なのかを知ってから」

「ウルリッヒってなんて残酷なのかしら。そのことを書き記しておきながら、証明書そのものは残してないなんて！」わたしは叫んだ。

「ちがう、ちがう、外部の報告書を調べなきゃならなかった。あれこれわかってきたのは――じつは――まったくの偶然だったんだ」

「ずいぶん大量の調べものをしたんでしょうね！」わたしが賞賛の色を声にたっぷり詰めこんだものだから、モレルが眉をひそめて警告を送ってきたが、ポールの顔は目に見えて明るくなった。「あなたの出生証明書について書いてある報告書を、わたしも見たいものだわ」

そのとたん、彼の顔がこわばったので、わたしはあわてて話題を変えた。「チェコ語はたぶん覚えてないでしょうね。お母さんのもとから――ええと、いくつのときだったかしら――生後一年でひきはなされたのなら」

ポールはふたたび表情をゆるめた。「チェコの言葉をきけば、チェコ語だってのはわかるけど、意味はよくわからない。おれがしゃべってた第一言語はドイツ語なんだ。なぜって、看守のしゃべる言葉だったから。テレーツィンの託児所で働いてた女の多くもドイツ語をしゃべってた」

背後でドアのひらく音がしたので、わたしは片手をつきだして静かにと合図した。ドンがわたしのそばをすり抜けて、ポールの横に水のグラスを置いた。目の端に、ドンのあとからそっと部屋に入ってくるマックスが見えた。ポールはわたしに熱心に話をきいてもらえて有頂天だったので、そちらには目もくれずに先をつづけた。

「小さな子が六人いて、だいたいいつもくっついてた。そうだな、小さな旅団って感じだった。たったの三歳でも、たがいに面倒をみあったものだった。大人は過労と栄養不足でふらふらして、子供一人一人の世話をしてる余裕なんてなかったからね。おれたちはみなでくっついて、看守から身を隠したものだった。戦争が終わると、イギリスに送られた。最初、大人がみんなを汽車に乗せはじめたときは、怖くてたまらなかった。なぜって、テレーツィンで多くの子供が汽車に乗せられるのを見てたし、その子たちがどこかへ連れてかれて殺されるってことは周知の事実だったから。だが、恐怖を乗りこえたあとは、イギリスで幸せな日々が待っていた。田舎の大きな屋敷で暮らして、そこには動物みたいな名前が——犬の名前だと思うけど——ついてて、それが怖かった。みんな、犬におびえてたからね。残虐な用途に使われてるのを収容所で見てきたから」

「英語を身につけたのはその時代？」水を向けてみた。

「みんな、すこしずつ英語を覚えていった。子供ってそういうもんだろ。そのうち、ドイツ語を忘れてしまった。しばらくすると、九カ月目あたりで、いや、一年たってたかもしれないが、みんなのための家庭探しが始まった。おれたちを養子にしたがってる人々がいたんだ。精神的な傷も充分に癒えたから、おたがいを失う痛みにも耐えられるだろうと、大人たちは判断した。しかし、そういう痛みは、はたして耐えられるものだろうか。いちばん大事な遊び友達だったミリアムを失ったことが、今日にいたるまで、おれの悪夢につきまとって離れない」

彼は声をつまらせた。水のグラスの下にドンが敷いておいたナプキンを使って、洟をかんだ。「ある日、一人の男があらわれた。大柄で、下品な顔で、『おれはおまえの父親だ、一緒にこい』といった。小さなミリアムに別れのキスをすることすら許してくれなかった。キスはヴァイビッシュ——めめしいこと——だ、おまえは男にならなきゃいかん、といって。ドイツ語でおれをどなりつけ、ドイツ語がしゃべれなくなっているおれを見て怒り狂った。育ち盛りのおれをしょっちゅう殴りつけ、こうやって一人前の男にしてやるんだ、ホモっ気とめめしさ《シュヴール・ウント・ヴァイプリッヒカイト》を叩きだしてやるんだといっていた」

ポールはひどい苦悩に包まれ、人目もはばからず泣きじゃくった。わたしは彼に水のグラスを手渡した。

「さぞつらかったことだろう」マックスが深刻な声でいった。「お父さんが亡くなったのはいつだね」

マックスが突然会話に加わったことを、ポールは意識していないようだった。「あんたがいってるのは、たぶん、おれの父親ではない男のことだね。実の父親がいつ死んだかは知らない。あんたに、あるいは、カール・ティーソフにきけばわかるんじゃないかと、期待してるんだが」

ポールはふたたび洟をかんで、反抗的にわたしたちをにらみつけた。「収容所の友達からおれを盗みだした男は七年前に死んだ。おれが悪夢にうなされるようになり、気分が落ちこんで精神的におかしくなりだしたのは、そのあとだった。仕事をクビになり、途方に暮れ、悪夢はどんどん強烈になっていった。いろいろ治療法を試してみたが——口にするのもおぞましい過去のイメージのほうへひきよせられるだけだった。あとでわかったことだが、その悪夢はショアーでおれが体験したことだったんだ。リーアのセラピーを受けるようになって初めて、その本当の意味を理解することができた。母親がレイプされて、生きたまま生石灰の穴につき落とされるのを見たようにも思うが、もちろん、誰かほかの女だったのかもしれない。まだ小さかったから、母親の顔を思いだすこともできないんだ」

「育てのお父さんは、そのう——彼の奥さんがどうなったか話してくれた？」モレルが横からきいた。

「あの男がおれの母親だと主張してた女は、連合軍によるウィーンの空襲のときに死んだそうだ。おれたちはウィーンに住んでて、ユダヤ人のおかげで何もかもなくしてしまったって話だった。ユダヤ人のこととなると、あの男はいつもひどく辛辣だった」

「イギリスに渡ったあなたを彼はなぜ捜しだしたのかしら。あなたがそこにいることをどうやって知ったのかしら」わたしは彼の話の意味をつかもうと四苦八苦していた。

ポールは困惑のしぐさで両手を広げた。「戦争のあとは——すべてが混乱していた。何がおきてもふしぎはなかった。あいつはアメリカに渡るために、自分はユダヤ人だって主張しようとしたんだと思う。ユダヤ人の子供を連れてれば、それができるし、順番待ちの列の先頭へ行ける。ナチ党員という過去を隠したい場合はとくに便利だ」

「ほんとにそんな過去があったと、きみは思ってるのかね」マックスがきいた。

「知ってるんだよ。あいつの書類を見たから知ってるんだ。恥ずべきクズ《ドレック》どもの一人だった。特別行動隊の隊長だったんだ」

「なんと恐ろしいことを探りあてたんだ」ドンがつぶやいた。「ユダヤ人でありながら、同胞を迫害した殺人者のなかでも最悪の男のもとで育ったことを知るなんて。そいつがきみをそんなふうに扱ったのも無理はない」

ポールは熱っぽい視線を彼に向けた。「ああ、わかってくれたんだね！　けだもののようなあいつの仕打ちは――おれを殴ったことも、腹が立つとおれの食事を抜いたことも、何時間も、ときには一晩中、おれをクロゼットに閉じこめたことも――すべて、おぞましい反ユダヤの感情からきてたんだ。あんたはユダヤ人だから、ミスタ・ラーヴェンタール、そういう人間がどこまで残酷になれるものか、わかってくれると思う」

マックスはその発言をよけて通った。「ミズ・ウォーショースキーの話だと、きみは自分の本名を知る手がかりとなった記録を、きみの――そのう、養父の書類のなかから見つけたということだね。わしはそれにとても興味がある。見せてもらえないだろうか」

ウルリッヒ（ラドブーカ）は答えるのに時間をかけた。「あんたたちの誰がおれの身内かを教えてくれたら、そしたら、書類を見せることにしよう。けど、なんの力にもなってもらえないんじゃ、こっちの個人的な書類を見せる義理はないと思う」

「ミスタ・ティーソフもわしもラドブーカ家とはまったく関係ない」マックスはいった。

「それだけはどうか信じてほしい。きみと同じ名前の一家を知っていたのは、わしらのべつの友達なんだが、ラドブーカ家のことについてはわしもその友達と同じだけのことを知っている——ただし、残念ながら、その量はごくわずかだ。きみからその記録を見せてもらうことができれば、きみがその一家の出かどうか判断する助けになると思うんだが」

ラドブーカがおびえた声で拒絶したので、わたしが横から口をはさみ、実の両親がどこの出身か知らないかと尋ねた。ポールはその質問を、ラドブーカ家の者として認められたしるしだと思ったらしく、ふたたび子供じみた熱っぽさを漂わせて、知っていることを語りはじめた。

「実の両親のことは何もわからない。六銃士のなかには、親のことをもっと知ってた子もいたが、それもまた残酷なことだった。たとえば、ミリアムの場合も、かわいそうに、母親は気がふれてテレーツィンの精神病院で死んでしまったってことを知ってた。ところで、マックス——うちの一家の生活をくわしく知っているといったね。ラドブーカ家のなかで一九四二年にベルリンにいた可能性のある者といったら、誰がいるだろう」

「誰もいない」マックスはきっぱりいった。「兄弟もいない、両親もいない。それだけは断言できる。第一次大戦の前にウィーンに移住してきた一家なんだ。一家は一九四一年にポーランドのウーチへ送られた。一九四三年の時点で生存していた者は収容所送りとなり、そこで全員が死に絶えた」

ポール・ウルリッヒ（ラドブーカ）の顔が輝いた。「でも、ひょっとすると、ウーチでおれが生まれたのかもしれない」

「あなた、たしか、ベルリン生まれだっていったでしょ」わたしは思わず口をはさんだ。

「あの時代の書類っていうのは、信頼できるものがほとんどないんだ」ポールはいった。

「おれがもらったのは収容所で死んだ男の子の出生証明書だったのかもしれない。そういうこともありうるだろ」

彼と話をするのは沼地を歩くようなものだ。足場にできる事実が見つかったと思ったとたん、足もとがくずれてしまう。

マックスが重々しい顔で彼を見た。「ウィーンのラドブーカ家のなかに、重要な地位にある者は一人もいなかった。社交界でも、芸術の世界でも、名を馳せた者はいなかった。それは、テレージエン——いや、テレーツィンに送られた人々のほとんどについていえることだ。もちろん、どこにも例外はあるものだが、この件に関しては、そういうことはないと思うよ」

「つまり、おれの家族は生存していないといいたいんだね。だが、おれにはわかってる——あんたは家族をおれに会わせまいとしてるだけなんだ。じかに会わせてくれるよう要求する。おれに会えば、向こうもきっと身内だって認めてくれるはずだ」

「問題を簡単に解決したいんだったら、DNA鑑定って方法があるわ」わたしは提案した。

「マックスと、カールと、二人のイギリス時代の友達から血液を採取して、イギリスでもアメリカでもいいから、どこか研究所を選んで、ミスタ——ミスタ・ラドブーカの血液もそこへ送るの。そうすれば、彼があなたたちのどちらかと、あるいは、イギリス時代の友達と、血縁関係にあるかどうかがわかるはずよ」

「血縁関係があるのはまちがいない！」顔をピンクに染めて、ポールが叫んだ。「あんたは疑ってるかもしれないが。疑うことで金を稼いでる探偵だもんな。だが、おれは研究室の実験材料みたいな扱いを受けることは断固拒否する。うちの家族はアウシュヴィッツの医学研究室でそういう扱いを受けたし、小さなミリアムの母親も同じ目にあったんだ。血液サンプルを調べるっていうのは、ナチが好んでやったことだ。遺伝だの、人種だの、そういったことにかかわるのはもうたくさんだ」

「だったら、スタート地点に逆もどりね」わたしはいった。「問題の書類はあなたしか見たことがなくて、わたしみたいな猜疑心の強い探偵は、あなたの主張の裏づけをとりたくても、ぜったいに見せてもらえないってことね。話は変わるけど、ゾフィー・ラドブーカって誰なの？」

ポールは不機嫌になった。「インターネットで見た名前なんだ。行方不明者関係のチャットルームに、四〇年代にイギリスに住んでたゾフィー・ラドブーカという人物についての情報を求めるって、誰かが書きこんでたんだ。そこで、おれの母親かもしれないって書き込みをしたんだが、向こうから返事はなかった」

「みんなもうくたくただ」マックスがいった。「ミスタ・ラドブーカ、家族に関して知っていることを残らず書いてみてはどうだろう。わしも友人に同じことをさせるから。きみは自分の書いたものをこちらに渡し、わしはきみに友人の分を渡す。それから、あらためて会って二つを比べる」

ラドブーカは下唇をつきだしてすわったままで、顔をあげてその提案を受け入れようとするそぶりすら見せなかった。モレルが時計を見て顔をしかめ、車で家まで送ろうといったときも、ラドブーカは最初のうち、腰をあげようとしなかった。

マックスがポールにきびしい顔を向けた。「帰っていただこう、ミスタ・ラドブーカ。二度とこの家に出入りできない状況を作りだしたいと思っているなら、話はべつだが」

道化師のような顔を悲劇の仮面に変えて、ラドブーカは立ちあがった。高級な精神病院の看守のごときモレルとドンにふたたび左右をはさまれて、むっつりした顔でよろよろとドアに向かった。

18　昔の恋人

階下ではパーティが終わっていた。給仕のスタッフが残りものを捨て、カーペットに落ちた食べものの屑を掃除機で吸いとり、最後の皿を洗っていた。居間ではカールとマイクルがブラームスの九重奏のテンポをめぐる議論に夢中で、グランドピアノで何小節か演奏していた。アグネス・ラーヴェンタールが足を身体の下に折りこんで、カウチからそれを見守っていた。

わたしがドアから居間をのぞくと、アグネスが顔をあげ、あわてて足をおろして、こちらがモレルとドンを追って外に出る暇もないうちに駆けよってきた。「ヴィク！　あの異様な男は何者なの？　あの男が入りこんできたおかげで、カールったら逆上しっぱなしよ。サンルームへ行って、マイクルが止めるまで、ロティにそのことをわめきちらしてたわ。いったいどうなってるの？」

わたしは首をふった。「正直いって、わたしにもわからない。本人の説明によると、収容所で子供時代を送ったらしいの。本名がラドブーカだってことがつい最近わかったんで、マックスかカールが自分の身内じゃないかって期待して、ここにきたそうなのよ。マックスたちの友人の一人にイギリスに住んでる人がいて、その一族がラドブーカという姓だと思う、っていうのがその理由なの」

「でも、筋の通らない話だこと！」アグネスは叫んだ。

マックスが背後の階段をおりてきた。極度の疲労で足どりが重い。「あの男、帰ったのかね、ヴィクトリア。たしかに筋の通らん話だ。今夜は筋の通らんことばかりだった。ロティが気を失った？　眉ひとつ動かさずに患者の体内から銃弾をとりだす彼女を何度も見てきたものだが。あの男をどう思った、ヴィクトリア。やつの話を信じるかね。あまりに荒唐無稽な話だが」

わたし自身も疲れがひどくて、目の前に斑点がちらちらしていた。「どう思えばいいのかわからない。すごく興奮しやすくて、わずか三十秒で涙と勝ち誇った喜びのあいだを往復できる男でしょ。そして、新しい情報が手に入るたびに、自分の話を変えていく。生まれたのはどこ？　ウーチ？　ベルリン？　ウィーン？　リーア・ウィールがあんな不安定な相手を催眠術にかけるなんて驚きだわ。彼と現実とのもろい結びつきがこわれてしまいそうな気がするけど。でも——こういった症状も、もとはといえば、まさに本人の主張している過去に根ざしてるのかもしれない。テレーツィンで送った幼少時代——そこからどうすれば立ち直れるのか、わたしにはわからないわ」

居間では、マイクルとカールが同じ小節をピアノで何度もくりかえし弾いていた。テンポとトーンを幾通りにも変えているらしいが、微妙すぎてわたしにはわからなかった。反復がわたしの神経にさわりはじめた。

サンルームのドアがひらいて、ロティが玄関ホールに出てきた。顔色は悪いが、落ちついたようだ。「ごめんなさい、マックス」と低くいった。「あの男の相手をあなた一人に押しつけてしまってごめんなさい。でも、顔を合わせるのが耐えられなかったの。カールも同じだったみたい——わたしのところにきて、二階のあなたのところへ行くのをいやがったわたしを、さんざんなじったわ。今度はカールが音楽の世界にもどって、ゴタゴタはわたしたちにまかせるつもりのようね」

「ロティ」マックスが片手をあげた。「きみとカールが喧嘩をつづけたいなら、どこかよそでやってくれ。二階のあの騒ぎは、きみらのせいでおきたわけではない。だが、ひとつだけ、わしが知りたいのは……」

玄関の呼鈴が彼の邪魔をした——モレルがドンと一緒にもどってきたのだった。

「あの男、ずいぶん近くに住んでるようね」わたしはいった。「一分もたたないうちにもどってくるなんて」

モレルがわたしのそばにやってきた。「タクシーを拾える場所でおろしてくれって、向こうが頼んだんだ。正直なとこ、こっちとしては大歓迎さ。あの男の感覚にはどうもついていけないから、〈オリントン・ホテル〉の前でおろしてきた。あそこならタクシー乗場があるしね」

「住所はきいた?」

モレルは首をふった。「車に乗せたときにきいたんだが、タクシーで帰るといわれてしまった」

「おれもきこうとしたんだ」ドンがいった。「いずれインタビューしたいと思ってさ。だけど、信用できない二人組だと思われちまった」

「もうっ。彼を見つけるのに、またふりだしにもどってしまったじゃない。タクシーを追跡するのももう無理ね」

「二階で何かいってなかった？」ロティがきいた。「どうして自分の名前がラドブーカだと思うようになったのか」

わたしは疲労のあまりふらついて、モレルにもたれた。「父親の謎の書類がどうのって、わけのわからないことを追加しただけ。あ、養父ね。それから、書類のおかげで、ウルリッヒがナチの特別行動隊に属してたことがわかったとか」

「なに、それ」ブルーの目に懸念を浮かべて、アグネスがきいた。

「戦争中、東欧で残虐行為を働いた特殊部隊のことだよ」マックスがぶっきらぼうに答えた。「ロティ、気分がよくなったようだから、ここでひとつ答えてほしいことがある。ゾフィー・ラドブーカとは誰なんだ。わしと、そして、ヴィクに、ここで説明してもらいたい。なぜきみがあんなにショックを受けたのか」

「ヴィクには話したわ」ロティはいった。「ラドブーカというのは、ロンドン時代の仲間のためにあなたが消息を尋ねてくれた家族のひとつだって、彼女に説明したの」

わたしはモレルにそろそろ帰ろうというつもりでいたのだが、ロティがマックスにどう説明するのかをききたくなった。「すわってもいい？」マックスにきいた。「脚が棒のようなの」

「ヴィクトリア、もちろんだとも」マックスはカールとマイクルがいまも音楽をもてあそんでいる居間へ、わたしたちを連れて入った。

マイクルがこちらを見た。議論はロサンゼルスへ向かう途中でケリをつければいいとカールにいい、アグネスのところにきて、その横にすわった。わたしはマイクルが飛行機の座席にすわってチェロを脚ではさみ、同じ十二小節を何度も何度も弾きつづけ、カールのほうはちがうテンポでクラリネットを演奏する、という情景を思い浮かべた。

「まだ何も食べてないんだろ？」モレルがわたしにいった。「軽くつまめるものを何か調達してこよう――すこしは元気が出るよ」

「食事、まだだったのかね」マックスが叫んだ。「この大騒ぎで、わしも礼儀作法を忘れてしまっていた」

彼はウェイターの一人を台所に行かせ、残りものと飲みもののトレイを持ってこさせた。

「さてと、ロティ、今度はきみが証人席につく番だ。わしは長年にわたってきみのプライバシーを尊重してきたし、これからもそうするつもりでいる。だが、ゾフィー・ラドブーカという名前に今夜なぜああもショックを受けたのか、説明してもらう必要がある。終戦後、きみに頼まれてウィーンでラドブーカ家の人々を捜したことは覚えている。彼らは何者だったんだ」

「名前にショックを受けたわけじゃないわ」ロティはいった。「あの男の雰囲気がひどく不気味だったから――」そこで不意に黙りこみ、マックスが深刻そうに首をふっているのを見て、女生徒のごとく唇を嚙んだ。

「あの――じつは、病院にいた人なの」ロティはカーペットを見ながらつぶやいた。「ロイヤル・フリー病院。その人、名前が公になるのをいやがってたの」

「そうだったのか」カールがいった。そこに含まれた毒気に、みんなびくっとした。「あのときからわかってたんだ。わたしにはわかってたのに、きみは否定した」

ロティは赤くなった。頰に広がった真紅の色は彼女のジャケットと同じぐらい濃厚だった。「あなたがあまりにばかげた非難をよこしたから、きちんと答える必要はないと思ったのよ」

「なんのこと?」アグネスがきいた。彼女もわたしに劣らずとまどっていた。

カールがいった。「きみたちももう気づいているにちがいないが、ロティとわたしはロンドンで何年かつきあっていた。永遠につづくと思っていたが、それはロティが医学と結婚したことをわたしが知らなかったせいだった」

「あなたと音楽との仲とはちがってね」ロティがぴしっといった。

「はいはい」わたしはウェイターが持ってきてくれたトレイから、ポテトとサーモンのグラタンをとろうと身をかがめながらいった。「二人とも仕事に命をかけてきた。どっちも譲りそうにないわね。で、それからどうなったの？」

「ロティが結核になった。というか、本人がそういった」カールがぶっきらぼうにいった。

彼はふたたびロティに顔を向けた。「病気になったことを、きみは一言も教えてくれなかった。別れの言葉すらなかった！　きみの手紙はもらったよ——手紙？　《タイムズ》の広告のほうがまだ愛想があるというものだ！　わたしがエジンバラからもどったとき、手紙が届いていた。あの冷たく、そっけないメモが。わたしは街じゅう駆けずりまわった。きみがいた下宿の薄のろおかみに——いまでもあの顔が浮かんでくるよ。鼻にみっともないほくろがあって、髪がつんつん立ってたっけ——そのおかみにいわれたんだ。薄笑いを浮かべてたな。きみが田舎へ行ったことを、おかみにきかされた。郵便物はすべてクレア・トールマッジ宛てに、あの氷の女王宛てに転送するよう、きみが頼んでいったことを教えてくれたのも、おかみだった。きみではなくて。わたしはきみを愛していた。きみも愛してくれてると思っていた。なのに、きみはわたしに別れを告げることもしなかった」

カールはそこで言葉を切り、荒い息をしてから、苦々しくつづけた。「きみがなぜあのトールマッジって女にいいようにふりまわされてたのか、いまにいたるまで、わたしには理解できない。あの女はとても——とても、傲慢だった。きみはかわいいユダヤ人のペットだったんだよ。彼女がどんなにきみのことを見下してたか、きみにはわからなかったのか。あとの家族もそうさ。退屈な姉さんのヴァネッサに、うぬぼれ屋の夫。あいつ、なんて名前だっけ。マーマレード？」

「マーマデュークよ」ロティはいった。「あなただってよく覚えてるくせに、カール。しかも、わたしがあなた以外の人に注意を向けると、相手が誰であろうと、あなたは怒り狂った」

「おいおい、きみたち」マックスがいった。「二人とも子供部屋へ行って、カリアの仲入りをしたほうがよさそうだな。話の要点に入ってくれないか」

「おまけに」マックスの批判にまたもや赤くなって、ロティはいった。「わたしがロイヤル・フリーに復帰したとき、クレアは――クレアは、わたしとの友情をつづける気をなくしていた。この春、ロイヤル・フリーの会報で見るまで、わたしはクレアが退職したことも知らなかった」

「それとラドブーカと、どんな関係があるんです」ドンがきいた。

「わたしは女王のクレアに会いにいった」カールは憎々しげにいった。「彼女がいうには、ロティ宛ての郵便物は〝ゾフィー・ラドブーカ様方〟として、アクスミスの集配所へ転送しているとのことだった。ところが、手紙を出してみると、返送されてきた。〝そのような名前の人はいません〟と、封筒に走り書きがしてあった。そこで、わたしはある月曜日に、ロンドン発の汽車に乗り、田舎道を三マイル歩いて、そのコテージまで出かけてみた。コテージには明かりがついていたのに、ロティ、きみは呼鈴に応えようともしなかった。わたしは夕方までずっと待ちつづけた。だが、きみは出てこなかった。

半年がすぎ、ロティが突然ロンドンにもどってきた。わたしには一言の連絡もなかった。

手紙を出しても返事なし。説明なし。つきあった時期などなかったかのようだった。ゾフィー・ラドブーカとは誰だったんだ、ロティ。きみの恋人？　あの午後、家のなかに二人ですわって、わたしのことを笑っていたのかい」

ロティは肘掛椅子にもたれて目を閉じていた。顔のしわがくっきりと刻まれていた。まるで死人のようだ。そう思った瞬間、わたしはみぞおちを手で押さえていた。

「ゾフィー・ラドブーカはもうこの世にいない人だった。だから、その名前を借りたの」ロティは目を閉じたまま、かぼそい声でいった。「いまになってみると、愚かなことをしたと思うけど、あのころは誰もが説明のつかない行動をとってたものだった。わたしが受けとった手紙は病院からのものだけで、あとは全部、送りかえしたわ。あなたの手紙と同じように。深刻な病状だったの。病気と闘うあいだ、どうしても一人でいたかったの。あなたのことは愛してたわ、カール。でも、わたしが一人きりでいる場所には誰にも入ってきてほしくなかった。あなたにも、マックスにも、誰にも。快復したとき――わたしには――あなたと話をする資格はもうなかった。わたしにできるのは――一線を画することだけだった。あなたが――慰めを与えてくれる人だとは、どうしても思えなかった」

マックスがロティの横へ行って腰をおろし、手をとったが、カールは立ちあがって室内を猛烈な勢いで歩きはじめた。「ああ、そうとも、わたしには何人も女がいた」肩越しに吐きだすようにいった。「きみに見せつけたくて、女をどっさり作った。だが、ふたたび真剣な恋をしたのは何年もたってからで、そのときはもう恋をするのが下手になり、長続きしなくなっていた。四十年間に三回結婚、愛人は何人いただろう。オーケストラの女性たちのあいだでは、物笑いのタネだった」

「わたしに責任をかぶせないで」ロティは身体をおこして、冷たくいった。「どう生きるかはあなたが選ぶことだわ。わたし、その責任までは持てないわ」

「ああ、きみはこれまでどおり、よそよそしい生き方を選べばいいさ。ラーヴェンタールも気の毒に。きみと結婚したがってるのに、どうして結婚してもらえないのかわからない。きみが心臓と筋肉ではなく、メスと結紮《けっさつ》糸でできてることが、マックスには理解できないんだ」

「カール、わしのことは自分で処理できるよ」半分笑い、半分むっとしながら、マックスがいった。「だが、もしかまわなければ、ラドブーカの件が片づいたのなら、話を現在にもどすとしよう。あの男はそもそもどうやってその名前を知ったんだろう」

「そうよ」ロティもうなずいた。「だから、わたしも名前をきいてショックだったの」

「その点をどうやって調べればいいか、きみに何か考えはないかね、ヴィクトリア」マックスはきいた。

わたしは大あくびをした。「わからないわ。どうやって彼を説得して、謎の記録をわたしに見せるよう仕向ければいいかもわからない。もうひとつの方法は彼の過去を調べることね。四七年か四八年の移民記録のうち、どういうのが現存してるのか、わたしにはわからないけど。彼がこの国にきたのは、ちょうどそのあたりでしょ。ほんとに移民だとしたら」

「すくなくとも、ドイツ語はしゃべれるようよ」思いがけず、ロティが意見を出した。「あの男が押しかけてきたとき、はたして本当のことをいってるんだろうかって、わたしは疑ったの。ビデオでは、子供のころこっちにきて、ドイツ語をしゃべってたっていってたでしょ。だから、ドイツ語で彼にきいてみたの――ウルリッヒ家はオオカミのような武人だったという神話をきかされて、あなたは大きくなったのかって。ちゃんと通じたわよ」

わたしは玄関ホールでのそのひと幕を思いだそうとしたが、すべてをきっちり再現することはできなかった。「たしかそのときだったわね。虐げられてたころの言葉なんかしゃべるものかって、彼がいったのは」またしても大あくびが出た。「今夜はもうだめだわ。カール、マイクル、今日のコンサート、すばらしかったわ。あとのツアーもうまくいくといいわね。今夜の騒ぎが演奏に影響しないよう祈ってるわ。あなたも一緒に行くの？」アグネスに向かってつけくわえた。

彼女は首をふった。「ツアーはまだ四週間もつづくのよ。カリアとわたしはあと五日ほどこの家に泊めてもらって、それからまっすぐイギリスにもどるつもり。すでに幼稚園が始まってるんだけど、今回は、カリアをオーパのとこですごさせたかったから」

「この二人がイギリスにもどるころには、わしも忠犬ニンシュブルの話を暗誦できること だろう」マックスが微笑したが、その目には懸念の色が浮かんだままだった。

モレルがわたしの手をとった。二人でよたよたと彼の車に向かった。ドンがニコチンを肺いっぱいに吸いこみながら、うしろからついてきた。エヴァンストンのパトカーがモレルの車のステッカーを調べていた。この街は気まぐれな駐車規制をすることで財源をふやしている。モレルは駐車許可区域からはずれていたが、わたしたちは警官が違反チケットを書くよりも早く車に乗りこんだ。

わたしは助手席にぐったりもたれた。「あんな生々しい感情を何時間も目にしたのは、生まれて初めてよ」

「疲れるよな」モレルも同意した。「あのポールって男、ペテン師だとは思えないんだが。きみはどう思う？」

「故意にこちらをだまそうとしているかどうかとなれば、答えはノーね」わたしは目を閉じてつぶやいた。「自分のいうことを心の底から信じてるようだけど、警戒を要するタイプだわ。何かあるとすぐに、新しいことを信じてしまうんだもの」

「いずれにしろ、異様な物語ではある」ドンがいった。「おれがイギリスに渡って、ラドブーカ家のことを調べてみるかな」

「そんなことしたら、リーア・ウィールをテーマにしたあなたの本から離れてしまうわよ」わたしはいった。「それに、モレルからきのう助言されたことだけど、ロティの過去を探ることが本当に必要かしら」

「それが現在に影響をおよぼしていると思われればね」ドンが答えた。「おれはロティが嘘をついてると思った。きみの意見は？　ラドブーカってのはロイヤル・フリーにいた人間だっていってたけどさ」

「よけいなおせっかいはしないでほしいっていう彼女の意思表示だと、わたしは思った わ」モレルが住まいの裏の路地に車を入れるあいだに、わたしはとがった声でいった。

「ロティとカールのあの過去」モレルのあとから玄関ホールを抜けて寝室に向かいながら、身を震わせた。「ロティは苦しんだ。カールだって。でも、ロティは孤独のなかに閉じこもってしまい、死にそうになっても、それを恋人に告げることができなかった。わたしにはそんなの耐えられない」

「明日はぼくがここですごす最後の日なんだよ」モレルは文句をいった。「荷造りしなきゃいけないし、またしても国務省の役人とすごさなきゃならない。ほんとはきみと一緒にいたいのに。今夜だけは、トラウマの話はやめにして、ぐっすり眠ろうよ」

わたしは服を椅子に放り投げたが、モレルは彼の背広をクロゼットにきちんとかけた。せめてもの救いは、週末の旅行カバンの片づけを明日の朝まで延ばしてくれたことだ。

「きみはロティにけっこう似てるよ、ヴィク」モレルは暗闇でわたしを抱きしめた。「きみに何か不都合なことがおきても、どこかのコテージへ偽名でこそこそ逃げこんで、一人で傷をなめるなんてことは、しないでくれよな」

彼の出発が目前に迫り、ここ数日の騒ぎでまだ動揺のおさまらないいま、その言葉は心を癒してくれるものだった。この言葉が闇のなかでわたしのまわりに広がって、心を静め、眠りにいざなってくれた。

ロティ・ハーシェルの話「戦勝記念日」

戦争の勝利を祝うために、わたしはヒューゴーを連れてピカディリー・サーカスへ出かけていった。おおぜいの人、花火、拡声器から流れる国王の演説——みんな、浮かれていたわ。わたしもすこしだけ浮かれ気分だった——もっとも、お祭り気分で騒ごうって気にはなれなかったけど。その年の春、イギリスの人たちがうんざりしてたのは、ベルゼンやその他の収容所の様子を伝えるニュース映画のせいだけじゃなかったのよ。しばらく前から、移民社会を通じてヨーロッパから虐殺の噂が流れこんでいたの。アウシュヴィッツが初めて造られたころ、そこから逃れてきた人々への国会議員の対応が冷淡だったために、ミナでさえ激怒したものだったわ。

わたしは、ヒューゴーにいらだちを感じるようになっていた。だって、ヒューゴーったら、オーマとオーパのことも、さらには母のことですら、ろくに覚えてないんだもの。ドイツ語もほとんど忘れてしまってた。わたしなんか、家でミナのしゃべるのがドイツ語だったから、それにしがみついてなきゃいけなかったのに。ミナは一九四二年にヴィクトルと結婚したのよ。意地悪な年寄りだったけど、その人が工場の後継者になるとミナは確信してたのね。ところが、オーナーが亡くなる前にヴィクトルが発作で倒れたものだから、工場はほかの人のところへ行ってしまった。で、ミナは年老いた病気の夫を抱えこんだだけで、お金は入らずじまい。でも、ヴィクトルはハンブルク生まれだったから、いうまでもなく、夫婦の会話はドイツ語だった。わたしは英語を身につけるにも、学校になじむにも、イギリスに親しみを持つようになるにも、ヒューゴーより長くかかったわ。

ヒューゴーにとっては、五歳でイギリスにきたわけだから、人生はナスバウム家で始ったようなものだった。あの家ではヒューゴーを実の息子のようにかわいがってくれたわ。それどころか、ミスタ・ナスバウムはヒューゴーを養子にしようとしたほどだった。でも、わたしがひどいショックを受けたため、向こうもあきらめたみたい。いまなら、わたしもちがう目で見ることができる。ヒューゴーがあの家の人になつき、信頼するようになったのは、五歳児の自然な心理であって、両親を——そしてわたしを——見捨てたわけではなかったんだって。わたしだって、大切に育ててくれる人の家にもらわれていれば、たぶん、ヒューゴーをもっとちがう目で見ていたと思うけど——ただ、ミスタ・ナスバウムはわたしにもすごく親切にしてくれて、日曜に弟を連れて出かけるときは、わたしも一緒に誘ってくれたものだった。

でも、戦勝記念日のときは、ヒューゴーに腹が立ってならなかった。だって、あの子、戦争が終わったらオーストリアにもどらなきゃいけないって思ってたんですもの。ナスバウム家からも、学校の友達からも離れたがらなくて、オーストリアへは夏休みだけ帰ることにしたいから、わたしから父と母にそう説明してほしいっていうのよ。

いまになってわかることだけど、わたしの怒りは一部には、自分自身の不安のせいでもあったのね。失ってしまった愛する家族をなつかしみ、親戚のミナと、彼女の絶え間ない小言から逃れたいと思ってはいたけど、わたしにも離れたくない友達と学校があった。もうじき十六歳で、進学のための試験めざして、あと二年はみっちり勉強しなきゃならなかった。オーストリアにもどったら、六年前にイギリスにきたときと同じように苦労することが目に見えていた。ううん、もっと苦労したかもしれない。向こうは戦争で荒廃しきってただろうから、そちらで学校を終えるのはきっと無理だったでしょうね。

カムデン女子高校の校長だったミス・スケフィングはロイヤル・フリー病院の理事でもあった。理科系コースをとって医学学校の入試にそなえなさいって、わたしを励ましてくれた。わたしはその先生のもとを離れるのも、医学を学ぶチャンスを失うのもいやだった。ジュニア・インターンとして勤務を始めたばかりのクレアには、そのころもうめったに会うチャンスがなかったけど、彼女と別れるのもいやだった。だって、クレアというお手本があったからこそ、ミナに反抗して、カムデン女子高校に入りたいってがんばれたんだもの。ミナは猛烈に怒ったわ――わたしが十四歳になったら学校をやめさせて、家計の足しにするため手袋工場で働かせる気でいたから。でも、わたしはミナにいってやった――一九三九年には父に仕事を世話しようともしなかったくせに、いまになって、わたしに学校をやめて工場で働けなんて、あつかましすぎるって。

ミナとヴィクトルはまた、わたしが友達と一緒にフラウ・ヘルプストの音楽の夕べに出かけるのも、やめさせようとしたものだった。戦時中は、そうした夕べが人生の救いだったのに。わたしみたいに音楽の才能に恵まれない者でも、いつも何かしらやることがあったわ——みんなでオペラを上演したり、即興で合唱をやったり。空襲が始まって、ロンドンの街を手探りで歩かなきゃいけなくなってからでも、わたしはミナの家を飛びだしては、真っ暗な通りをフラウ・ヘルプストのフラットめざして歩いたものだった。

ときにはバスに乗ることもあったけど、これがまた物騒だった。バスも灯火管制に従わなきゃいけないから、向かいからバスがきても衝突しそうになるまでわからないの。それから、どこでおりるかも勘で決めなきゃいけないし。一度、家に帰るときに、勘ちがいして、ミナの家から何マイルも離れたところでおりてしまったことがあった。警防団の人がわたしを見つけて、そこの防空壕にひと晩泊めてくれたわ。サッカー試合の話に夢中の警防団の人たちと薄いココアを飲んだりして、すごくおもしろかったけど、このささやかな冒険のおかげで、ミナはよけい不機嫌になってしまった。

みんな、家族のことが心配ではあったけれど、誰も——わたしとヒューゴーだけでなく、フラウ・ヘルプストのところに集まってた仲間は誰一人として——ドイツ語の暮らしにもどりたいなんて思っていなかった。それはわたしたちにとって屈辱の言語だった。ドイツやオーストリアやチェコスロヴァキアは、わたしたちの祖父母が野次馬に周囲からはやしたてられ、ものを投げつけられながら、這いつくばって歩道の敷石を磨かされた国だった。

みんな、名前のつづりまで変えるようになったわ。わたしはロッテをロティに変えた。カールは親からつけてもらったKのかわりに、Cを使うようになった。

戦勝記念日の夜、国王の演説が終わると、わたしはナスバウム家の住まいがあるゴールダーズ・グリーン行きの地下鉄にヒューゴーを乗せてから、コヴェント・ガーデンでマックスやほかの仲間と会って、カールを待つことにした。カールはサドラーズ・ウェルズ劇場のオーケストラで仕事の口を見つけていて、その夜も演奏があったの。コヴェント・ガーデンには何千人も集まってきてたわ。夜の夜中にお酒が飲める場所は、ロンドンではここだけだったから。

人込みのなかでシャンパンのボトルが何本もまわし飲みされていた。マックスも仲間も個人的な悩みはひとまず忘れて、お祭り騒ぎの人々と一緒に浮かれはじめた。空襲はおしまい、灯火管制もおしまい、週に一度のちっぽけなバターもおしまい——もっとも、それはもちろん、何も知らない者の甘い考えだったけど。配給はそれから何年もつづいたんだもの。

カールがようやく、セント・マーティンズ・レーンで裏返しした荷車に腰かけてるわたしたちを見つけだした。荷車の持ち主は果物の露天商で、ほろ酔い気分だった。リンゴをていねいにスライスして、わたしと、仲間のべつの女の子に食べさせてくれていた。その子はのちに典型的な郊外族になり、コーギー犬を飼って、保守党に投票するようになったけどね。当時は仲間内でいちばんおしゃれな女の子で、口紅をつけて、アメリカの軍人とデートして、ナイロンのストッキングをプレゼントされていた。わたしなんか、木綿の長靴下を繕ってはいてて、その子のとなりにいると、やぼったい女学生みたいな気分にさせられたものだった。

カールは荷車の持ち主におおげさなお辞儀をして、その手からリンゴのスライスを受けとった。「ぼくがミス・ハーシェルに食べさせてあげる」そういって、リンゴをわたしのほうにさしだしたの。急に彼の指を意識してしまった。じっさいに身体にさわられたような気がしたわ。わたしは彼の手首に手をかけて、リンゴをわたしの口のほうへひきよせたの。

19　調査完了

夜明け前の灰色の光のなかで、わたしは夢にうなされて目をさました。ロティを見失い、瀕死の母を見守り、顔のない人影にトンネルのなかで追いかけられ、そばでは泣きべそと狂ったような笑いを交互にくりかえしながら、ポール・ラドブーカがそれを見ていた。わたしは汗ばんだ身体で横になったまま、心臓をドクドクいわせていた。となりではモレルが眠っていて、やわらかな低い寝息がきこえていた。馬が鼻をぶるっと鳴らすときのような音だった。わたしは安心を求めて彼の腕のなかにもぐりこんだ。彼は夢うつつでしばらくわたしを抱きしめてから、目をさますことなく寝返りを打った。

心臓の鼓動はすこしずつ正常にもどっていったが、きのうの疲れにもかかわらず、眠りにもどることはもうできなかった。ゆうべの苦悩に満ちた告白のすべてが、洗濯機のなかで攪拌される衣類のごとく、わたしの頭のなかをまわっていた。ポール・ラドブーカの感情はつかみどころがないうえに、生々しすぎるため、どう対処すればいいのかわからなかった。ロティとカールの過去もそれに劣らず生々しいものだった。

マックスがロティと結婚したがっているときいても、二人がわたしの前でその話を出したことは一度もなかったけれど、べつに驚きはしなかった。大きな問題のかわりにこの小さな問題に目を向け、ロティは孤独な暮らしに慣れているから一人でいるほうが気楽なのかもしれないと思ったりした。モレルとわたしの場合は、一緒に住むことを相談してはいるが、おたがい、若いころに結婚の経験があるとはいえ、自分のプライバシーを捨てることに全面的に同意する気にはなっていない。つねに一人で暮らしてきたロティにとっては、さらに苛酷なことかもしれない。

ロティがラドブーカ家について何か隠しているのは明らかだが、わたしには推測のしようがない。母方の血縁者ではなさそうだ——そういわれて驚いていたから。侮辱されたも同然のようだった。移民の貧しい一家がいて、その運命にロティがひどく心を痛めていたとか？　人には思いもよらぬ羞恥心や罪悪感があるものだが、わたしがショックを受けて彼女から離れていく原因になるほどのものとなると……ロティがマックスに打ち明けることすらできないものとなると……どうにも想像がつかない。

ゾフィー・ラドブーカというのが、ロティがインターン時代に治療にあたり、医療ミスをおかしてしまった患者だったとしたら？　ゾフィー・ラドブーカは死亡するか、植物状態になるかした。ロティは自分を責め、結核にかかったふりをして静養のために田舎へ出かける。罪悪感の嵐に襲われ、患者と自分とを異様なまでに同一視して、ラドブーカの名前を借りる。わたしの知っているロティからは考えられない行動であるという事実はさておき、これしきのことでわたしが彼女から離れることはありえない。

田舎へひっこんで、ゾフィー・ラドブーカとの——あるいは、ほかの誰かとの——関係をつづけたいばかりに、ロティが結核にかかったふりをしたなどと考えるのはばかげている。関係をつづけるならロンドンのほうが楽だったはずだ。四〇年代の女性が悪戦苦闘の末に手にした医学実習のコースを危険にさらさずにすむのだから。

ロティが崩壊の一歩手前でぐらついているのを見て、わたしは胸を痛めていた。モレルの賢明な助言を心でくりかえそうとした。彼女の身辺を探ってはならない。ロティが自分の秘密をわたしに打ち明けたくないのなら、それを彼女一人の胸にしまっておくのは彼女が選んだ地獄であり、わたしが責めを負うべきことではない。

ともかく、わたしは自分の仕事を大切にして、イザイア・サマーズから解明を頼まれているような金融詐欺事件の調査に精を出すべきだ。といっても、そちらもたいした成果はあがっていないが……。サマーズの訴えを受けて雄牛のダラムが憤慨し、公の場でわたしを非難したぐらいなものだ。

時刻はまだ朝の五時四十分だった。イザイア・サマーズのために、ひとつだけ小さなことができそうだ。モレルが知ったらわめき散らすだろうけど。ベッドに身体をおこした。モレルは吐息をついたが、動きはしなかった。わたしは一泊用のカバンからジーンズとスウェットシャツをひっぱりだし、ランニング・シューズを持って忍び足で部屋を出た。携帯電話と万能鍵をモレルにとりあげられたままになっている。彼のバックパックをとりに部屋にもどり、それを書斎へ持っていった——鍵のじゃらじゃらいう音で彼をおこしたくなかったからだ。彼のノートパソコンの上にメモを置いていった。〝朝早い約束があるので街にもどります。今夜の夕食に会える？　じゃーね、V〟

モレルの住まいからデイヴィスという高架鉄道の駅まではわずか六ブロック。わたしは早朝の通勤者や、ジョギング連中や、犬の散歩中の人々にまじって、駅まで歩いていった。早朝の通りに出ている人がこんなにも多く、さわやかで元気そうな人がこんなにも多いことに、ただもう驚くばかりだった。こっちは浴室の鏡で血走った自分の目を見て、ぞっとしたばかりなのに――〝シャイヨーの狂女、街に放たれる〟の図だ。

朝のラッシュ時に合わせて急行が走っていた。二十分で、わたしのアパートメントから数ブロックのところにある駅、ベルモントについた。車がアパートメントの前に置いてあったが、ゆうべの悪夢の残骸みたいな姿を多少ましにするために、シャワーを浴びて着替えをする必要があった。犬たちがこちらの足音に気づきませんようにと祈りつつ、そっとアパートメントに入った。パンツスーツ、ゴム底の靴。抜き足差し足で外に出ようとして、ペピーに鋭い声で吠えられたが、わたしはスピードをゆるめなかった。

レイク・ショア・ドライヴに向かう途中、コーヒーバーに立ち寄って、Lサイズのオレンジジュースと、特大Lサイズのカプチーノを頼んだ。もうじき七時。朝の通勤ラッシュが本格的に始まっていたが、それでも、七時半前にはハイド・パークにつくことができた。

ハイド・パーク銀行のビルの入口にいた警備員にそっけない会釈を送った。金曜日にフエプルがわたしのことを警戒するよう指示したときの相手ではなかった。けさの男は新聞の上からおざなりにこちらを見ただけで、身元を尋ねるようなことはしなかった。わたしのほうはプロらしい服装だし、行き先も心得ている。六階まで行き、ラテックスの手袋をはめて、フェプルのところの錠をはずす作業にとりかかった。ひどく緊張して、エレベーターの音に耳をすませていたため、錠がすでにはずれていたことに気づくのにしばらくかかった。

オフィスにすべりこみ、リノリウムのはがれた角にまたしてもつまずいて、罵りの声をあげた。フェプルがデスクの向こうにいた。窓からさしこむ淡い光のなかで、椅子にすわって居眠りしているように見えた。わたしはドアのところでためらったが、何食わぬ顔で入っていって、彼をおこし、サマーズのファイルを渡すよう強硬に迫ることに決めた。天井の明かりのスイッチを入れた。そして、フェプルが人に何かしゃべることは二度とないことを知った。口がなくなっていた。側頭部も、そばかすだらけの肌も、すべてなくなって、骨と脳みそと血のべとべとした汚れが残っているだけだった。

わたしはあわてて床にうずくまった。頭を膝のあいだに入れた。鼻を手でおおっても、血の臭いがするような気がした。胃のなかのものがせりあがってきた。意志の力でほかのことに心を向けた。犯罪現場にわたしの吐瀉物を加えるわけにはいかない。

どれぐらいの時間そうやってうずくまっていたのかわからないが、やがて、廊下からきこえてくる声に、自分の立場がいかに危ういかを悟った。死んだ男と一緒にオフィスにいて、ポケットには万能鍵、手にはラテックスの手袋だ。わたしは立ちあがった。急に動いたため、またしても頭がふらついたが、めまいをふり払い、誰も入ってこられないようにドアの錠をかけた。

犯罪現場の訓練なんだと自分にいいきかせつつ、デスクのへりをまわり、フェプルの様子を調べにいった。右手が垂れ下がっているすぐ下の床に、銃が落ちていた。目を細めてそれを見た。二二口径のＳＩＧトレイルサイド。すると、拳銃自殺？　サマーズのファイルに入っていた何かを目にして、精神のバランスをくずしてしまったから？　コンピュータのスイッチが入ったままで、サスペンド状態になっていた。吐き気をこらえて、彼の左側から慎重に腕を伸ばし、証拠をめちゃめちゃにしないよう、万能鍵を使って画面を復活させた。テキストが息を吹きかえした。

父が亡くなったとき、ここは景気のいい保険代理店だったが、わたしは経営者には向いていなかった。収益がどんどん落ちていくのを、五年にわたって見てきた。不正な手段を用いてでも赤字を解消するつもりだったが、探偵に見張られているいま、それすら無理なような気がしてきた。一度も結婚できなかった。女を口説く方法も知らなかった。そんな自分と折りあっていくことはもうできない。請求書の支払いをどうやってすればいいかわからない。誰かが泣いてくれるとしたら、母ぐらいなものだろう。申しわけない。ハワード。

わたしはそれをプリントアウトして、紙をポケットにつっこんだ。ラテックスの手袋に包まれた手はじっとり湿っていた。目のまわりで黒い斑点が揺れていた。フェプルの砕かれた頭がすぐそばにあることを痛いほど意識したが、そちらに目をやることはできなかった。おぞましい現場を離れたかったが、サマーズのファイルを見つけるチャンスは二度とないかもしれないと思った。

キャビネットがひらいていたので意外に思った。先週ここにきたときは、フェプルは書類をしまうときにキャビネットのロックをはずし、またすぐロックするのを忘れないようにしていた。彼がサマーズのファイルを押しこんだ三番目の引出しには、〝リック・ホフマンの顧客〟というラベルが貼ってあった。

いくつものファイルが引出しにつっこまれていたが、一部は逆さまだし、どれも順番がめちゃめちゃだった。最初のファイルをひっぱりだすと、〝バーニー・ウィリアムズ〟となっていたので、アルファベットの最後かと思ったが、つぎのファイルは〝ラリー・ジェンクス〟だった。時計に不安な目を向けつつ、引出しの中身をすべて出してから、ホルダーをひとつずつもどしていった。サマーズのファイルはどこにもなかった。

サマーズに関係したものはないかと、ホルダーをつぎつぎに調べていった。保険証券のコピーと払込予定表しか入っていなかった。およそ四分の三は解約ずみで、日付入りで〝支払済〟のスタンプが押してあるか、同じく日付入りで〝保険料不払いにより失効〟のスタンプが押してあるかだった。ほかの引出しものぞいてみたが、何も見つからなかった。

支払済の保険証券を半ダースほどつかんだ。メアリ・ルイーズに頼んで、受取人に支払いがなされているかどうか調べてもらおう。

廊下からきこえてくる声に不安な思いで耳をすましたが、デスクに散らかった書類のなかにサマーズのファイルがあるかどうか確認するまでは、出ていくわけにいかなかった。書類には血と脳みそが飛び散っていた。それを乱したくはなかったが——経験を積んだ鑑識の技師なら、たちどころに、誰かが探しものをしていたことを見抜くだろう——どうしてもファイルがほしかった。

気をひきしめ、視線をそらしたまま、椅子のなかには誰もいないのだと無理に自分に信じこませて、デスクに身を乗りだし、フェプルの前にある書類の端をめくった。真ん中の書類から始めて、円を描くように外側の書類へと移っていった。サマーズのファイルはどこにもなかったので、何も踏みつけないよう注意して、フェプルがすわっている側へまわり、デスクの引出しを調べてみた。彼のわびしい人生を示すもの以外、何も入っていなかった。食べかけのポテトチップの袋。クラッカーの屑におおわれた未開封のコンドームの箱。一九八〇年代までさかのぼる予定表。彼の父親が予定を書きこんでいたころのものだ。卓球の上達法について書かれた本。彼にスポーツをやる根性があるなどと、誰に想像できるだろう。

時刻は午前九時になっていた。ぐずぐずしていると、誰かが入ってきて鉢合わせする危険が高くなる。ドアのガラス越しに姿を見られては困るので、ドアの左端に身を寄せて立ち、廊下の物音に耳をすました。女性の一団が何かで笑い声をあげて、おはようと挨拶しながら通りすぎた。週末は楽しかった？　けさのドクター・ザバールのオフィスは仕事がどっさりよ。メリッサの誕生パーティ、どうだった？　静寂、エレベーターのチンという音、そして、幼児を連れた女性が二人。彼女たちが通りすぎたあとで、ドアを細めにあけてみた。廊下はからっぽだった。

出ようとしたとき、背後の隅にフェプルのブリーフケースが見えた。衝動的にそれをつかんだ。エレベーターを待つあいだに、拝借した書類とともに、ラテックスの手袋をそのなかへつっこんだ。

犯罪現場とわたしを結びつけるものが何もありませんようにと願ったが、一階でエレベーターをおりようとしたとき、わたしの靴がエレベーターの床に茶色がかった不気味なしみを残していることに気づいた。頭をしゃんとあげて、どうにか外に出たが、警備員の視界からそれるやいなや、ビルの角を小走りでまわり、路地にたどりつくのももどかしく、オレンジジュースとコーヒーをもどしてしまった。

20 中央の狩人

家に帰ってから、憑かれたように靴をごしごし拭いたが、ダウ・ケミカルの香料をすべてふりかけても、その汚れは消えそうになかった。捨てるのはもったいなくてできないが、もう一度この靴をはくことに耐えられるとも思えない。

パンツスーツを脱いで、強いライトのもとで隅々まで点検した。繊維にはフェプルのものは何もついていないように見えたが、ともかく、クリーニングに出そうと思って丸めた。

さきほどレイク・ショア・ドライヴを走っていたときに、公衆電話の前で車を停め、ハイド・パーク銀行のビルで人が死んでいることを通報しておいた。いまごろは警察が捜査にかかっていることだろう。台所のドアまでそわそわ歩き、ふたたびひきかえした。警察にいる古い友達の一人に電話して、捜査に関する内部情報をききだしてもいいのだが、そうなると、わたしが死体を見つけたことを告白しなくてはならない。質問に答えるために一日つぶしてしまうことになる。励ましを求めてモレルに電話してみたが、彼はすでに国務省のミーティングに出かけたあとだった。

フェプルに渡しておいたわたしの名刺はどうなっただろう。デスクの上には見あたらなかった。まあ、わたしが探していたのはそんな小さなものではなかったけれど。フェプルの遺書に書かれていた探偵はわたしのことだと、警察が推測すれば、そのうち、わたしに事情をききにくるだろう。あれが本当に遺書だったのなら。

もちろん、遺書に決まっている。彼が自分を撃ったあとで、銃が手から下の床に落ちたのだ。自分を人生の落伍者だと思い、そんな自分に耐えられなくなったため、顔の下半分を弾丸で吹き飛ばしたのだ。わたしは窓辺で立ち止まり、ミスタ・コントレーラスが庭に出しておいてくれた犬たちをみつめた。ランニングに連れていってやらなくては。

わたしの視線に気づいたのか、ミッチがこちらを見あげて、オオカミのような笑みを浮かべた。フェプルがサマーズのファイルに目を通し、リック・ホフマンの顧客リストを自分がひきつぐといったときに浮かべた、あの感じの悪い薄笑い。あれはほかの者の弱みにつけこもうという人間の笑みで、自分への嫌悪から自殺に走ろうとする男の笑みではなかった。

けさのフェプルは金曜日と同じ背広にネクタイだった。誰のためにおしゃれしたのだろう。当人がほのめかしていたように、女性のため？　口説こうとしたのに、その女性からぼろくそにいわれ、それがあまりにひどい言葉だったので、オフィスにもどって自殺したとか？　それとも、わたしとの話の最中に電話してきた人物のために、おしゃれしたのだろうか。わたしをまく方法を教えた人物——公衆電話まで行って、つぎの指示を待て。フェプルは小さなショッピング・センターを通り抜け、そこで未知の電話の主が彼を車に乗せた。フェプルはサマーズのファイルで見た秘密をネタに、金儲けができると思った。

未知の電話の主をゆすろうとしたが、向こうはオフィスで内密に話しあう必要があると、フェプルにいってきかせた——そして、オフィスで彼を射殺して、自殺に見えるよう偽装した。エドガー・ウォレスの小説に出てきそうな筋書きだ。どちらにしても、サマーズのファイルは未知の電話の主が持ち去ったのだろう。わたしはそわそわと居間にもどった。いや、フェプルのベッド脇のテーブルに、《卓球界》の古い号と一緒に置いてある可能性のほうが高そうだ。

警察が何をしているのかわかればいいのだが。自殺と認めたのかどうか。フェプルの手についている火薬の残留物を検査しているのかどうか。とうとう、ほかにすることもないので、犬を連れに庭へおりた。ミスタ・コントレーラスの裏のドアがあいていた。犬をランニングに連れだして、それから事務所へ一緒に連れていくことを、彼にことわっておこうと思って、階段を半分ほどのぼったとき、ラジオの声がきこえてきた。

最初のローカル・ニュースです。けさ、警察に入った匿名の人物からの通報により、ハイド・パークにある保険代理店で、経営者ハワード・フェプルさんの遺体が発見されました。四十三歳になるフェプルさんはミッドウェイ保険代理店が——これは彼のお祖父さんが一九一一年に始めたものですが——破綻に瀕していることを苦にして自殺したものと思われます。フェプルさんと暮らしていた母親のロンダさんはこの知らせに大きなショックを受けています。「ハウィは銃なんて持っていませんでした。持ってもいない銃で自殺したなんて、警察はどうしてそんなことというんでしょう。ハイド・パークはとても危険です。こっちのペイロスのほうへ代理店を移しなさいって、口をすっぱくしてあの子にいってたのに。こっちなら保険に入りたがってる人がたくさんいますもの。誰かがオフィスに忍びこんで、あの子を殺して、自殺に見せかけたんだと思います」

第四管区警察署のコメントによりますと、殺人の可能性も捨ててはいないが、司法解剖の報告書が完成するまでは、フェプルさんの死は自殺として扱うとのことです。シカゴ、グローバル・ニュースのマーク・サントロスがお伝えしました。

「悲惨な話だね、クッキーちゃん」競馬の結果に丸印をつけていたミスタ・コントレーラスが《サン・タイムズ》から顔をあげた。「苦境に直面して、男が銃で自殺しちまうなんて。根性がないんだよ、最近の若い者は」

わたしは弱々しく同意の言葉をつぶやいた。フェプルの死体発見者がわたしであったことはいずれ話すことになるだろうが、長い会話になりそうだし、今日のわたしはそれに耐えられる自信がなかった。犬たちを車に乗せて湖へ出かけ、モントローズ・ハーバーまで走ってもどってきた。睡眠不足で鼻の奥が痛かったが、三マイル走ったおかげで、こわばっていた筋肉がほぐれた。事務所まで犬を連れていくと、二匹はここに入れてもらったのは生まれて初めてだとでもいうように、匂いを嗅いだり、吠えたりしながら、そこらじゅう走りまわった。テッサがスタジオからわたしに向かって、「いますぐ犬をおとなしくさせてよ。わたしが彫刻用の槌で殴りかかる前に」とわめいた。

二匹をつかまえてわたしの部屋に押しこめたあと、長いあいだ、身じろぎもせずにデスクの前にすわりこんだ。小さかったころ、ウォーショースキーお祖母ちゃんのところへ遊びにいくと、祖母はわたしのために木のおもちゃを出してくれたものだった。中央に狩人がいて、片側にクマが、反対側にオオカミがいた。ボタンを押すと、狩人がくるっとまわってライフルをオオカミに向け、反対側ではクマが狩人に飛びかかろうとする。もう一度ボタンを押すと、狩人はクマのほうを向き、反対側でオオカミが飛びかかろうとする。サマーズ。ロティ。ロティ。サマーズ。なんだか、わたしが中央の狩人で、二人のあいだをおろおろ動いているような気がした。どちらか一方の問題を追いかけても、じっくり焦点を合わせる暇のないうちに、もう一方の問題が浮上してくる。

とうとう、気乗りのしないまま、コンピュータのスイッチを入れた。ゾフィー・ラドブーカ。ポールはインターネットのチャットルームで彼女の名前を見つけたといっていた。検索しているあいだに、リーア・ウィールから電話が入った。

「ミズ・ウォーショースキー、ポールにゆうべ何をなさったの？　けさわたしがオフィスについたら、ポールがドアの外で待っていて、あなたに侮辱された、身内に会うのを邪魔されたって、泣きながら訴えてきたのよ」

「彼を催眠術にかけて、真実の記憶をとりもどしてあげたら？」わたしはいった。

「冗談のつもりでおっしゃってるなら、とんでもなくひねくれたユーモアのセンスをお持ちのようだから、あなたについてどんな噂をきいても、信じることができそうだわ」女神ウェスタに仕える処女は冷たい氷と化し、その声は聖なる火までも消してしまえそうだった。

「ミズ・ウィール、あなたがポール・ラドブーカのために要求したのと同じプライバシーを、ミスタ・ラーヴェンタールにも与えるということで、おたがい了承したんじゃありません？　ところが、ポールはマックス・ラーヴェンタールの住所を調べて、自宅に押しかけてきた。すべて彼一人で思いついたことでしょうか」

ウィールにもバツの悪い思いをするだけの人間らしさはあり、返事の口調がすこしおだやかになった。「わたしがマックス・ラーヴェンタールの名前を教えたわけではないわ。あいにくなことに、わたしのデスクのファイルに入っていた名前を、ポール自身が見てしまったの。あなたが彼の身内の一人を知っているかもしれないと、わたしにいわれて、彼なりの推測をしたんでしょうね。頭の回転の速い人だから。でも、だからって、嘲りを受けてもいいということにはならないはずよ」ウィールはふたたび優位に立とうとして、つけくわえた。

「ポールは内輪のパーティに乱入して、自分の生い立ちをわずか三分のあいだに三通りも作りだして、みんなの神経を逆なでしたのよ」癇癪をおこすのは禁物だとわかっていたが、わたしは声がとげとげしくなるのを抑えることができなかった。「危険なまでに不安定な人物です。あなたがどうして彼のことを催眠療法に適していると判断されたのか、一度伺ってみたいと思っていました」

「金曜日にお目にかかったときは、あなた、特別な臨床技術をお持ちだなんておっしゃらなかったわね」ウィールは甘ったるい声でいった。それは氷のような怒りよりもいらだたしかった。「催眠療法に適した人物かどうかを判断する力をお持ちだとは知らなかったわ。ポールのことを危険なまでに不安定だとおっしゃるのは、彼との血縁関係を公表したがらない人たちの心の平安を彼が乱したからなの？　けさ、ポールからきいたんだけど、みなさん、ゾフィー・ラドブーカが何者か知っているのに、彼には何も話そうとせず、しかも、あなたが裏でそう指示してるんですってね。わたしから見れば、冷酷な仕打ちだわ」

わたしはいらだちを静めようとして、深呼吸をした――わたしにはウィールの協力が必要だ。彼女を怒らせるばかりでは協力は望めない。「五十年前に、ミスタ・ラーヴェンタールが戦前にウィーンで暮らしていたラドブーカ家の人たちを捜してまわりました。その一家を個人的に知っていたわけではありません。一家はドクター・ハーシェルの知人だったのです。ミスタ・ラーヴェンタールは自分自身の家族を捜すために、一九四七年か四八年に中欧へ出かけたのですが、そのとき、ラドブーカ家の行方を調べる仕事もひきうけたのです」

ミッチが短く吠えてドアまで走った。メアリ・ルイーズが入ってきて、フェプルの件で話があるといった。わたしは彼女に手をふったが、注意は電話に向けたままだった。

「ポールがベルリン生まれだというのをきいて、ミスタ・ラーヴェンタールは、だったら自分が昔捜したラドブーカ一家とポールが血縁関係にある可能性はきわめて低いといいました。すると、ポールはたちまち、それに代わる可能性を二つ出してきました——ウィーンで生まれたか、もしくは、ウーチの収容所で生まれたか。ウーチというのは、ウィーンのラドブーカ一家が一九四一年に送られたところなんです。わたしたちは——ミスタ・ラーヴェンタール、わたし、そして、人権擁護運動をしているモレルという人物ですが——ポールが父親の、いえ、養父の死後に残された書類のなかから見つけだした記録というのを見せてもらえれば、血縁関係の可能性があるかどうか判断できると考えました。DNA鑑定も提案しました。ポールはどちらの提案もすさまじい勢いで拒絶しました」

ウィールは黙りこんでいたが、やがていった。「ポールの話だと、あなたは彼を家から追いだそうとし、つぎには、子供たちの一団を連れてきて、彼の悪口をいわせていじめたそうね」

わたしは送話口に向かってわめきちらしたいのを我慢した。「小さな子供が四人、階段を駆けおりてきて、あなたの患者の姿を見つけ、大きな悪いオオカミだってはやしたてたんです。でも、信じてください。半径二十フィート以内にいた大人は一人残らずそれをやめさせようとしました。ただ、ポールが狼狽してしまって——知らない子供にはやしたてられたら、誰だってうろたえるでしょうが、でも、ポールの場合は、父親の——養父の

――不快な連想が浮かんできたのかもしれません……ミズ・ウィール、あなたからポールに話をして、父親の書類のなかから見つけた記録を、わたしなり、ミスタ・ラーヴェンタールなりに見せるよう、説得してもらえないでしょうか。ポールが自分とミスタ・ラーヴェンタールのあいだにあると主張している血縁関係を追ってみるには、それしか方法がないじゃありませんか」

「考えておきます」ウィールは威厳たっぷりにいった。「でも、ゆうべのような騒ぎがあったあとだから、あなたがたがわたしの患者の利益を最優先に考えてくださるとは思えないわ」

わたしは思いっきり無礼な顔をしてやったが、声だけは明るくつづけた。「ポール・ラドブーカを傷つける恐れのあることを、わざとやったりするようなことはいたしません。ミスタ・ラーヴェンタールにその記録を見せてくだされば、大きな助けになると思います。友人たちの家族の歴史については、彼がもっともくわしく知っているわけですから」考えておくという気のない返事とともに彼女が電話を切ったとき、わたしはブーッと大きな不満の声をあげた。

メアリ・ルイーズが熱のこもった目でわたしを見た。「いまの、リーア・ウィール？どんな感じの人？」

わたしは目をしばたたき、金曜日のことを思いだそうとした。「温か。一途。自分の力に絶大な自信。ドンが持ちこんだ本の企画に興奮するという人間臭さ」

「ヴィク！」メアリ・ルイーズの顔がピンクに染まった。「あの人はすぐれたセラピストなのよ。攻撃するのはやめてちょうだい。自分の意見が正しいと信じて、多少攻撃的になってる面があるとしても、それは世間の攻撃とさんざん闘ってこなきゃいけなかったせいなのよ。それに」抜け目なくつけくわえた。「あなただって似たようなものだわ。たぶん、それで、おたがいの神経を逆なでしてるんじゃないかしら」

　わたしは唇をゆがめた。「すくなくとも、ポール・ラドブーカはあなたと同じ意見よ。彼女に命を救われたといっている。そういわれると、彼女の治療を受ける前はどんな状態だったんだろうって、首をひねりたくなるけどね。あそこまで異様に不安定な人間にはお目にかかったことがないわ」ゆうべマックスの家でラドブーカがとった行動を、メアリ・ルイーズにざっと話してきかせた。ただ、ロティとカールに関する部分を加える気にはなれなかった。

　メアリ・ルイーズはわたしの話をきいて眉をひそめたが、リーアが彼を催眠術にかけたのにはしかるべき理由があったはずだと主張した。「ひどい鬱状態でアパートメントから出ることもできなかったのなら、すくなくとも、一歩前進したわけでしょ」

「マックス・ラーヴェンタールにつきまとって彼の身内だって主張することが、一歩前進なの？　どちらに向かっての前進？　閉鎖病棟のベッド？　あ、ごめん」メアリ・ルイーズがむっとした様子でわたしに背中を向けたので、わたしはあわててつけくわえた。「ポールにとって何がいちばんいいかを、リーアが心にかけてることはたしかよ。彼がゆうべ、招かれもしないのにマックスの家に押しかけてきたものだから、みんな、辟易《へきえき》してしまったの。それだけのことなの」

「わかったわ」メアリ・ルイーズは肩をいからせたが、ふたたびわたしのほうを向いて、きっぱりした笑みを浮かべると、話題を変え、フェプルの死について何を知っているのかと尋ねた。

わたしは死体を発見したことを彼女に話した。メアリ・ルイーズはオフィスに忍びこむのはいけないことだと説教して時間を無駄にしたあと、もとの上司に電話して警察が事件をどう扱っているか探りだすことを承知してくれた。彼女の説教をきいているうちに、リック・ホフマンの古いファイルをフェプルのブリーフケースにいくつか入れてきたことを思いだした。車のトランクに放りこんで、それきり忘れていた。メアリ・ルイーズは保険金受取人をチェックして、保険会社のほうからちゃんと支払いがなされたかどうか、調べることはできると思うといった。ただし、受取人の名前をどこで知ったのかという質問に答える必要がなければ、という条件つきだが。

「メアリ・ルイーズ、あなたはこういう仕事に向いてないわ」フェプルのキャンバス地のブリーフケースを車からとってきて、わたしはいった。「警官のやり方に慣れっこになってるもの。警官には逮捕の権限があるから、人はそれを恐れて、あなたのほうで策略なんか使わなくても、進んで質問に答えてくれる」

「嘘をつかなくたって、策略を弄することはできると思うわ」メアリ・ルイーズはぶつぶついいながら、わたしからファイルを受けとった。「わっ、やだ、V・I。朝食をぶちまけなきゃ気がすまなかったの?」

ホルダーのひとつがジャムで汚れていて、それがいま、わたしの手にもついていた。バッグをのぞきこむと、ジャムドーナツの食べ残しが書類やほかの堆積物に押しつぶされているのが見えた。なんとも汚らしい。手を洗って、ラテックスの手袋をはめてから、ケースの中身を新聞紙の上にあけた。ミッチとペピーが極度の興味を示し、とくにドーナツに興味津々だったので、わたしは新聞紙を戸棚の上に移した。

メアリ・ルイーズも好奇心をそそられていた。手袋をはめて、がらくたの整理を手伝ってくれた。食欲の湧きそうな、もしくは情報になりそうな収穫物ではなかった。スポーツ用のサポーターが――薄黒くなり、型くずれしていて、とてもサポーターには見えなかったが――会社の報告書やピンポン玉とごたまぜになっていた。ジャムドーナツ。封を切ったクラッカーの箱。マウスウォッシュ。

「ねえ、予定表がどこにもないっていうのがひっかかるわね。ここにもないし、オフィスのデスクにもなかったわ」すべてを調べおえてから、わたしはいった。

「アポイントがほとんどなかったから、予定表を使う必要がなかったのかも」

「あるいは、フェプルが金曜日に会った相手が予定表を持ち去ったのかも。フェプルと会う約束になってたことを誰にも知られたくなくて。サマーズのファイルを持ち去るついでに、予定表をつかんだのかもしれない」

ブリーフケースの内側についたジャムを拭きとってしまったら、重大な証拠を消すことになりはしないかと思ったが、汚れたままのところに中身をもどす気にはなれなかった。

わたしがスポンジをとりにバスルームへ行くと、メアリ・ルイーズが興奮したふりをした。「あら、V・I、ブリーフケースのお掃除ができるのなら、書類をファイル入れにしまうことも覚えられるんじゃないの」

「やってみるわ。でも、まずあなたにバケツの水をかけてからよ。いい？　あれっ、なんだろ、これ」ジャムのおかげで、ブリーフケースの片側に薄い紙がはりついていた。あやうく、内側をスポンジでこすって紙をずたずたにしてしまうところだった。手もとがよく見えるように、デスクのスタンドのところまでブリーフケースを持っていった。それを裏がえして、はりついた紙を慎重にはがした。

それは元帳に使う用紙だった。人名と数字が古風な細い字でならんでいる。ところどころ濡れた部分が小さな花のようにぼやけていた。ジャムと水がまじりあって、ページの左上が読めなくなっていたが、かろうじて読める部分はつぎのような感じだった。

「これだから、大掃除フリークになるのは大きな過ちなのよ」わたしはきびしい声でいった。「記録の一部をなくしてしまったじゃない」

「なんなの、それ」メアリ・ルイーズがデスクに身を乗りだして、見ようとした。「まさか、ハワード・フェプルの手書き文字じゃないでしょうね」

「これが？　すごくきれいな字で、彫った文字みたい——フェプルの書いた字とは思えな

	29/6	6/7	13/7	20/7	27/7	3/8
* r, M		✓	✓	✓	✓	
* sky, Simon ++✓	✓	✓	✓	✓	✓	
Brodsky, Hillel ++		✓	✓	✓	✓	
Herstein, J ++		✓	✓		✓	✓
Sommerf, H.	✓	✓	✓	✓	✓	✓
Sommerf, Aaron ++	✓	✓		✓	✓	✓

いわ。それに、紙だって古そうだし」へりが金色に塗られていて、被害をまぬがれた右下のほうは歳月で茶色に変色している。インクそのものも黒から緑に変わっている。

「名前が読めない」メアリ・ルイーズはいった。「これ、名前でしょ？　数字がいくつかつづいてるわね。なんの数字かしら。日付じゃなさそうだし――日付にしちゃ変だもの。でも、お金でもなさそう」

「日付の可能性はあるわよ。ヨーロッパ流に書いてあるのなら――うちの母もこうしてたわ――日を先に書いて、そのあとに月を書くの。だとしたら、ここに出てるのは六週間にわたる日付ね。年はわからないけど、とにかく、六月二十九日から八月三日までだわ。拡大すれば名前が読みとれるかしら。コピー機にのせておきましょう。熱で速く乾くだろうから」

　メアリ・ルイーズがそれをやっているあいだに、わたしは元帳の用紙がもっと見つからないかと期待して、フェプルのブリーフケースに入っていた会社の報告書を一ページずつ見ていったが、ほかには一枚もなかった。

21 公園のストーカー

メアリ・ルイーズはわたしがリック・ホフマンの引出しからひっぱりだしてきたファイルのチェックにとりかかった。わたしはコンピュータにもどった。ゾフィー・ラドブーカに関する検索を始めたことをすっかり忘れていたが、コンピュータは二件をヒットして根気よく待っていてくれた。一件はラドブーカに関する本を買うようにというネット・ショッピングの誘い。もう一件は家族捜しのサイトにある掲示板。

一年三カ月前に、〈探索するサソリ〉というハンドル・ネームを使った誰かがつぎのようなメッセージを出していた。〝わたしは一九四〇年代にイギリスで暮らしていたゾフィー・ラドブーカという人物について、情報を求めています〟。

その下にポール・ラドブーカの返事があった。二カ月前に寄せられたもので、何ページ分もの画面を埋めていた。〝〈探索するサソリ〉様。あなたのメッセージを見つけたときの興奮は言葉ではとてもあらわせません。まるで、真っ暗な地下室で誰かが明かりをつけて、わたしがここにいることを、わたしが存在していることを、教えてくれたような気がしました。わたしはバカではないし、頭が変でもありませんが、自分の本名と身元を五十年のあいだ知らずにすごしてきた人間なのです。第二次大戦が終わってから、わたしの父親と名乗る男に連れられてイギリスからアメリカに渡ってきましたが、じつをいうと、その男は戦時中に極悪非道な残虐行為をおこなっていた人物だったのです。わたしがユダヤ人であることを、わたしにも、世間にも隠していたくせに、アメリカの入国審査を受けるさいにはわたしを利用したのです〟。

ポールはさらにつづけて、リーア・ウィールの助けで記憶がよみがえったことを説明し、自分がイディッシュ語を話していた夢や、よちよち歩きができるようになる前に母親から子守歌を歌ってもらった記憶の断片や、養父の虐待に関するくわしい話などを含めて、じつに細かく語っていった。

〝イギリスにいたわたしを養父がどうやって見つけだしたのかと、わたしはいつもふしぎに思っていましたが〟ポールは話の結論に入っていた。〝ゾフィー・ラドブーカが手がかりとなったにちがいありません。彼女はわたしの血縁者の一人です。養父は強制収容所で彼女を拷問にかけていたのかもしれません。彼女はわたしの血縁者の一人です。母親か、行方知れずの姉ということも考えられます。あなたはゾフィーのお子さんですか。ひょっとすると、わたしと兄弟かもしれませんね。わたしは見たこともない家族に憧れています。どうかお願いします。メールをください。アドレスは PaulRadbuka@survivor.com. です。ゾフィーのことを話してください。彼女がわたしの母親もしくは伯母であるなら、あるいは、その存在すら知らなかった姉であるなら、ぜひとも知りたいのです〟。

返事のコメントはなかった。そう意外なことではない。ヒステリックな調子が文面からがんがん伝わってくるから、わたしだって、こんな男からは逃げようとするだろう。〈探索するサソリ〉がeメールのアドレスを出していないか調べてみたが、空振りだった。

チャットルームにもどって、慎重にメッセージを打ちこんだ。〝〈探索するサソリ〉様。もしあなたがラドブーカ家に関する情報もしくは質問を持っていらして、中立的立場の第三者とそれに関して話しあおうという気がおありなら、〈カーター、ホルシー&ワインバーグ法律事務所〉までご連絡ください〟。ここはわたしの顧問弁護士、フリーマン・カーターのいる事務所である。そこの住所と、ホームページのアドレスの両方を書き添えてから、フリーマン宛てにメールを送り、わたしのしたことを知らせておいた。

何かほかの情報が魔法のごとくあらわれるのを期待するかのように、しばらくのあいだ画面をみつめていたが、とうとう、ゾフィー・ラドブーカに関して何かを探りあてたところで、料金を払ってくれる者は誰もいないことを思いだし、最近のわたしの仕事の大部分を占めているオンラインでの検索にとりかかった。インターネットの普及によって探偵仕事もずいぶん様変わりして、ほとんどがより簡単に、より退屈になっている。

正午、メアリ・ルイーズがクラスに出るため帰ろうとして、わたしがミッドウェイから持ってきた六つの保険証券に不審な点はまったくなかったといった。契約者が死亡している四件については、受取人が保険金をちゃんと受けとっている。契約者が生存中の二件については、保険金請求をおこなった者は誰もいない。契約のうち三件はエイジャックスとのものだった。残り三件については、ほかの保険会社二社との契約になっていた。となると、サマーズの請求が代理店のおこなった詐欺行為だったとしても、日常的にやっていたわけではなさそうだ。

疲れがひどくて、思考力がなくなっていた――この件に関しても、ほかのどんな件に関しても。メアリ・ルイーズが出ていったとたん、疲労の波が押し寄せてきた。鉛のような足で奥の部屋のポータブル・ベッドまで行き、重苦しい眠りに落ちた。電話に叩きおこされたときは午後の三時近くになっていた。よろよろとデスクまで行き、不明瞭な言葉をつぶやいた。

女性がわたしかどうかを確認してから、ミスタ・ロシーと替わりますのでお待ちくださいといった。ミスタ・ロシー？　ああ、エーデルワイスのアメリカにおける事業展開を統括する責任者だ。わたしは額をこすって、脳のほうへ血液を送ろうと努力したが、電話口で待たされたままだったので、テッサと共同で使っている廊下の小さな冷蔵庫まで水のボトルをとりにいった。ふたたび受話器をとったとき、ロシーがとがった声でわたしの名前を呼んでいた。

「ボン・ジョルノ」わたしは明るい声を装っていった。「お元気《コメ・スタ》？　どのようなご用件でしょう《ケ・プオ・フアチエ・ルラ》？」

ロシーはわたしのイタリア語に感嘆の声をあげた。「ラルフから、流暢なイタリア語を話す人だときいていたが、じつにみごとですね。訛りがほとんどない。じつは、そのことでお電話したんです」

「わたしとイタリア語で話したくて？」信じられない気がした。

「妻が――ホームシックになりまして。イタリア語がしゃべれて、妻と同じようにオペラを愛する人に会ったことを、わたしが妻に話したところ、ディナーにおいでいただけないかと妻がいっているのです。妻がとくに心を惹かれたのは――わたしのにらんだとおりですが――あなたの事務所の周囲にはインドヴィーナがたくさんいるということで。ええと、プ……スキックでしたか」彼は英語でつけくわえ、あわてて「霊能者《サイキック》」といいなおした。

「発音、これで合ってますか」

「完璧です」わたしはうわのそらで答えた。デスクのそばの壁にかかったイザベル・ビショップの絵を見たが、ミシンをみつめている痩せこけた顔は何も教えてくれなかった。

「奥さまにお目にかかれるとは光栄です」ようやくそう答えた。

「明日の夜、おいでいただけないでしょうか」

わたしは午前十時の飛行機でローマに発つモレルのことと、彼を見送ったあとに感じるであろうむなしさを思った。「ちょうどあいています」パーム・パイロットに彼の住所を打ちこんだ。レイク・ショア・ドライヴに面したアパートメントで、ロティの住まいの近くだった。善意の挨拶をかわして電話を切ったが、わたしは絵のなかのお針子に長いあいだしかめっ面を向けて、ロシーの本当の目的はなんだろうと考えつづけた。

フェプルのブリーフケースから出てきた紙片はすでに乾いていた。拡大コピーをとってみると、どうにか読める大きさの文字になった。オリジナルはプラスチックのホルダーにはさんでおいた。

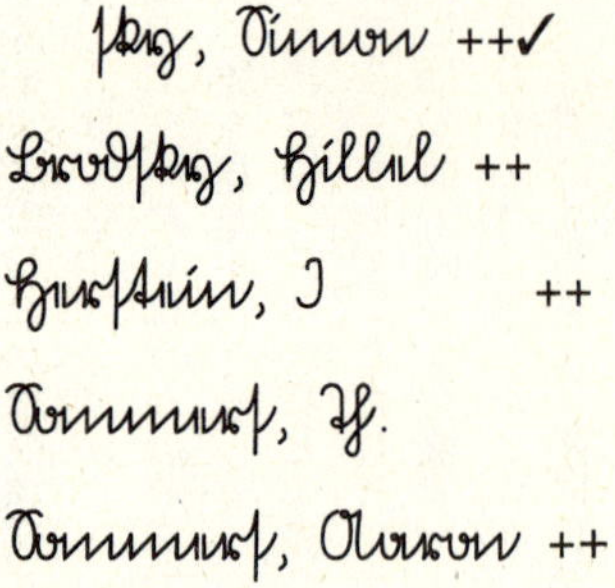

それでも文字を読むのは困難だったが、ヒレル・ブロドスキー、IもしくはG・ヘルシュタイン、Th・サマーズとアーロン・サマーズという名前を読みとることができた。サマーズがポマーズのように見えたが、わたしの依頼人の伯父さんであることはまちがいない。とすると、これはミッドウェイ保険代理店の顧客リスト——それが筋の通った推測というものだ。十字のしるしは何の意味だろう。死亡したという意味？　遺族を詐欺にかけたと

いう意味？　その両方？　Th・サマーズはたぶんまだ生きているのだろう。

建物に入って五時間もすぎたため、犬たちが落ちつきをなくし、おきあがって、わたしに尻尾をふってみせた。「きみたち、そろそろ行動に移るべきだって意見なの？　たしかにね。行きましょう」コンピュータを終了させ、オリジナルの紙片をわたしのブリーフケースにていねいにしまってから、フェプルのケースを持って車にもどった。

時間は刻々とすぎていくいっぽうだし、わたしは勤務時間中に片づけておくべき用をまだいくつもかかえていた。犬たちに用足しのチャンスを与えたが、時間をかけて走らせるのは省略して、オヘア空港への道を走り、〈チェヴィオット研究所〉に向かった。わたしがしばしば利用している民間の科学捜査研究所である。過去に力を貸してくれた技師に紙片を見せた。

「おれの専門は金属で、紙じゃないけど、うちのスタッフにこの分野の得意なのがいる」技師はいった。

「急ぎの料金、ちゃんと払うから」わたしはいった。

技師はぼそっと答えた。「彼女に話してみるよ。キャスリン・チャン。明日、おれたちのどっちかが電話させてもらう」

午後のラッシュのすこし前だったので、そわそわするいっぽうの犬たちを車に閉じこめたままハイド・パークまで行き、そこで犬のために湖に木ぎれを投げてやって三十分ほどすごした。「ごめんね、きみたち。今日みたいな日に事務所に連れてくなんて、タイミングが悪かったわね。さ、車にもどりましょう」

四時、勤務交替がおこなわれる時刻だ。ハイド・パーク銀行のビルに車をつけた。予想どおり、金曜日にここで会ったのと同じ警備員が勤務についていた。彼のデスクの前で足を止めると、向こうは興味もなさそうにわたしを見た。

「金曜の午後に顔を合わせたわね」わたしはいった。

彼は前よりしげしげとわたしを見た。「ああ、そうだった。あんたにつきまとわれてるって、フェプルがいってた。死んでもつきまとう気かい」

冗談でいっている様子だったので、わたしは微笑した。「わたしじゃないわ。彼が拳銃で撃たれたか、自殺するかしたって、ニュースできいたんだけど」

「そうなんだ。商売が傾いてたって噂だが、べつに驚きゃしないね。おれはここに九年勤めてる。おやじさんが死んでから、息子が夜遅くまで仕事をすることは数えるほどしかなかった。金曜日に会った顧客のおかげで、きっとがっくりきたのさ」

「わたしが帰ったあと、彼、誰かと一緒にもどってきたの？」

「そのとおり。だけど、結局、なんの役にも立たなかったんだろうな。どうりで、帰ってく姿を見なかったはずだよ。オフィスに居残って、自殺しちまったんだ」

「フェプルと一緒にもどってきた男だけど——いつごろ帰っていったの」

「男か女かはっきりしないんだ。フェプルがもどってきたのは、ラマーズ法のクラスの連中がくるのと同じころだった。誰かに話しかけてたような気もするが、こっちも注意してじっと見てたわけじゃない。ここを通る連中一人一人を撮影してないのは職務怠慢だと、おまわりどもにいわれたが、このビルは来訪者に名前を書かせることすらしてないんだ。フェプルのとこの客が出産を待つ夫婦と同じときに帰っていったとしても、おれの目にとまることはなかっただろう」

あきらめるしかなかった。フェプルのキャンバス地のブリーフケースを警備員に渡して、歩道の縁のところに落ちていたのだと説明した。

「なかに入ってた品物から判断すると、フェプルのものかもしれないわ。警察に届けたらうるさいだけだから、彼のオフィスに置いてくればいいんじゃないかしら。警察がもう一度現場を訪ねてくることがあれば、その問題は警察に解明させればいいわよ」彼が何か思いだしたときのために、最高にまばゆい笑顔とともに、わたしの名刺を彼に渡してから、西の郊外へ向かった。

かつて愛したトランザムとちがって、マスタングはスピードをあげると操縦性が悪くなるが、今日の午後は、その点を心配する必要はなかった。なにしろ、どこへ行くにもスピードが出せないのだから。夕方のラッシュがひどくなるにつれて、まったく動けないまま長時間じっとしているはめになった。

まず最初に走った道は、先週金曜日にイザイア・サマーズのところへ出かけたときに使ったのと同じ高速道路だった。工業地帯に入ると空気がよどみ、さわやかだった九月の空が黄色味を帯びた鈍い灰色に変わっていった。携帯電話をとりだして、ゆうべの騒動のあとでロティとマックスはどうしているだろうと思いつつ、マックスにかけてみた。アグネス・ラーヴェンタールが電話に出た。

「あら、ヴィク――マックスはまだ病院のほうよ。六時ごろ帰ってくる予定。でも、ゆうべうちにきたあの恐ろしい男が、今日もまた顔を見せたのよ」

わたしはゴミ収集車につづいて数インチほど前に進んだ。「家にきたの？」

「ううん、ある意味ではもっと不気味。通りの向かいの公園にいたの。今日の午後、カリアを散歩に連れていったら、あの男が近づいてきて、話しかけようとしたの。自分はほんとは大きな悪いオオカミじゃなくて身内なんだってことを、カリアに知ってもらいたいといって」

「あなた、どうしたの」

「とんでもない誤解だ、近づかないでほしいって、あの男にいってやったわ。向こうはわたしと口論しながら、あとを追ってこようとしたけど、カリアが怖がって泣きだしたとたん、わめきはじめて、カリアと直接話をさせてほしいってわたしに頼みこんできた。こっちは走って家にもどったわ。マックスが――わたし、マックスに電話したの――エヴァンストン警察に電話してくれて、それでパトカーが飛んできた。警察が彼を追い払ってくれたけど――ヴィク、怖くてたまらない。家に一人でいるのがいやなの――きのうのパーティのせいで、今日はミセス・スクワイアーズがお休みをとってるし」

うしろの車からいらだたしげに警笛を鳴らされた。わたしはシカゴに土曜日までいる必要が本当にあるのかとアグネスに尋ねながら、六フィートの間隔をつめた。

「あの恐ろしい小男がストーカー行為をつづけるようなら、もっと早い飛行機がとれないかどうか、調べてみてもいいと思ってるの。ただ、先週訪ねた画廊の人から、木曜日にもう一度きてほしい、画廊の出資者に会ってほしいっていわれてね。せっかくの機会だから逃したくないのよ」

わたしは自由になるほうの手で顔をこすった。「ボディガードや張り込みの手伝いが必要なときに、わたしが利用してる業者がいるんだけど。よかったら、あなたたちがイギリスに帰るまでマックスの家の護衛に当たれそうな人がいないか、きいてみましょうか」

アグネスの安堵が電話の向こうから伝わってきた。「マックスに相談しないといけないけど——ううん、いいわ。頼んでちょうだい、ヴィク」

彼女が電話を切ったとたん、わたしは肩をがっくり落とした。ラドブーカがストーカーになろうとしているのなら、深刻な問題をひきおこす恐れがある。ストリーター兄弟のボイスメールに連絡を入れ、こちらが必要としていることを説明した。ストリーター兄弟というのは愉快な連中だ。監視、ボディガード、家具の移動などを商売にしていて、トムとティムの二人が絶えずメンバーの入れ替わる九人グループを率いている。最近は、たくましい筋肉をした女性二人が加わっている。

メッセージの吹き込みを終えるころには、準郊外地区に入っていた。道路が広くなり、空が澄んできた。高速道路を出ると、不意に美しい秋の日がもどってきた。

22　嘆きの母親

生前のハワード・フェプルは、ハーレム・アヴェニューから数ブロック西へ行ったところで、母親と暮らしていた。大金持ちはいないけれど、勤勉な中流階級の住む郊外で、平屋やコロニアル様式の家がほどほどの広さの敷地に建てられ、近所の子供たちがおたがいの庭で遊んでいるという地区であった。

わたしがフェプル家の前に車を停めたとき、車寄せにはネイヴィ・ブルーの新型オールズモビルが一台置いてあるだけだった。マスコミの連中も、近所の人々も、ロンダ・フェプルにお悔やみをいいにきてはいなかった。犬たちが車から出てわたしのあとを追おうと必死になった。わたしが犬を乗せたまま車のドアをロックすると、向こうはワンワン吠えて不満をぶつけてきた。

石畳の小道が——石にはひびが入り、雑草が顔を出していたが——車寄せから家の横手にある玄関までカーブを描いていた。呼鈴を鳴らしたとき、玄関ドアのペンキがあちこちはがれているのが見えた。

ずいぶん待ったあとで、ロンダ・フェプルが玄関に出てきた。息子と同じそばかすだらけの顔には、苛酷な打撃を受けた人のほとんどに見られる呆然たる表情が浮かんでいた。わたしの予想よりも若かった。悲しみのため、服のなかで身体がくずれそうになっているにもかかわらず、赤く泣きはらした目のまわりのしわはほんのわずかだし、砂色の髪はまだまだ豊かだった。

「ミセス・フェプルですね。いきなりお邪魔して申しわけありません。わたしはシカゴからきた探偵《ディテクティヴ》で、息子さんについていくつかお尋ねしたいと思いまして」

彼女は名前をききもせずに、わたしの自己紹介を受け入れた。ましてや、身分証明書の提示など求めるはずもなかった。

「いいえ、まだです。午前中の勤務だった警官に、息子さんは銃を持っていなかったとおっしゃいましたね」

「持たせたかったのよ。あの物騒な古いビルで商売をつづけてく気だったのなら。ところが、あの子は笑って、泥棒が盗みたくなるようなものなんか代理店にはひとつもないっていうだけだった。わたしは昔からあの銀行が嫌いだったわ。廊下には小さな曲がり角がいっぱいあって、誰だって待ち伏せできるんですもの」

「代理店のほうはこのところ、業績が思わしくなかったようですね。ご主人が生きてらしたころは、もっと順調だったんでしょうか」

「警察の人が午前中にいったことを、あなたもいうつもりじゃないでしょうね。ハウィが精神的に落ちこんで自殺しただなんて。そういうタイプの子ではなかったわ。いいえ、若者というべきね。子供が大きくなったことを、つい忘れてしまう」彼女はティッシュで目頭を押さえた。

ハワード・フェプルのような冴えない男でも、その死を嘆いてくれる人がいたことを知って、なぜか心が慰められた。「奥さん、息子さんを亡くされたばかりの方にとって、その話をするのはたまらなくつらいことだと思いますが、わたしとしては、自殺か押し込み強盗以外に、第三の可能性も考えてみなくてはならないのです。息子さんとひどく対立していたような人はいないでしょうか。最近、顧客とのあいだにもめごとがあったというような話を、おききになっていませんか」

彼女はぼんやりした目でわたしを見た。悲しみにあふれた頭で新しいことを考えるのは大変なのだろう。着ている古びた黄色いシャツブラウスのポケットに、ティッシュをつっこんだ。「入ってもらったほうがよさそうね」

案内されるままに居間に入ると、彼女は西洋バラの柄が褪せてくすんだピンクに変わってしまったソファの端に腰かけた。それと直角に置かれたそろいの肘掛椅子にわたしがすわると、埃のかたまりが壁ぎわで跳ねた。室内にある新しい家具は、三十四インチテレビの前に置かれた淡黄色の人工皮革のリクライニング・チェアだけだが、これはたぶんハワードの椅子だったのだろう。

「息子さんは保険代理店の仕事を何年ぐらいやってらしたんでしょう、ミセス・フェプル」

彼女は結婚指輪をねじった。「ハウィは保険にはあまり興味を持ってなかったけど、夫が保険の商売を身につけるようにってうるさかったの。どんな不景気な時代でも、保険の仕事だけは食いっぱぐれがないって、いつもいってたわ。だから大恐慌の時代にもうちの代理店は生き延びたんだって、ハウィにいってきかせてたけど、ハウィは何かほかのことをやりたがった――そうね、一緒に学校へ行った子たちが――いえ、若者たちが――やってたような、もっと興味の持てることを。コンピュータとか、金融とか、そういったことを。ところが、その方面ではパッとしなかったんで、夫が亡くなってあの子に代理店を遺したときに、ハウィは跡を継いで成功させようとがんばったの。でも、あの界隈はわたしたちが住んでたころに比べると、ものすごくさびれてしまってた。もちろん、うちは五九年にこっちに越したんだけど、夫の顧客はすべてサウス・サイドの人たちだったから、代理店までこっちに移したら顧客の面倒がみられなくなるって、夫がいったの」

「じゃ、あなた自身はお若いころ、ハイド・パークにいらしたんですか」会話をとぎれさせないために、わたしはきいた。

「サウス・ショアよ、正確には。ハイド・パークのすぐ南。で、高校を出てから、ミスタ・フェプルの秘書として働きはじめたの。彼のほうがずっと年上だったけど、まあ、なんていうか、いろいろあって、ハウィがお腹にいるとわかったときに、そのう、結婚したのよ。それまでずっと独身を通してきた人だから――あ、ミスタ・フェプルのことね――跡継ぎの息子が産まれてわくわくしてたんだと思うわ。代理店は夫の父親が始めたもので、男って跡継ぎにこだわるものでしょ。子供が産まれてからは、わたしは家で子育てに専念したわ。あのころはいまとちがって、託児所なんてなかったから。夫はいつも、わたしが子供を甘やかしすぎるっていってたけど、あの人、もう五十になってて、子育てにはあんまり興味がなかったみたい」彼女の声が細くなって消えた。

「すると、息子さんはお父さんが亡くなったあとで、代理店の仕事を始められたわけですね」わたしは話の先を促した。「仕事のやり方はどうやって覚えたんでしょう」

「ああ、それだったら、週末や夏休みに仕事を手伝ってたし、大学を出たあとの四年間、あそこで働いてたから。シカゴのコミュニティ・カレッジで学んで、ビジネスの学位をとったのよ。でも、さっきもいったように、保険はあの子の好み《カップ・オヴ・ティー》じゃなかったようね」

〃ティー〃という言葉が出たため、何か飲みものを出さなくてはと、はたと気づいたようだった。彼女に案内されて台所へ行くと、彼女は冷蔵庫から自分用のダイエット・コークをとりだし、わたしにはグラスに水道の水を汲んでよこした。

わたしはバナナの皮を足で押しのけて、台所の椅子にすわった。「ご主人の下で働いてた外交員のことを知りたいんですけど。なんて名前でしたっけ。リック・ホフマン？　息子さんはその人の仕事を尊敬してらしたようですが」

彼女はいやな顔をした。「わたしはどうしても好きになれなかったわ。ほんとに口うるさい男だった。すべて思いどおりにしないと気がすまないの。わたしがあそこに勤めてたころは、ファイルの引出しの整理をするときも、彼にいわれたとおりのやり方にしないと、いつも文句をいってたわ。わたし、『ここはミスタ・フェプルの代理店なんですよ、ミスタ・フェプルにはご自分の好きなようにファイルを整理する権利があるはずです』って彼にいいかえしたけど、向こうは、自分のファイルに関してはこの特別な方法で整理してもらいたいっていうだけだった。さも重大事みたいにね。葬儀保険とか、そういったちっぽけな契約をとってただけなのに、あのやり方を見たら、ローマ教皇の保険を扱ってるんじゃないかと思いたくなるほどだった」彼女があいまいなしぐさで手をふった拍子に、埃のかたまりが跳びはねた。

「どういうわけか、そういう契約をとって、ずいぶんお金を儲けてたわね。夫が見たこともないような大金を。大型のメルセデスを乗りまわし、ノース・サイドのどこかに高級アパートメントを持ってたわ。

彼がそのメルセデスでやってくるのを見るたびに、わたしは夫にいったものだった――あの人はお金を横領してるにちがいないとか、マフィアに入ってるか何かにちがいないって。ところが、夫が帳簿を丹念に調べてみても、お金が紛失してるとか、そういったことは一度もなかったの。夫にきいた話だけど、年月がたつにつれて、ミスタ・ホフマンはだんだん変になっていったみたい。あとになって代理店に入った女の子なんか――ハウィが産まれて、わたしが子育てのために代理店をやめたあとのことだけど――彼のおかげで頭がおかしくなりそうだったって。自分の書類のことでいつも大騒ぎして、出したりしまったりをくりかえしてたそうよ。最後のころは耄碌《もうろく》してたんじゃないかしらね。でも、人に害をおよぼすわけじゃないから、オフィスに出てきて書類をかきまぜるぐらい好きにやらせておけばいいって、うちの夫はいってたわ」

「ホフマンには息子さんがいましたね。その子とおたくの息子さんは親しくしてたんでしょうか」

「いいえ、とんでもない――あそこの子はハウィが産まれた年に大学に入ったのよ。わたしだって会ったことがあるかどうか覚えてないわ。ただ、ミスタ・ホフマンはいつも息子さんの話をして、何をするのもすべて息子のためだっていってたわ。もちろん、それをバカにする気はわたしにはなかったわ。わたしだって、ハウィに同じ気持ちを持ってたから。でも、なぜかいらいらさせられたわ。向こうは大金を儲けて息子のためにつぎこめるのに、夫は、代理店の所有者である夫は、その足もとにもおよばない額しか稼げないんですもの。ミスタ・ホフマンは息子を東部にあるどこか有名な大学へ行かせたみたい。ハーヴァードに似た名前のとこだけど、そことはちがうのよ。ただ、そこまでお金のかかる教育を受けさせたのに、それなりの成果があったって話はきかなかったわ」

「どうなったかご存じですか。その息子さんが」

彼女は首をふった。「病院の事務員か何かをやってるって話はきいたけど、ミスタ・ホフマンが亡くなったあとは、消息をまったくきかなくなったわ。そもそも、息子さんとつきあいのある人なんて、わたしたち、誰も知らなかったから」

「おたくの息子さん、最近になってホフマンの話をしてませんでした？」わたしはきいた。

「ホフマンの昔の顧客の誰かと問題をおこしてるようなことは、いってなかったでしょうか。わたしがとくに気になるのは、そのなかの誰かが息子さんを脅迫してなかっただろうかってことなんです。あるいは、仕事の面で息子さんを落ちこませて、もうやっていけないって気にさせたんじゃないかって」

彼女は首をふり、息子の最後の日々を思って、ふたたび洟をすすった。「いえ、だからよけい、あれが自殺だとは思えないの。あの子、なんていうか、興奮してたわ。新しいことを思いついたときは、いつもそうなの——そうだったの。ホフマンがリストから大金を稼ぎだしてた方法がようやくわかったって、あの子はいったわ。メルセデスがほしけりゃ、母さん専用のを一台買ってやるよっていってくれた。すぐにでも。それがどうでしょ、わたしはウェスタン・スプリングズで事務仕事をやってるんだけど、たぶん、停年まで働くことになりそうだわ」

その寒々とした見通しに、わたしは彼女と同じぐらい気分が沈みこんだ。息子さんを最後に見たのはいつですかと、唐突に問いかけた。

彼女の目頭に涙がにじんだ。「金曜の朝だったわ。わたしが仕事に出かけようとしたら、あの子がおきてきたの。顧客と夕食の約束があるから、帰りが遅くなるといっていた。で、夜遅くなっても帰ってこないので、心配になってきたの。土曜日に何度かオフィスへ電話してみたけど、卓球のトーナメントで街を留守にすることがときどきある——いえ、あった子なの。たぶん、いい忘れて出かけてしまったんだろうって、わたしは思ってた。あるいは、誰かとデートしてるんだろうって。金曜の朝、あの子がずいぶんめかしこんでたから、そんな気がしたの。あの子ももう子供じゃないんだって、自分にいいきかせようとするんだけど――したんだけど、むずかしいわね。家で一緒に暮らしていると」

ひょっとして、イザイア・サマーズがフェプルを脅迫しにきたのではないかと思い、その顧客の名前を彼女からききだそうとした。しかし、サウス・サイドの黒人にハウィの死の責任を負わせたいと、ロンダ・フェプルがいくら願ったところで、息子の口から顧客の名前をきいた記憶は彼女にはなかった。

「けさ、あなたと話をした警官たちですが、息子さんの部屋の捜索はしなかったんでしょうか。いえ、たぶんしてないでしょうね。自殺だと決めつけていたでしょうから。いま見せていただいてもいいでしょうか」

彼女は依然として身分証明書の提示を求めないまま、廊下の先にある息子の部屋へ案内してくれた。夫が亡くなったときに、息子に主寝室を与えたにちがいない。広い部屋で、キングサイズのベッドと小さなデスクが置いてあった。

室内には、すえた汗の臭いと、わたしとしては考えたくないようないろんなものの臭いがこもっていた。ミセス・フェプルは洗濯に関して何やら詫びの言葉をつぶやき、衣類の一部を床から拾いあげた。これはなんだろうという顔で、左手の水玉模様のシャツから右手のパンツに視線を移して、ふたたび床に落としてしまった。そのあとは立ちつくしたまま、テレビの画面を見るような目でわたしをみつめていた。心をなごませてはくれるが、無意味なものが室内で動いているというところだろう。

ドレッサーとデスクの引出しをかきまわすと、二世代前のモデルの携帯電話と、フェプルがインターネットからプリントアウトしたと思われる驚くべき量のポルノ写真と、これた電卓半ダースと、卓球のラケット三本が見つかったが、書類はいっさいなかった。彼のクロゼットを調べ、ベッドのマットレスとスプリングのあいだまでのぞいてみた。見つかったのは、またしてもポルノのコレクションだけだった。こちらは数年前の雑誌の切抜きだった。ネットサーフィンのやり方を覚えたときに、こちらを忘れてしまったにちがいない。

この部屋で見つかった保険関係の書類というと、デスクに積んである会社のパンフレットだけだった。サマーズのファイルも、予定表もなかったし――これは彼のブリーフケースからも、オフィスからも見つかっていない――けさ、彼のブリーフケースから出てきたような用紙もいっさいなかった。

わたしは自分のブリーフケースから用紙のコピーをとりだし、彼女に見せた。「これが何なのか、ご存じありません？　息子さんのオフィスにあったものですが」

彼女はわたしの捜索に向けたのと同じ無関心な目でそれを見た。「これ？　わたしにはわからないわ」

わたしに返そうとして、ひょっとするとミスタ・ホフマンの字かもしれないといった。

「こんなような革の帳簿を何冊か持ってたわ。彼の名前が表紙に金色で入ってるの。それを持って顧客のところに出かけ、保険料を徴収したあとでチェックマークを入れていた。ほら、こんなふうに」

ロンダ・フェプルは人差し指でチェックマークを叩いてみせた。「ある日、彼がトイレに行ってるときに、わたしが帳簿を手にしたことがあったんだけど、もどってきたときの彼の様子ときたら、まるでわたしがロシアのスパイで原爆の秘密を盗みにきたんじゃないかって、はたから思われそうなほどだった。何が書いてあるのか、わたしにはちんぷんかんぷんだったのに」

「この文字もホフマンの字に似てます?」

彼女は肩をすくめた。「もう何年も見てないのよ。覚えてるのは、こんなふうにくずした字で、読みにくかったけど、活字みたいにそろってたってことだけ」

わたしはがっかりして、あたりを見まわした。「わたしが見つけたいと思っていたのは、予定表のようなものなんです。オフィスのデスクにも、ブリーフケースにも入っていませんでした。息子さんが自分の予定をどうやって管理してらしたか、ご存じですか」

「てのひらサイズの機器を使ってたわ。電子手帳の一種ね。あ、そういう感じのよ」パーム・パイロットを見せたわたしに、彼女はつけくわえた。「あの子が持ってなかったのなら、殺した犯人が盗んでいったんだわ、きっと」

それは殺人犯と会う約束があったという意味にもとれるし、犯人がたまたまフェプルに襲いかかって、質入れしやすい品を盗んだという意味にもとれる。コンピュータは残っていたが、あんなものを持って警備員の前を通り抜けるのは無理だろう。警察は息子さんの所持品をもう返してくれましたかと、ミセス・フェプルにきいてみたが、現場の証拠品の一部としてまだ保管中とのことだった。司法解剖をしたうえで自殺という最終報告が出るまでは、鑑識の技師たちがそれを保管しておくらしい。

「オフィスは一カ月ごとの契約でした？　それとも、長期契約？」

一カ月ごとだったという。ロンダ・フェプルは手もとのスペアキーをわたしに貸すことに同意してくれたが、九月の末までにすべてのファイルを整理して、ほうぼうの保険会社の協力を得たうえで、保険契約者を新たな代理店へ移さなくてはならないことを考えたとたん、黄色いシャツのなかの身体がさらにぐったりしたようだった。

「あなたからどんな話がきけると期待したのか、自分でもわからないけど、息子を殺した犯人をあなたに見つけてもらうのはどうも無理なようね。すこし横にならなきゃ。なぜだか、この騒ぎでもうくたくたなの。こういうときは泣くことしかできないと思うでしょ。でも、いまのわたしはひたすら眠りたいだけ」

23　暗闇にひと突き

北にあるモレルの住まいに向かう長いドライブの途中で、西の郊外に広がるうんざりするような景色のなかを通り抜けた。中心となるものも、目印となるものもなく、同じものがはてしなくつづいているだけだ。ときには平屋が延々とつづき、ときにはもうすこし凝った、もうすこし裕福な地区に入ることもあったが、似たような巨大店舗を持つショッピング・モールがアクセントとなっている点はどこも同じだった。〈ベッド・バス&ビヨンド〉と〈バーンズ&ノーブル〉の前を三度目に通りすぎたときには、自分が円を描いて走っているのだと思いこんでしまった。

「ときには母のない子の気分になって、ふるさとははるかな彼方」市の周辺部を走る道路にはてしなく造られた料金所のひとつにさしかかり、渋滞した車線で順番待ちをしながら、わたしは歌った。そういえば、わたしも母のない子だし、モレルの家から四十マイルも彼方にいる。

料金所のボックスに小銭を放りこみ、芝居じみた自己憐憫にひたった自分を叱りつけた。本当に悲惨なのはロンダ・フェプルのほうだ。子のない母。自然の摂理に反しているし、わが子に先立たれたら、根本的な無力感に襲われることだろう。立ち直ることはけっしてできないだろう。

ハワード・フェプルの母親は息子が自殺したとは思っていない。わが子が自殺したなどと信じたがる母親はどこにもいないが、フェプルの場合は、彼が興奮していたことが自殺を否定する根拠となっている。リック・ホフマンがメルセデスを乗りまわせるほどの大金を彼の帳簿から稼ぎだした方法を、フェプルはついにつきとめ、母親のためにメルセデスを買ってやるつもりでいたのだ。

携帯電話をとりだして、郡の主任監察医であるニック・ヴィシュニコフにかけようとしたが、急に道路がすいてきた。まわりのスポーツ仕様車が八十から九十マイルに急激にスピードをあげている。電話をかけても命に危険のない状態になるまで待つとしよう。

犬たちがわたしの肩の上でハアハアあえいで、最後に走ってから数時間たっていることをわたしに思いださせた。ようやくデンプスターの出口についたので、保安林の横に車を停め、犬を出してやった。すでに暗くなっていて、公園も閉園時間をすぎ、入口にチェーンが渡されていたため、道路の二、三ヤード奥までしか行けなかった。

ミッチとペピーがウサギを追って興奮の面持ちで走り去るあいだに、わたしは携帯電話を手にしてチェーンのところに立ち、まずはモレルに電話して、彼の家にあと八マイルのところまで近づいたことを告げた。それから、もう一度ロティにかけてみた。すでに診療所を出られましたと、受付のミセス・コルトレーンがいった。

「どんな様子だった?」

「ドクター・ハーシェルは働きすぎです。すこし休暇をとっていただかないと」ミセス・コルトレーンはわたしと数年来のつきあいだが、誰が相手だろうと、ロティの噂をすることはけっしてない。マックスがロティの尊大な態度をからかったときに彼に同意することすらない。

わたしは電話を叩きながら考えこんだ。ロティと腹を割って話しあうつもりなら、家で腰を落ちつけて話をする必要があるが、今夜はモレルがシカゴですごす最後の夜だ。犬たちがどこか近くを走りまわっていた。わたしは自分がここにいることと、自分が二匹の責任者であることを知らせようとして、大声で呼びかけた。二匹が走ってきて、わたしの手をクンクン嗅ぎ、またどこかへ行ってしまったので、ロティの自宅に電話をかけた。

ゆうべの失神を気にかけて彼女の様子を尋ねると、向こうはそっけなくさえぎった。

「その話はしたくないわ、ヴィクトリア。マックスのパーティの最中にあんな醜態を見せてしまって、恥ずかしくてたまらないの。思いだしたくもないわ」

「ねえ、お医者さま、あなたも医者に診てもらったほうがいいわよ。どこも悪くないってことを、気を失ったときに怪我しなかったってことを、たしかめておかないと」

ロティの声がとげとげしくなった。「悪いところなんてどこにもないわ。ご親切にどうも」

わたしは暗い下草をみつめた。そうすることでロティの心を見抜く力が授かるかのように。「ゆうべ、ラドブーカが彼の過去を語ったときに、あなたが部屋にいなかったことはわかってるけど、彼がインターネットの掲示板でゾフィー・ラドブーカに関する情報を求める誰かの書き込みを見つけたっていう話、マックスからきかなかった？ わたし、今日、ネットを検索してそのサイトを見つけたの。ラドブーカはゾフィーが自分の母親か姉にちがいないって思いこんでるわ。すくなくとも、そういう意味の長いメッセージを書いてるの。ロティ、ゾフィーって誰だったの？」

「ネットでゾフィー・ラドブーカを見つけたの？ ありえないわ！」

「ゾフィーの情報を求めている人を見つけたのよ。ゾフィーというのは四〇年代にイギリスに住んでた女性だって書いてあったわ」わたしは忍耐強くくりかえした。

「マックスはわたしに黙ってたほうがいいと思ったようね」ロティは不機嫌にいった。

「どうもありがとう」

彼女に電話を切られて、わたしはやりきれない気分のまま、暗い森に一人でとり残された。孤独感とばからしさの両方に包まれたので、犬を呼びもどそうと大声で叫んだ。走りまわる足音はきこえるのに、二匹とももどってくる様子がない。一日じゅう閉じこめられていたため、行儀のいい犬になってわたしに感謝しようという気はないのだ。

犬を捜すための懐中電灯をとりに車まで行こうと思ったが、その前にもうひとつだけ電話をかけた——モルグのニック・ヴィシュニコフに。モルグがしまることはけっしてない。番号をプッシュすると——ここの番号は暗記している——運命の三女神が今日のわたしに与えてくれた幸運の細い糸をつかむことができた。勤務時間はほとんど自分で勝手に決めるヴィシュニコフが、まだモルグに残っていた。

「ヴィク。モレルはどうしてる？　もうカブールについた？」

「明日よ。ニック——頭に損傷を受けた男がけさ運びこまれたはずだけど。警察は自殺と考えてるわ」

「ところが、きみが殺したんで、自白したいっていうんだね」解剖のあとのヴィシュニコフは手がつけられないほど陽気になる。

「ハワード・フェプル。頭にSIGトレイルサイドを撃ちこんだのは当人であることを、百五十パーセント確認したいの」

フェプルの解剖を担当したのはヴィシュニコフではなかった。彼がファイルを調べにいっているあいだ待たされたので、わたしは犬の紐をいじりながら、闇のなかへ飛んでいかせるのではなかったと後悔した。いまはもう犬の声もきこえない。

「単純明快なケースだと思ったんで、若手の一人にまかせたんだ。ありきたりの自殺として扱ってるだけで、手の火薬についてはチェックしてないようだ。犠牲者が銃を口にくわえていたという事実に頼りきっている。遺体はまだこっちにあるから、帰る前にもう一度調べておくよ。殺人の証拠がほしいのかい」

「人は摩訶不思議な行動をとるものだけど、その男の場合は、何かすごいネタをつかんだことを母親に話してて、しかも、オフィスに謎の客を迎えてるの。州検事のほうでフェプルの通話記録を押収してくれるとありがたいわ」

「評決を変える材料が出てきたら、そっちに連絡するよ。じゃ、またな、ヴィク」

ひょっとすると、わたしの依頼人が銃を持って押しかけ、フェプルを脅したのではないかとも思ったが、わたしの見るかぎり、イザイア・サマーズは手のこんだ罠を仕掛けるタイプの人間ではない。フェプルを殺したのが、わたしが金曜日にオフィスを訪ねていたときに電話してきた人物だとすれば、殺しを計画し、姿を見られずにすむ方法を工夫していた何者かということになる。注意を惹くのを避けるため、おおぜいの人間に紛れてビルに出入りしている。わたしから逃げる方法をフェプルに教えている。イザイア・サマーズのやりそうなことではない。

犬のことはしばらく忘れて、番号案内にサマーズの電話番号を問いあわせた。電話に出たのはマーガレット・サマーズで、声に敵意があふれていたが、しばし黙りこんだのちに、夫を電話に出さないでおく方法が思いつけなかったようで、夫と電話を替わった。わたしはフェプルが死んだことを彼に伝えた。

「オフィスと自宅の両方を調べたけど、おたくの伯父さんのファイルがどこにも見つからないの。警察は自殺と考えてるけど、わたしは誰かに殺されたんだと思う。犯人はそのファイルを奪うために殺したんじゃないかしら」

「誰がそんなことするんだよ」

「もともとの詐欺事件を企てた人物が何かの記録を残してて、それをほかの誰にも見せまいとしたのかもしれない。あるいは、誰かが何かほかのことでフェプルに腹を立てて、殺してしまったのかもしれない」

わたしが言葉を切ると、彼の怒りが爆発した。「おれがそこへ行って、やつを殺したっていうつもりか。女房のいうとおりだった。ダラム議員のいうとおりだった。あんたにはまるっきり……」

「ミスタ・サマーズ、こっちは長い一日だったのよ。婉曲な言葉遣いをしてる余裕はないわ。あなたが殺したとは思ってません。でも、いっぽう、あなたはかなりの癇癪持ちだわ。もしかしたら、奥さんか市会議員から、わたしが何か探りだすまで待つなんてことはやめて、直接フェプルに会いにいくよう、そそのかされたのかもしれない。薄笑いを浮かべたフェプルのぐうたらな態度にカチンときて、行動に出てしまったのかもしれない」

「いいや、ちがうね。そんなことはない。あんたの調査を待つと約束したんだし、現にこうして待っている。大きなまちがいだと、ダラム議員はいってるけどな」

「そんなことといってるの？　向こうはどんなアドバイスをしてるの？」

ペピーとミッチが飛びはねながらもどってきた。姿が見える前から臭いでわかった。わたしが立っている空き地の暗がりのなかに、さらに黒い姿が浮かびあがった。何か腐ったもののなかでころげまわってきたらしい。送話口を片手で押さえて、二匹に「おすわり」と命じた。ペピーは命令に従ったが、ミッチはわたしに飛びつこうとした。わたしは足でミッチを押しのけた。

「そこなんだよ、問題は。おれにできそうな方法なんかひとつも教えてくれないんだ。エイジャックスに対して訴訟をおこせっていうんだが、おれから市会議員に尋ねたように、誰が訴訟の費用を出すんだよ。誰にそんな時間がある？　女房の弟がでっかい訴訟をおこしてて、法廷でもう十三年もかかってんだぜ。おれは自分の金をとりもどすのに十三年も待ちたくないね」

電話の背後から、こっちの個人的な事情をどうして世界じゅうに宣伝しなきゃいけないのかと問いつめる、マーガレット・サマーズの声がきこえてきた。ミッチがまたしても突進してきて、わたしをつきとばした。わたしはどさっと尻もちをついたが、耳にあてた電話は離さなかった。送話口に向かってどならずにミッチを押しのけようとした。ミッチは二人でおもしろいゲームをやっているのだと思いこみ、興奮して吠え立てた。ペピーがミッチをどかせようとした。わたしはすでに、二匹に負けず劣らず悪臭にまみれていた。犬に紐をつけて立ちあがった。

「こっちの満足のいく結果は出してもらえないのかい」サマーズが詰問していた。「保険屋のことは気の毒に思うよ。無惨な死に方だもんな。けど、おれが葬式代を工面するのだって大変なことだったんだ、ミズ・ワラシュキー」

「明日、保険会社と話をしてみて、和解金を出す気がないかどうかきいてみるわ」わたしはそれを、ダラムに対抗するための社の宣伝手段として提案するつもりだったが、それをここで彼に話したら、依頼人といい関係を保つ役には立たないだろうと思った。「向こうがドルで和解しようといってきたら、受け入れる気はある？」

「うーん——考えさせてくれ」

「賢明だわ、ミスタ・サマーズ」悪臭ふんぷんたる犬と一緒に暗がりに立っているのに疲れて、わたしはいった。「おたくの奥さんに『あの女はあなたのお金をくすねる気よ』っていうチャンスを与えてあげなきゃね。明日、電話ちょうだい。そうだ——あなた、自分の銃を持ってる？」

「自分の銃——ああ、わかった、保険屋殺しのことでおれが嘘をついてないかどうか知りたいんだな」

わたしは片手を髪にすべらせ、手にウサギの肉の腐臭がこびりついていたことに気づいたが、一秒ばかり遅すぎた。「あなたが犯人のはずはないって、自分を納得させようとしてるのよ」

サマーズは黙りこんだ。じっと考えこむ彼の重い息遣いがきこえてきて、やがて、しぶしぶながら、九ミリ口径のブローニング・スペシャルを持っていることを明かした。

「それで安心したわ、ミスタ・サマーズ。フェプルの命を奪ったのはスイス製の拳銃だし、口径もちがっている。会社の条件を呑む気があるかどうか、明日、電話ちょうだい。おやすみ」

犬たちを車のほうへひっぱっていくと、保安林を巡回中の保安官助手の車が空き地に入ってきて、わたしのマスタングのうしろで停まり、サーチライトでこちらを照らしだした。

こっちにこいと、拡声器で命じた。こちらが車に近づくと、保安官助手はわたしたちが法を守る三人組で、どちらの犬も紐でつないであるのを見て、がっかりしたようだった。犬を紐でつなぐべしとの条例を守らない者に違反チケットを渡すのを、この連中は楽しみにしている。救いがたいほど人なつこいミッチが彼のほうへ突進すると、向こうは悪臭に辟易してあとずさった。違反チケットを渡す口実を探している様子だったが、最後は、公園はもう閉園時間をすぎている、あんたが立ち去るのを見届けるまで監視をつづけるからな、というにとどまった。

「どうしようもない犬だわね」デンプスターにもどったところで、わたしはミッチにいった。保安官助手の車がわざとらしくついてきていた。「自分が悪臭をふりまいてるだけじゃなくて、そのひどい臭いをこっちにまでなすりつけるんだもの。わたし、燃やしてもいい服がたくさんあるわけじゃないのよ」

ミッチはうしろのシートから首をつきだして、楽しげに笑っていた。車の窓をすべてあけて走ったが、それでもつらいドライブだった。本当はマックスの家に寄って、みんながどうしているかたしかめ、ロティとラドブーカ家との過去についてマックスが何を知っているかをききだすつもりだった。いまのわたしが望んでいるのは、犬たちを浴槽に放りこみ、そのあとから自分も飛びこむことだけだったが、念のため、モレルのところへ行く前にマックスの家の様子を見ておくことにした。ミッチを車のなかに残し、ペピーと懐中電灯をお供に、通りをはさんでマックスの家と向かいあっている公園のなかを歩いてみた。

抱きあって愛の行為の最中だった何組かの学生を驚かせてしまい、向こうはいやな顔であとずさったが、すくなくとも、ラドブーカが近くをうろついている様子はなかった。

モレルのところに帰りついて、裏のポーチの手すりに二匹をつないだ。ドンがポーチに出て煙草をすっていた。家のなかから、モレルがシューマンのピアノ協奏曲と格闘しているのがきこえてきた。音が大きすぎて、わたしが帰ってきたことにも気づいていないようだ。

「ウォーショースキー——何してたんだ」ドンがきいた。「スカンクと腕相撲?」

わたしは台所から家に入って、ゴミ袋をとり、脱いだ服をそこに放りこんだ。犬たちを洗うために、古いTシャツとカットオフ・ジーンズに着替えた。洗うのを手伝ってとドンにいうと、向こうはあわてて逃げてしまった。わたしは笑いながら、ミッチとペピーをごしごしこすり、つぎにわたし自身もシャワーを浴びた。三人とも清潔になったときには、モレルがワイングラス片手に台所で待っていてくれた。

出発前の緊張で、モレルは神経をぴりぴりさせていた。わたしはフェプルのことと、彼が送っていたと思われる気の滅入りそうな暮らしのことと、犬たちが何か腐ったもののなかをころげまわったおかげで保安官助手が辟易して逃げだしたことを、彼に話した。彼は衝撃と愉快さをそれぞれ適切なところで示してくれたものの、心ここにあらずの様子だった。ラドブーカがラーヴェンタール一家にストーカー行為をしていることと、ロティが妙な態度をとっていることは、わたし一人の胸にしまっておくことにした。モレルがタリバンの世界へ入っていくのに、わたしへの懸念をひきずっていく必要はない。

ドンはリーア・ウィールの本の企画を進めるあいだモレルのところに泊まりこむ予定でいるが、モレルによると、彼が今夜出ていったのは犬の洗濯にびびったからではなく、彼にそう命じられたからとのことだった。この最後の夜を二人きりですごせるように、ドンをホテルへ追い払ったのだった。

わたしは梨とゴルゴンゾーラで小さなブルスケッタをこしらえてから、フリッタータ作りにとりかかった。細かく神経を配り、タマネギをあめ色になるまで炒めることまでやってのけた。バローロのとっておきのボトルをあけた。愛の料理、絶望の料理。わたしを覚えていて。わたしの料理があなたを幸せにして、わたしのもとへ連れもどすってことを覚えていて。

予想してしかるべきだったが、モレルの旅支度はすっかり整っていて、軽めのバッグ二個にすべてが詰めこまれていた。新聞をことわり、郵便物はわたしのところへ転送されるよう手配し、請求書の支払いにあてるお金をわたしにあずけた。神経をとがらせ、興奮していた。食事のあとしばらくして二人でベッドに入ったが、彼は午前二時近くまでしゃべりつづけた。彼自身のこと、両親のこと（これまでめったに話題にしたことがなかった）、ハンガリーから移民として渡ったキューバでの子供時代のこと、目の前に迫った旅行の予定などについて。

闇に包まれたベッドのなかで寄り添っていたとき、モレルが熱っぽくわたしを抱きしめた。「ヴィクトリア・イフィゲネイア、ぼくはきみのその激しさと、真実への情熱的なこだわりを愛している。ぼくに何かあったときのために――そんなこと望んでもいないけど――ぼくの弁護士の名前を教えておこう」

「何もありはしないわ、モレル」わたしの頬は濡れていた。しっかり抱きあって、そのまま眠りに落ちた。

数時間後、目覚まし時計に叩きおこされたあと、わたしは犬を連れてブロックをさっとひとまわりし、そのあいだにモレルがコーヒーを用意してくれた。彼は夜のあいだにいうべきことをいいつくした。空港までの車のなかでは、二人とも黙りこくっていた。うしろのシートの犬たちはこちらの気分を感じとったのか、神経質にキュンキュン鳴いていた。モレルもわたしも長たらしい別れの挨拶を嫌っている。わたしはターミナルで彼をおろすと、彼がなかに入るのを見送りもせずに、急いで車を出した。モレルが去っていくのを見なければ――いなくなったことを意識せずにすむかもしれない。

24　セイウチのつとめ

時刻は朝の八時半、市内に向かう車の列は渋滞していた。ゆうべの体験のあとだけに、すさまじい通勤ラッシュに立ち向かう元気はなかった。ドンがモレルのところにもどってくるのは今日の午後遅くなってからだ。あそこでしばらく休んでいこう。高速道路を避けたため、ちがう種類の朝のラッシュに巻きこまれてしまった——学校へ行く子供たち、この界隈に点在する小さな店やデリに出勤してきた人々。彼らのおかげで、わたしの不安定な心がよけい不安定になった。モレルとの別れ。人生の真ん中にぽっかりあいた穴。わたしはどうして、白壁のこぎれいな家に住み、子供たちを学校へ送りだしてから自分はまっとうな仕事に出かけるという人生を選ばなかったのだろう。

ゴルフ・ロードで信号待ちをするあいだに、応答サービスに電話を入れてメッセージをチェックした。ニック・ヴィシュニコフが電話をほしがっていた。ティム・ストリーターからは、カリアとアグネスが土曜日に出発するまで喜んで護衛役をつとめるといってきていた。

モレルの旅立ちでわたし自身が動揺していたため、ラドブーカの奇妙な行動のことをすっかり忘れていた。感傷的な思いをぐずぐずひきずるのはやめにして、思いきりスピードを出してマックスの家に向かった。この時刻だと、ふだんならもうミーティングに出ているマックスだが、彼の家についたとき、車寄せにはまだルセーバーが置いてあった。玄関に出てきた彼の顔は不安で憔悴していた。

「ヴィクトリア。入ってくれ。モレルはもう発ったのかね」彼は玄関ドアをしめる前に、心配そうに通りの向かいに目をやったが、ジョギング中の人影が黒いシルエットとなって湖畔を走っていくのがぽつんと見えただけだった。

「いま空港まで送ってきたとこよ。わたしのほうでちょっとした警備の人を頼めるって話、アグネスからきいてない？」

「助かるよ。あのバーンバウムの会議に参加したばかりに恐怖の部屋の扉をひらいてしまい、カリアを危険にさらすことになるってことが、最初からわかっていれば……」

「危険にさらす？」わたしは口をはさんだ。「ラドブーカがまたきたの？　カリアへのあからさまな脅迫を口にしたの？」

「いや、そういう具体的なことではない。だが、わしと血縁関係にあるというあの妄想は――どうにも理解できん。おまけに、このあたりをうろついて……」

わたしはふたたび彼の話をさえぎり、ラドブーカがまたやってきたのかと尋ねた。

「それはないと思うが、この家には誰でも近づけるからな。通りの向かいは公園だし……。取り越し苦労がすぎると思うかね？　うん、たしかにそうかもしれんが、わしももう若くないし、カリアは大切な孫だ。きみのコネで、誰か信頼できる人物をここに呼べるのなら――もちろん、料金は払わせてもらう」

わたしが電話をかけたいというと、マックスが台所へ連れていってくれた。アグネスがそこにすわって、コーヒーを飲みながら、気遣わしげにカリアを見ていた。カリアはスプーンでコーンフレークをすくって食べる合間に、動物園へ行きたいとぐずっていた。

「だめだめ。今日はおうちにいて、お絵描きしましょうね」アグネスがくりかえした。

わたしはコーヒーカップを持って電話のところへ行った。弟のティムを一時間以内にマックスの家によこすと、トム・ストリーターが約束してくれた。

「ティムがきてくれれば、どこでも行きたいところへ安心して出かけられるわ」わたしはアグネスにいった。

「その人、大きな悪いオオカミなの？」カリアがきいた。

「ううん、大きなやさしいテディベアよ」わたしはいった。「待っててね。あなたも、ママも、きっとその人が大好きになるから」

マックスはカリアの横にすわり、胸の不安をアグネスのようにはっきり顔に出したりしないよう努力していた。彼がロンドンで知っていたというラドブーカ一家に関して、何か話してもらえないかと、わたしが頼むと、マックスはふたたび立ちあがり、食事用のアルコーブからわたしを連れだした。絶えずカリアのほうへ視線を向けながら、話を始めた。

「わしの知りあいってわけではないんだ。ロティがいつも、単なる知人だといっていたから、こっちは黙ってそれを受け入れていた」

カリアがテーブルの椅子からよいしょとおりて、朝ごはんすんだよ、おうちにいるのはもういや、いますぐ外へ遊びに行く、と宣言した。

「おじいちゃまとわたしのお話がすんだら、犬を連れて、みんなで公園へ行きましょう」わたしはいった。「あと十分だけおとなしくしててね」アグネスに口の動きで「テレビ」と伝えると、アグネスはいやな顔をしたが、二階に置いてある万国共通のベビーシッターのところへカリアを連れていった。

「ラドブーカ家っていうのは、ロティの親戚か、あるいは親しい友達なのかしら」

「わしも日曜日にそういったよな。ロティはいつも、ラドブーカ家の話はしたくないという気持ちをはっきり示していた。だからこそ、ラドブーカ家に関する情報をわしによこすさいにも、議論しなくてすむように、手紙を使ったんだと思う。彼らが何者なのか、わしはまったく知らんのだ」

マックスはカリアの皿を流しに運んで、ふたたびテーブルについた。「きのう、戦争が終わってから中欧に出かけたときに作ったファイルを調べてみた。ずいぶんたくさん人捜しをしたから、とくに印象に残ってるというものはないんだ。ロティはレンガッセにあった祖父母の家の住所をわしに教えた——オーストリアがナチに併合されるまで、ロティはそこに住んでいたんだ——かなり上流の住まいで、三八年に接収されたんだが、そこで暮らす一家はわしと口をきこうともしなかった。ウィーンではエネルギーの大半をわし自身の家族捜しにつぎこみ、そのあとはブダペストへ行ってテレーズの家族を捜すつもりでいた。もちろん、テレーズとはまだ結婚していなかった。おたがい、とても若かったからね」

彼の声が思い出のなかに消えた。しばらくすると、悲しげな笑みをかすかに浮かべて、話をつづけた。「とにかく、ラドブーカ家に関するメモだが――そうだ、とってこよう」

マックスが二階の書斎へ行っているあいだに、わたしは冷蔵庫から果物とロールパンを出して食べた。彼はものの二分もしないうちに、分厚いバインダーをかかえてもどってきた。それをぱらぱらめくって、プラスチックの袋に入っている安っぽい灰色の紙のところをひらいた。インクが色褪せて茶色になっていても、ロティの特徴ある字は――角張っていて大胆なその文字は――見まちがえようがなかった。

親愛なるマックス

今回の旅に出ようというあなたの勇気に敬服しています。ウィーンはわたしにとって、たとえロイヤル・フリーが休暇を与えてくれたとしても、とうていもどる気になれない世界を代表しているのです。ですから、あなたが行ってくれることに感謝しています。わたしもほかのみんなと同じように、最終的な答えを知りたくてたまらないのですから。祖父母のことは話しましたね。奇跡的に祖父母が生き残っていて、あの家にもどることができていれば、住所はレンガッセ七番地、四階の正面です。

もうひとつ、ウィーン出身のラドブーカという家族についても、何か記録が残っていないか調べてみてください。これはロイヤル・フリーにいる人から頼まれたことですが、その人は残念ながら、くわしいことをあまり覚えていません。たとえば、一家の主人の名前はシュローモですが、その奥さんの名前が何かも、ドイツ式の名前で登録されているのかどうかも、その人は知りません。夫婦には、モイシュという一九〇〇年ごろに産まれた息子と、ラケルという娘と、ほかに二人の娘と——この子たちの名前を、その人はよく知らないようです。一人はイーヴァかもしれません——わたしたちと同じ年代のおおぜいの孫がいました。それから、住所もはっきりしていません。レオポルズガッセで、ウンテル・アウガルテン・シュトラーセの端に近いところです。ウンテル・アウガルテンから右に曲がってレオポルズガッセに入り、二筋目を右に曲がると、その先が中庭になっています。家は三階の裏側です。いまは瓦礫の山と化しているかもしれませんから、この程度の説明では心もとないかぎりでしょうが、これがわたしにできる精一杯のことです。でも、お願いです。わたしたち自身の家族捜しに向けるのと同じ熱意をこの一家にも向けてください。その足跡を見つけるために、できるかぎり努力してください。

わたしは今夜も明日の夜も勤務なので、あなたが出発する前にじかに会うことはできそうにありません。

手紙の残りの部分には、ロティの伯父や伯母の名前がいくつか書いてあって、つぎのように結んであった。〝旅行代の足しにしてもらえればと思い、戦前の五クローネ金貨を一枚同封しておきます〟。

わたしはまばたきした。金貨だなんて、ロマンチックで、異国的で、リッチな響きだ。

「ロティは貧しい学生だったんじゃないの？　学費や部屋代にも困ってたような」

「そうだよ。ただ、お祖父さんの入れ知恵でウィーンからこっそり持ちだした金貨が何枚かあったんだ。わしにそれを一枚くれるということは、ロティがその冬、暖房のかわりにコートと靴下のままでベッドに入るってことを意味していた。翌年、ロティの具合が悪くなったのは、そのせいだったのかもしれん」

わたしはきまりが悪くなって、本筋の質問にもどった。「じゃ、ロティに助けを求めたのがロンドンの誰なのか、まったくわからないのね」

マックスは首をふった。「誰であってもおかしくない。あるいは、ロティ自身が親戚を捜していたのかもしれない。わしが思うに、ロティのいとこのなかに、そういう苗字の者がいたのかもしれないね。ロティとヒューゴーはイギリスへ送られた。ハーシェル家はオーストリアがドイツに併合されるまでとても裕福だった。そのあともかなりの財産を持っていたが、ロティから一、二度きいた話によると、国にはとても貧しいいとこたちが残っていたそうだ。だが、イギリスに不法入国した連中という線も考えられる。ロティが正義感に駆られて守ろうとした連中。とにかく、わしにはなんの手がかりもなかった。だが、人は想像をたくましくするものだし、それがわしの想像したことだった……いや、ひょっとすると、テレーズの考えだったかもしれない。いまとなってはもう思いだせないが。もちろん、ラドブーカがロイヤル・フリーの患者もしくは同僚で、ロティが同じように守ろうとしていた相手だという可能性もある」

「ロイヤル・フリーに連絡をとって、四七年当時のリストが残ってるかどうか調べることはできると思うけど……」わたしは自信のない口調でいった。「ウィーンではどんなことがわかったの？　出かけていったの？　この――この――」わたしはロティの手紙に目をやり、ドイツ語の通りの名前をたどたどしく発音した。

マックスはバインダーをめくって最後のページをひらき、プラスチックの袋から安っぽいノートをひっぱりだした。「自分でとったメモを見てみたが、たいしたことは書いてなかった。うちの家族が住んでいたバウエルンマルクトは空襲でひどくやられていた。そのあたりをくまなく歩いてみた。かつてマツォインゼルと呼ばれていた地区をな。そこは二十世紀の初めに東欧から移住してきたユダヤ人が住みついた地区だったんだ。レオポルズガッセの家もなんとかして見つけようとした。だが、無惨な荒廃にさらされた地区を目にすると、気が滅入るばかりだった。あちこちで仕入れた行方不明の家族に関する消息は、ざっとメモしてある」

マックスはもろい紙を破らないよう気をつけて、慎重にノートをひらいた。

「シュローモ・ラドブーカと妻のユデト。一九四一年二月二十三日、ウーチへ強制移送。

同伴者はイーディス――これがたぶん、ロティがイーヴァじゃないかといっていた娘だろう――ラケル、ジュリ、マーラ。それから、二歳から十歳までの子供七人がリストになっている。それから、わしはウーチのユダヤ人居住区で何があったかを調べる仕事にとりかかった。当時のポーランドはとてもむずかしい状況にあった。まだ共産主義の支配下には入っていなかったが、一部の人がとても親切にしてくれる一方で、ユダヤ人社会の生き残りに対して残忍な虐殺もおこなわれていた。全ヨーロッパをおおっていた荒廃と窮状がこの国をもむしばんでいた。ポーランドは戦争で人口の五分の一を失った。わしは五、六回ぐらい尻尾を巻いて逃げ帰りそうになったが、最後にようやく、居住区の役所に残っていた記録の一部を手に入れることができた。ラドブーカ家の者は全員、一九四三年六月に死の収容所へ送られていた。生き残った者は一人もいなかった。

わしの身内についていうと、強制追放者の収容所のひとつで、いとこにめぐり会うことができた。一緒にイギリスにくるよう説得したが、いとこはウィーンにもどろうと固く決意していた。そして、ウィーンで残りの生涯を送った。当時はロシアとオーストリアのあいだに何がおきるか誰にもわからなかったが、結局は、いとこにとって幸いな方向へ進んだ。だが、いとこは戦後、世捨て人のような暮らしを送りつづけた。子供のころのわしはいとこをおおいに尊敬していたのに。わしより八つ年上でな、あんなにびくびくした内向的ないとこを見るのはつらいことだった」

わたしはマックスの話が生みだすイメージに打ちのめされ、無言で立ちつくすうちに、思わず叫んでいた。「じゃ、ロティはなぜゾフィー・ラドブーカって名前を使ったの？わたし――あの話――カールが田舎へ出かけて、ロティのコテージを探しあてたのに、ロティはドアのなかにひそんだままで、しかも死んだ人の名前を使ってたなんて――ぞっとする話だわ。それに、ロティらしくないし」

マックスは目をこすった。

「誰の人生にも、説明のつかない瞬間があるものなんだ。ゾフィー・ラドブーカというのがロティの身内にしろ、患者にしろ、ロティはその人の行方不明もしくは死に対して責任があると思っていたのかもしれない。で、自分自身が死に瀕していると思ったときに――まあ、みんな、大変な時代を生きてたわけだからね。必死に働いて、家族を失ったことに耐えて。戦後のイギリスの窮状はまだまだ深刻だった。空襲にやられた地区をきれいにしなくてはならなかった。石炭不足、きびしい天候、みんなが金に困っていたし、食料と衣類はあいかわらずの配給制だった。そうした苛酷な日々のなかで、ロティは精神的にダメージを受け、そのラドブーカという女性と自分を区別できなくなってしまったのかもしれない。

ロティの病気が治って帰ってきたときのことは、はっきりと覚えている。冬だったな。たしか二月だったか。ロティはげっそり痩せていた。だが、卵一ダースとバター半ポンドを田舎から持ち帰って、テレーズと、わしと、残りの仲間をお茶に招いてくれた。卵全部をバターでスクランブルにして、みんなですばらしいご馳走を楽しんで、その途中で、自分の人生を人質にとられるようなことはもう二度としないと、ロティが宣言した。あまりに激しい口調だったので、みんな、たじたじとなってしまった。カールはもちろん、くるのを拒絶した。カールがロティとふたたび口をきくようになったのは、何年もたってからだった」

わたしは〈探索するサソリ〉が書き込みをしている掲示板を見つけたことを、彼に話した。「つまり、四〇年代に、ゾフィー・ラドブーカという名前の人物がイギリスにいたことはたしかだけど、わたしの印象では、ポール・ラドブーカの反応が激しすぎたものだから、〈サソリ〉は返事をよこさなかったんじゃないかしら。わたしからも〈サソリ〉宛てにメッセージを書きこんでおいたわ。極秘に話したいことがあるなら、フリーマン・カーターに連絡してくださいって」

マックスは力なく肩をすくめた。「わからん。何がどうなっているのか、さっぱりわからん。わしとしては、ロティが何を苦しんでいるかを打ち明けてくれるか、ああいう芝居じみた態度をとるのをやめるか、どちらかにしてほしいと望むだけだ」

「日曜の夜からあと、ロティと話をした？　わたし、ゆうべ話そうとしたんだけど、頭から拒否されてしまった」

マックスはうめいた。「何がわしらの友情をつなぎとめているのかを、つくづく考えさせられた週だった。ロティは気丈な外科医だからな――『お宅の楽しいパーティで一時的に具合が悪くなったことはお詫びするけど、おかげさまで、もうすっかり元気よ、早く回診に出なくては』ということなんだ」
玄関の呼鈴が鳴った。ティム・ストリーターが到着した。背が高くて手足のひょろ長い男で、両端がぴんとはねた口髭と魅力的な笑顔の持ち主である。マックスがアグネスを呼ぶと、ティムの自信に満ちた静かな態度に彼女はたちまち緊張を解き、いっぽう、カリアは一瞬疑わしげな顔をしたあとで、巨大な口髭があるから〝セウイチ〟だとすぐさま宣言して、死んだ魚を投げてあげるといいだした。ティムは口髭の先端を震わせてブオーンと叫んでみせ、カリアを大笑いさせた。マックスはすっかり安心して、病院へ出かけていった。

ティムは敷地内をまわって、侵入されやすい場所を調べてから、カリアを犬と遊ばせるために、通りを渡って公園へ連れていった。カリアはニンシュブルを連れていき、ミッチとペピーに向かって、同じような鑑札がついているのを得意げに見せびらかした。「ニンシュブルはミッチのママなのよ」といった。

誰かが通りかかれば、ティムが巧みにカリアとのあいだに割って入り、しかも子供を怖がらせるかわりにゲームの一部のように思わせているのを見届けたあとで、アグネスは絵を描くために家にもどっていった。犬たちが走りまわってエネルギーを使いはたしたところで、わたしはティムに、そろそろ帰らなくてはならないと告げた。

「おれの見たとこ、危険が差し迫ってる感じではなさそうだね」彼はゆっくりした口調でいった。

「感情むきだしの男がうろつきまわって——ひどく物騒なわけではないけど、みんなに不愉快な思いをさせてるってとこかしら」わたしは彼に同意した。

「だったら、おれ一人で対処できると思うよ。あのサンルームに折りたたみベッドを用意しよう。侵入されやすい窓があるのはあそこだけだから。ストーカーの写真はある?」

モレルをオヘア空港まで送っていくあわただしさのなかで、わたしはブリーフケースを彼の家に置いてきてしまった。あのなかに写真が入っている。一時間か二時間したら、市内へ向かう途中でここに寄って置いていくと、彼に約束した。わたしが犬を呼び寄せると、カリアがふくれっ面になったが、ティムが口髭を震わせて、セイウチそっくりの叫びをあげた。カリアはわたしたちに背中を向け、もっと魚がほしかったらもう一度叫んでごらんと彼に命じた。

ロティ・ハーシェルの話「隔離」

わたしがコテージについたのは、ミツバチでも耐えられそうにないほど暑い日だった。シートン・ジャンクションから同じバスに乗ってきた男性が、コテージまでスーツケースを運んでくれた。一人で大丈夫かって八回も九回も尋ねたあとで、その人がようやく立ち去ったので、わたしはドアの前の石段にぐったりすわりこんで、ジャンパーのなかへ太陽がじりじり射しこむのにまかせていた。そのジャンパー、何回も繕ったから、このときはもう木綿の生地じゃなくて、繕った糸のかたまりになってしまってたわ。

ロンドンも暑かったけど、それは都会のすさまじい暑さで、黄色い空が重くのしかかってくるために、頭に脱脂綿をつめこまれたみたいにぼうっとしてくるの。夜は寝汗がひどくて、朝おきると、シーツも寝間着も汗でじっとり濡れていた。食べなきゃいけないって、わかってはいたけど、暑いのと、体調が悪くて無気力なのとで、食べものが喉を通らなかった。

わたしを診察したクレアは、栄養失調で死ぬ危険があると、ぶっきらぼうにわたしに告げた。「いまみたいな状態だと、病棟で何かに感染したら一週間で死んでしまうわ。食事をとらなきゃ。休息しなきゃ」

食事と休息。夜、ベッドで横になると、熱の出そうな悪夢にうなされたものだった。母が何度も夢に出てきた。ヒューゴーとわたしがウィーンを去ったとき、飢えと妊娠による衰弱がひどくて、階段の下まで見送ることもできなかった母。赤ちゃんは栄養失調のために、生後二カ月で死んでしまった。両親は赤ちゃんをナディアと名づけた。希望って意味よ。二人とも希望を捨てていなかったんでしょうね。赤ちゃんが死んだことをなぜ知ってるかっていうと、父が手紙をくれたからなの。赤十字経由の手紙が――二十五語以内って制約があったんだけど――四〇年の三月に届いたのよ。それが父からの最後の手紙だった。

母が妊娠したとき、わたしは母を奪われたような気がして、お腹の赤ちゃんを憎んだものだった。母は遊んでくれず、歌ってもくれず、顔のなかで目だけが大きくなっていった。会ったこともないこの哀れな妹がわたしにつきまとい、九歳だったわたしの嫉妬心を非難するのよ。夜になって、重苦しいロンドンの大気のなかで寝汗をかいていると、栄養失調で弱々しくなっていく妹のかすかな泣き声がきこえるの。

おばあちゃま《オーマ》も夢に出てきたわ。銀色がかった豊かな金髪。オーマはそれがとても自慢で、ぜったい短く切ろうとしなかった。レンガッセのフラットに住んでたころ、メイドが夜ごとその髪をブラッシングするのを、わたしもそばにすわって見てたものだった。とても長い髪で、オーマがその上にすわれるぐらいだった。でも、いまのみじめな日々のなかで、わたしの夢に出てくるオーマは頭を剃られていたわ。父方の祖母がかつらの下の髪をいつも剃っていたように。わたしを苦しめたのはどちらの夢だったのかしら。頭を剃られた無力なオーマか、それとも、わたしが別れのキスをすることを拒んだ父方の祖母《ボーバ》か。ロンドンの暑さのなかでだんだん痩せて弱っていくにつれて、ウィーンで迎えた最後の朝のことが頭のなかにがんがん鳴り響いて、周囲の世界の音がきこえなくなることがあったわ。

　同じベッドに寝ていたいとこたち、イギリスに渡れないいとこたちは、ベッドから出ようとせず、一緒におきてわたしたちを駅まで送ることを拒否したのよ。オーマとオーパはリンガールの子供たちにはお金を出してくれたけど、父の姪たちには、わたしとそっくりのナッツ形の顔をした浅黒い肌の少女たちにはお金を出そうとしなかった。ああ、お金。オーパはお金をすべて失ってしまい、あのわずかな金貨が残ってただけだった。わたしが医学学校の授業料にあてたあの金貨で、もしかしたら、いとこたちの命が救えたかもしれない。ボーバは最愛のマーティンの娘であるわたしに腕をさしのべたけど、オーマの嫉妬の目にみつめられていたわたしは、堅苦しい別れのお辞儀をしたにすぎなかった。ロンドンでベッドに横になって泣きじゃくり、許してってボーバに祈ったものだった。

　そのころは、カールと話をするのも億劫になっていた。どっちみち、話をしようにも、カールはロンドンにいないことが多かったけど。その春、オーケストラがオランダへ公演旅行に出かけたの。六月と七月はほとんどボーンマスとブライトンのほうだったし。彼が作ったばかりの室内楽団がプロムナード・コンサートで演奏する契約になってたの。夏の夜に二、三度会ったけど、最後はいつも、わたしが立ち去る結果になってしまった。彼の狭いフラットを飛びだし、わたしの下宿めざしてロンドンの街を歩きつづけるの。わたしにはどうしても理解できないエネルギーと楽観主義から逃げていくの。

病棟にいるときだけは、悪夢から逃れることができたわ。老人の潰瘍性の傷の包帯を交換するときや、イースト・エンドに住む母親が病気の赤ちゃんをくるんできた新聞紙を慎重に切り裂くときだけは、わたしの力で助けてあげられる人々を前にして、ロンドンの現実のなかに身を置くことができたわ。その冬、クラスメートのうち五人が病気で休学したときには、その穴を埋めるために、わたしの仕事のペースを速めたものだった。先生たちにはよく思われてなかったみたい。生真面目すぎるし、激しすぎるって。でも、二年目で早くも、患者を扱う手腕だけは認められてたわね。

クレアがわたしに会いにきた理由もそこにあったんじゃないかしら。クレアは会議に出るため、ロイヤル・フリーにやってきたの。結核の治療に使われはじめてた新薬についての会議だったわ。そのあとで、クレアの言葉だったらわたしも耳を貸すだろうって、たぶん、教授の誰かがいったんでしょうね――ミス・ハーシェルに、すこしのんびりして、彼女の年ごろにふさわしいスポーツや芝居を楽しむよういってください。そうすれば人間的に丸みが出て、結果的にいい医者になれるのですから。

日常の生活のなかでは、わたしたちのつきあいはとだえてしまってたわ。クレアはまだお母さんの家で暮らしてたけど、わたしがミナのところを飛びだしたため、顔を合わせる機会がなくなってたの。クレアはウェンブリーのセント・アン病院で上級インターンをやっていて、それはつまり、術後の患者や病気の患者以外に、戦闘の負傷者の手当ても担当させられて、長い勤務時間をこなさなきゃならないってことだった。あのころは、女性が、たとえクレア・トールマッジのような女性であっても、インターンの仕事の残りかすを押しつけられてた時代だったの。ふと顔をあげて、部屋の向こうにクレアがいるのに気づいたとたん、わたしは床に倒れてしまった。

カールにはよく、わたしがクレアに恋してるって非難されたものだった。ええ、たしかにそうだった。でも、彼が想像してたような意味じゃないのよ。色恋には関係なくて、子供が自分の憧れてる大人になつくような感じね。わたしがクレアのまねばかりして、ついにはロイヤル・フリーにまで入ったものだから、クレアは虚栄心をくすぐられて、わたしのことをずっと気にかけてくれてたのかもしれない。だからこそ、のちに絶交をいいわたされたときには、つらくてたまらなかった。でも、当時のわたしたちが疎遠になっていたのは、おたがいのスケジュールが合わないのと、家が離れてたせいだったの。

それでも、つぎの週に、わたしがクレアの前で倒れたそのつぎの週に彼女から手紙がきて、コテージを貸そうっていわれたときには驚いたわ。電車とバスを乗りついでロンドンの街を横切り、クレアのところへお茶に出かけると、テッド・マーマデュークとその弟のウォレスがセーリングのときに使うためのコテージを買ったって話を、クレアがしてくれた。ウォレスがエル・アラメインで戦死したあと、テッドのセーリング熱は冷めてしまったんですって。ヴァネッサは船が大嫌いだったし。田舎は、本物の田舎は、彼女にとって退屈だったのね。でも、テッドはコテージを手放そうとしなかった。地元の農家の夫婦にお金を払って、庭と敷地の手入れを頼んでたほどだった。クレアの話では、ヴァネッサとのあいだに子供ができたら、またそこを使うつもりでいたそうよ――子供を五、六人作って、自分と同じスポーツ好きな子に育てたいという夢を持ってたから。でも、結婚して十年になるのに、たくましい金髪の子供はまだ一人もいなかった。もしかしたら、ほかのことと同じく、子供のことについてもヴァネッサの意志が優先だったのかもしれないわね。まあ、わたしには関係ないことだけど。テッドとヴァネッサの人生にはべつに興味もなかったし。

「わたし、テッドにはよく思われてなかったわ」わたしが新鮮な空気と必要な食料を手に入れられるよう、コテージを貸してもいいと義兄がいっていると、クレアから説明されたとき、わたしは思わずそういった。「そのわたしにどうしてカントリー・ハウスを貸す気になったのかしら。それって、テッドがいつもあなたに警告していた〝人の好意につけこむやり方〟じゃない?」

わたしとつきあっているクレアを批判するテッドの言葉を、わたしはよく耳にしたものだった。庭の塀のそばにしゃがんでいると、テッドの声がきこえてくる。「気をつけたほうがいいぞ、ああいう連中は人を利用することしか考えてないんだから」すると、クレアが答える。「あの子は母親のいない、おどけ者の小さなお猿さんなのよ。あの子が人をどうやって利用しようというの?」すると、テッドの弟のウォレスが笑って――彼も背の高い金髪の男性で、温かな笑い声の持ち主だったけど——「真実を知ったら、きみもびっくりするよ、ああいう子たちはつねに人の好意につけこむんだから」と口をはさむ。「自分のほうが物事をよく知ってると思いこむなんて、クレア、きみも若いね。世の中をすこし見てくれれば、きみの考え方も変わるに決まってるよ」

庭の塀の向こうからきこえてくる会話を何度も盗み聞きしたことを、わたしは恥じるべきかしらね。でも、でも——日曜の午後になるとみんなが庭に集まってるのを見て、こっそり塀に忍び寄ったのは、あなたに子供っぽい憧れを抱いてたせいだったのよ。

わたしがそういうと、クレアはかすかに赤くなった。

「テッドも戦争で大人になったのよ。それと、ウォレスを亡くしたことで。復員したあとのテッドと、あなた、まだ一度も会ってないでしょ。いずれ、この街の大きな権力者になるだろうけど、自宅にいるときの彼は昔に比べるとずっと丸くなったわ。それはともかく、彼とヴァネッサが日曜日に夕食にきたから、あなたの具合がひどく悪くて、休養と新鮮な空気が必要だって話したら、二人ともすぐ、アクスミスのことを思いついたの。

食べるものは、ジェサップっていう地元の農家の人が安く分けてくれるそうよ。アクスミスには腕のいいお医者さんがいるから、一人になっても心配いらないと思うわ。十二月になったら、セント・アン病院の勤務が終わりしだい、わたしもそちらへ行くけど、その前に気分が滅入って仕方ないようだったら、電報をちょうだい。緊急のときには、一日ぐらい抜けられると思うから」

わたしの学校の手続きや、わたしに必要な奨学金の手続きをしてくれたときと同じように、いまもまた、クレアがわたしの人生のすべてを手配してくれた。結核による休学願いを学校側に認めさせてくれたのも彼女だった。そして、サナトリウムへ行くよりも田舎で新鮮なものを食べているほうが回復が早いといって、学籍係を説得してくれた。わたしには、彼女に反論する元気もなく、ロンドンに残ってがんばってみたいという元気もなかった。

ロンドンを発つときになっても、カールにどういえばいいのかわからなかった。彼はその一週間前にブライトンで大成功をおさめてロンドンにもどってきて、わたしがそばにいるのに耐えられないほどのエネルギーに満ちあふれてたの。十日後には、〈チェリーニ〉のほかのメンバーと一緒に、第二回のエジンバラ芸術祭に出発することになっていた。自分の成功、将来の計画、室内楽への夢――こうしたことで頭がいっぱいで、わたしの具合が悪いことには気づいてもいなかった。わたしは結局、そっけない手紙を出しただけだった。

親愛なるカール、ロイヤル・フリーを病気でしばらく休学します。エジンバラでの成功を祈っています。

甘い結びの言葉を何か考えようとしたのよ。歌劇場の最上階にすわった夜のこと、エンバンクメントをゆっくり散歩したときのこと、彼の収入がふえてちゃんとしたフラットに越せるようになるまで住んでいたホステルの狭いベッドで共にした歓び――そういったものを思いださせてくれる言葉を。それらのひとときは、わたしにとってはもう滅びたも同然だった。オーマやボーバと同じく、遠い過去になっていた。結局、自分の名前だけを書いて、アクスミス行きの汽車に乗る前に、ウォータールー駅の外のポストに投げこんだの。

25　紙を追う

モレルの家につくなり、わたしはニック・ヴィシュニコフに電話を入れた。彼はいつものぶっきらぼうなぼそぼそした口調で電話に出た。

「ヴィク！　妖術を使ったのかい。それとも、何か証拠があったのかい」

「やっぱり自殺じゃなかったのね」わたしは台所のカウンターのところに立ち、長々と息を吐いた。

「手から火薬の残留物が検出されなかったのが、第一の理由だ。つぎは、頭蓋骨への殴打。被害者が気絶しているあいだに、犯人が撃ったにちがいない。最初に解剖を担当した坊やは銃創以外の傷のチェックを手抜きしたんだ。きみはどこに目をつけたんだい」

「そうか、頭を殴打ねえ」わたしは浮き浮きしながらいった。「ううん、じつをいうと、わたしが見たのは彼の人生の詳細で、死の詳細ではなかったの」

「ま、なんでもいいや、おめでとう——もっとも、二十一管区のパーリング署長はおもしろくなさそうだけどな。捜査員が現場で問題点を見抜けなかったもんだから、殺人扱いにするのを渋ってるんだ。だが、わたしから彼にいったように、現場写真によると、銃は被害者の手の真下に落ちている。もしこれが自殺なら、銃は頭の付近で手から離れたはずだから、手の真下ではなく、腕から離れたところに落ちてなきゃいけない。で、パーリングも捜査にとりかかることにした。さて、もう行かなきゃ」

彼が電話を切る前に、現場で見つかったSIGトレイルサイドが凶器であることはたしかなのかと、急いで質問した。

「またまた妖術かい、ウォーショースキー。その質問は鑑識にまわしておくよ。じゃあな」

ボウルに犬のための水を入れてやりながら、二十一管区のパーリング署長に電話して、こちらの知っていることを伝えたほうがいいだろうかと考えた。だが、わたしが知っていることはほんのわずかだ――金曜の夜にかかってきた謎の電話、フェプルのオフィスにあらわれた謎の訪問者――銀行の警備員とフェプルの通話記録を調べれば、警察だってこの程度のことはつかめるはずだ。それに、署長に電話すれば、最良の場合でも、わたしが関わりを持つにいたった事情を説明するのに何時間もかかることだろう。最悪の場合には――犯罪現場を勝手に調べまわったということで、いらざる厄介事を背負いこみかねない。

それに、これはわたしが依頼された事件ではない。わたしの役目ではない。わたしの役目はただひとつ、エイジャックスと交渉をおこなって、アーロン・サマーズの生命保険金をサマーズ家に払わせることだけだ。アーロン・サマーズ。ハワード・フェプルのブリーフケースから出てきた古い帳簿の用紙にこの名前が書かれていて、横に十字印が二つついていた。

〈チェヴィオット研究所〉に電話して、キャスリン・チャンを出してもらった。

「あ、はい。おたくの紙片はバリーからあずかってます。ざっと見てみました。透かしから判断すると、スイス製ですね。バーゼル郊外にある〈ボーメ・ワークス〉。綿を使って漉いた紙の一種で、第二次大戦が始まってからは天然素材の不足によって製造されなくなったので、一九二五年から一九四〇年のあいだのものといえるでしょう。インクの検査がすめば、もうすこし正確な年代が割りだせると思います。文字がいつ書かれたかを割りだすのも楽になるでしょう。ただ、これを優先させるわけにいかないんです。あなたより先に頼まれた仕事がいくつかあるので、すくなくとも一週間はかかると思います」

「かまいません。いまのところはそれで充分です」わたしはゆっくり答えながら、いまの情報を頭のなかで整理しようとした。「そうだ、ひとつだけ質問――その紙はスイスを中心として、あるいは、スイスのみで使われていたものでしょうか」

「いえいえ、とんでもない。いまの〈ボーメ・ワークス〉はぱっとしませんけど、一九六〇年代までは、上質紙および業務用紙の分野で世界最大のメーカーのひとつだったんです。この種類の紙は、住所録や個人の日記といったたぐいのものに広く使われていました。こんなふうに帳簿として使われるのはとても珍しいことです。これを使っていた人物はとても――そうね、自己陶酔型とでもいえばいいのかしら。もちろん、このページがついていた帳簿を見ることができれば、参考になるでしょう」

「わたしにも参考になると思います。ところで、どうしても知りたいことがひとつあるんですが。それぞれの項目がいつ書かれたものか、つきとめられます？　正確な年は無理としても――そうね、ほかよりも新しいものがあるかどうか、そこを知りたいんです」

「わかりました。そちらへの報告書にそれも含めておきます、ミズ・ウォーショースキー」

そろそろラルフにもう一度会いにいくほうがいいような気がした。電話をすると、先週会ったばかりの秘書がわたしを覚えていてくれたが、ラルフに会うのは無理だった。夕方六時半までスケジュールがつまっているという。しかし、ダラム議員のデモを無力化できるかもしれないと告げると、しばらくお待ちくださいといわれた――結局、《ヘラルド・スター》のスポーツ欄に目が通せるぐらい長く待たされた。電話口にもどってきた秘書は、正午ぴったりにきてもらえばラルフのほうで五分だけ時間を作れるといった。

「正午ぴったりね」わたしは電話を切り、犬たちのほうを向いた。「つまり、これから家に帰って、きみたちは庭でのんびりすごし、わたしはパンティストッキングをはくってことよ。置いてけぼりを食ったと、そっちは思うかもしれないけど、自分の心にきいてごらん――ほんとに楽しくすごせるのは誰なのかって」

すでに十時半になっていた。モレルのベッドにもぐりこんでひと寝入りしたくてたまらなかったが、マックスの家に寄ってティム・ストリーターにラドブーカの写真を渡す用が残っていた。また、自分のアパートメントにもどって、ジーンズではなく、ループでのミーティングにふさわしい服に着替えたかった。「人生は車輪、わたしはそこにひっかかってる」歌いながら、二匹を連れてふたたび車にもどっていった。ラドブーカの写真を渡しにマックスの家に寄ったときは、すべて平穏無事だった。ベルモント・アヴェニューまで猛スピードでつっ走り、犬をミスタ・コントレーラスのところに置いて、自分の部屋までの階段を駆けのぼった。

今夜はロシー邸でディナーの約束、ホームシックにかかったベルトランの妻を元気づけるために、イタリア語でしゃべりまくるチャンスだ。ミーティングからディナーの席に直行できるやわらかな黒のパンツスーツを着た。ロシー邸についたときにタートルネックのセーターを脱げば、その下に着ているローズピンクの絹のキャミソールが装いを華やかにしてくれる。母のダイヤのイヤリングをポケットにしまった。パンプスをブリーフケースに入れて——きのうの朝はゴム底の靴をはいたまま、フェプルの……いや、最後まで行く前に考えるのを打ち切って、ふたたび階段を駆けおりた。ピンボールがまたまたころがりはじめた。

車で事務所まで行き、そこから高架鉄道でループに向かった。アダムズ通りにあるエイジャックスのビルでは、今日も小規模なデモ隊が入口近くの歩道を歩きまわっていた。リーダー役のダラム議員がいないので、気勢があがらない様子だ。ときたま、オフィスを出てランチに向かう人々の群れに向かって何やら叫んでいたが、あとはほとんど仲間内でしゃべっているだけで、プラカードは彼らの肩にもたれたままだった。金曜日に掲げていたのと同じプラカードのようだ——奴隷所有者に補償はいらない、奴隷の骨の上に高層ビルを建てるな、などなど。しかし、ビルに入ろうとしたわたしに頑固そうな若者がよこしたチラシからは、わたしへの攻撃が削られていた。文字どおり削られていた——見出しの二行目に書かれた〝羞恥心はないのか〟というわたしへの問いかけが削られて、慈悲の心を持たないエイジャックスと哀れみの心を持たないバーンバウムのあいだにギャップができていた。チラシの文面も変だった。

エイジャックス保険は十年前に彼女の夫の保険を現金化した。先週、夫が亡くなったときには、社にべったりの探偵　　　　　　　　を送りこんで、シスター・サマーズが盗みを働いたと非難させた。

こうしておけば、わたしが大悪党に逆もどりしたときには、わたしの名前をタイプしなおすだけですむわけだ。わたしはチラシをブリーフケースにつっこんだ。

正午ぴったりに、エグゼクティブ・フロアの案内係がラルフのオフィスの手前にある部屋までわたしを案内してくれた。ラルフ自身は会議室でまだミーティングの最中だったが、秘書が連絡してくれると、ほんのすこし待ったのちに彼があらわれた。今日の彼が見せたのは不機嫌な会釈だけで、笑顔も抱擁もなかった。

「トラブルがきみについてまわってるのかい、ヴィク」オフィスに入ってドアを閉ざすなり、ラルフはいった。「それとも、きみが近くにくるたびに、トラブルが飛んできてぼくに噛みつくのかい」

「ほんとに五分しかないのなら、ダラム議員のデモの責任をこっちに押しつけて時間を無駄にするのはおやめなさい」わたしはクロムのパイプの椅子に腰かけ、ラルフはデスクのへりにもたれた。「サマーズ家に和解金を払ってはどうかって、提案しにきたんだけど。そうすれば、おたくが未亡人の悲しみをいかに気にかけてるかということを、大々的に宣伝できるし……」

ラルフはわたしの言葉をさえぎった。「わが社は一九九一年に一万ドルの保険金を支払ってるんだ。生命保険を二度払いするわけにはいかない」

「問題は、一九九一年に誰がお金を受けとったかよ。わたしの意見をいうなら、サマーズ家の人は誰もそのお金を見てないと思うわ。小切手は代理店からスタートして、代理店で止まっている」

ラルフは譲歩するものかといいたげに腕を組んだ。「証拠はあるのか」

「ハワード・フェプルが死んだことは知ってるでしょ。あとはもう誰も……」

「代理店が赤字続きだったために自殺したそうだね。けさの重役会議でその話が出ていた」

わたしは首をふった。「そのニュースは時代遅れよ。フェプルは殺されたの。サマーズ家のファイルが消えていた。じっさいに何があったのかを説明できる人間は、代理店にはもう一人も残ってないわ」

ラルフは怒りに満ちた疑惑の目でわたしをみつめた。「どういう意味だ。殺されただなんて。警察が遺体を見つけた。遺書も見つけた。新聞にそう出てたぞ」

「ラルフ、よくきいて。まだ一時間もたってないんだけど、監察医から電話があって、解剖の結果、殺人と判明したっていってきたの。フェプルが殺されるのと同時にサマーズ家のファイルが消えてしまうなんて、妙だと思わない？」

「ぼくにどうしろというんだ。きみがそういうから、すなおに信じなきゃいけないのかい」

わたしは肩をすくめた。「監察医に電話してみて。二十一管区の署長に電話してみて。わたしの目的は依頼人を助けることと——そして、アダムズ通りのデモを無力化する方法をあなたに教えてあげることだけ」

「わかった。きかせてもらおう」渋面のせいで、二重になりかけている彼の顎が目立った。

「サマーズ家に和解金を支払うのよ」わたしは癇癪に負けてしまわないよう気をつけて、落ちついた口調でくりかえした。「わずか一万ドルよ。おたくの重役の一人がチューリッヒに出張するときの往復航空券代と同じじゃない。でも、ガートルード・サマーズと、葬儀費用を工面した甥にとっては、貧乏暮らしか快適な暮らしかの分かれ目なのよ。これを大々的な宣伝に利用なさい。そしたら、ダラムはもうお手上げよ。自分のデモのおかげであなたがそういう措置をとったんだって、彼は主張するかもしれないけど、寡婦のわずかな財産を盗んだなんて非難はもうできないはずよ」

「考えておこう。だが、最上の案とはいえないな」

「わたし自身は名案だと思ってるけど。きわめて不安定な状況にあってもエイジャックスはすばらしく信頼できる会社だってことが、示せるわけだもの。わたしのほうで宣伝コピーを書いてあげてもいいわよ」

「きみの金じゃないからな」

わたしは思わず笑みを洩らした。「おや、ロシーが飛びこんできて、わめくかしらね。『きみ、この費用はすべてきみのストック・オプションから出してもらう』とか？」

「冗談いってる場合じゃないよ、ヴィク」

「はいはい。意地悪な連中がサマーズ家のファイルの消失と関連づけて考えるだろうって点も、冗談じゃすまないわよ。エイジャックスは十年前に、是が非でも隠しておく必要のあることを何かやったんじゃないかって」

「やってない――断じて――」ラルフはわたしたちの出会ったきっかけがエイジャックスの保険金詐欺事件だったことを思いだして、自分の否定の言葉を呑みこんだ。「警察はそう考えてるのかい」

「さあ、知らない。すこし探ってみてもいいけど、あなたの安心のためにいっておくと、捜査の責任者をめぐる噂からするかぎり、あくせく捜査することには乗り気じゃないようよ」わたしは立ちあがり、ブリーフケースから古い帳簿の用紙のコピーをひっぱりだした。

「フェプルのオフィスに残されてた書類で、サマーズに関係があるのはこれだけだったわ。あなたのほうに何か心当たりはない？」

ラルフはそれをちらっと見て、いらだたしげに首をふった。「なんだい、これ。この連中は誰なんだ」

「あなたにきけばわかるかと思ったのに。先週、わたしがここにきたとき、コニー・イングラムが――ほら、保険金支払業務のセクションにいる若い女性――この社にあるサマーズ関係のファイルをここに置いていったでしょ。代理店の記録のコピーがそこに全部入ってるとすれば、この用紙の完全なコピーもあるんじゃないかしら。ここに書かれてる人たちが誰なのか、わたしは知らないけど、十字印が二ついてるのは、死亡したって意味だと思うの。この用紙のオリジナルはかなり古いものよ。そうだ、ここでも妙なことがあるわ、ラルフ。科学分析をやってくれた研究所からの報告なんだけど、その紙は戦前のスイスで作られたものなんですって。あ、第二次大戦よ。湾岸戦争じゃなくて」

ラルフの顔がこわばった。「バカなほのめかしはやめたほうがいい……」

「エーデルワイス？　やだ、ラルフ、エーデルワイスのことは頭の片隅にちらっと浮かんだにすぎないのよ。研究所の話だと、その紙は世界じゅうのナルシシストに売られてたんですって。すごく高価な紙だったみたい。でも、スイス製の紙、スイス製の拳銃、その両方が代理店にあったとなると、かなり注目を集めるでしょうね。人間の心は理性的とはいえないわ、ラルフ、となりあった出来事を一緒くたにしてしまうものよ。わたしの心もまさにそれをやってるところなの」

ラルフは自分を金縛りにしたコブラを見るような目で、紙片を見ていた。デスクに置かれた電話が鳴り、秘書から、彼が時間に遅れていることを知らせてきた。ラルフは傍目にもわかる努力の末に、紙片から顔をそむけた。

「これを置いてってくれないか――デニーズに頼んで、これと同じ手書きの紙がほかにもないか、ファイルを調べさせておくから。ぼくはいまから、つぎのミーティングに出なきゃならない。準備金とか、ホロコーストの遺族から資産の返還要求をつきつけられる可能性といった問題を討議するためにね。一万ドルよりも、そして、エーデルワイスに対する根拠のない非難よりも、はるかに重大なことなんだ」

一階におりる途中で三十九階に寄った。保険金請求の処理がおこなわれている階である。マホガニーのコンソールデスクに案内係がはりついて人の出入りを監視しているエグゼクティブ・フロアとちがって、コニー・イングラムのデスクへの道順をきけそうな人物はどこにも見あたらなかった。広々とした寄せ木細工の床にローズピンクの中国製緞通が置いてあるわけでもなかった。芥子色の固いマットが小部屋の迷路へわたしを導いてくれた。ランチタイムのため、ほとんどの小部屋が無人だった。

フロアの南端近くまで行ったとき、誰かがデスクにすわっているのを見つけた。プラスチック容器からアルファルファを食べながら、《トリビューン》のクロスワードをやっていた。染めた髪をコルクスクリューみたいにカールさせている中年女性だったが、視線をあげて、わたしに温かな笑顔を見せ、どんな用かと尋ねた。

「コニー・イングラム？　反対側よ。ついてきて、案内するから。迷路のどこに誰がいるかを推測するのは、あなた自身もネズミの一匹じゃないかぎり、むずかしすぎるわ」

彼女はパンプスに足をすべりこませると、わたしを連れてフロアの反対側まで行った。ちょうど、コニー・イングラムが同僚の女性たちとデスクにもどってきたところだった。仕事にもどるさいのありふれた愚痴をこぼし、午後のコーヒーブレーク用に短時間の予定をいくつか立てていた。わたしと案内の女性を親しげな興味をこめて迎えてくれた。コンピュータの画面やファイルとにらめっこするより、人と話しているほうがずっと楽しいのだろう。

「ミズ・イングラム？」わたしは女どうしの率直な笑顔を見せた。「V・I・ウォーショースキーです。先週、ラルフ・デヴローのオフィスでお目にかかりましたね。アーロン・サマーズのファイルを調べたときに」

コニーの丸顔に警戒が浮かんだ。「あなたがきてらっしゃることを、社長は知っているのでしょうか」

わたしは入館証をさしだして、微笑を何ワットか強くした。「ラルフ・デヴローに呼ばれてきたのよ。彼の秘書に電話して確認なさる？　それとも、わたしからベルトラン・ロシーに電話して、こちらの用件を話しておきましょうか」

コニーの同僚が彼女を守ろうとするかのように、好奇心に満ちた顔でまわりを固めていた。コニーは、そこまでする必要はありませんけど、とにかくどういう用件でいらしたんですか、とつぶやいた。

「ファイルを見るためよ。保険を売った代理店のオーナーが死んだことはご存じね？　あそこにあったファイルのコピーが消えてしまったの。書類を調べて、そもそも誰が死亡給付金の請求をしたのかをつきとめる必要があるんだけど。ファイルのことでゴタゴタしたり、代理店のオーナーが死んだりしたため、ミスタ・デヴローは未亡人に保険金を支払うことも考えてるみたい」

コニーは赤くなった。「申しわけありませんが、社長から、相手がどなたであろうと、社外の方にはファイルをお見せしないようにいわれております。それに、とにかく、ファイルはまだ六十三階にありますし」

「マイクロフィッシュはどうなの？　フィッシュから書類をプリントしたって、あなた、いわなかった？　この件には、夫が保険料を払いこむために二人分の仕事をするあいだ、自分はベッドのおまるを交換して一生をすごしてきた、お年寄りの女性がからんでるのよ。帳簿上のミスか、もしくは、代理店の働いた詐欺が原因で保険金が支払われてしまったのだとしたら、その老女は夫を亡くしたうえに、屈辱にも耐えなきゃいけないわけ？」エイジャックスの宣伝コピーを書くかわりに、雄牛のダラムのためにチラシを作ることもできそうだ。

「はっきり申しあげて、外部の方にはファイルをお見せしないというのが社の方針なんです。うちの上司がランチからもどってきたら、そちらと交渉してください」

「今夜、ロシー夫妻とディナーの約束なの。そのとき、彼に頼んでみるわ」

その言葉に、コニーの顔がよけい不安そうになった。人に喜んでもらいたいと思ってるのに。この人と外国からきた権力者のボスが両方ともわたしに腹を立てたらどうしよう……。しかし、彼女は誠実な若い女性でもあったので、結局、彼女の忠誠を求める会社の命令に従うことにした。わたしとしては気に入らなかったが——その姿勢はりっぱだと思った。時間をとらせたことに笑顔で礼をいって、彼女の考えが変わったときのために、名刺を一枚置いてきた。

ブリジット・オベール

マーチ博士の四人の息子
堀　茂樹・藤本優子訳

四つ子の中に殺人者がいる!?　アゴタ・クリストフも脱帽したトリッキーな本格ミステリ

フランス推理小説大賞受賞
森の死神
香川由利子訳

少年を殺す〝森の死神〟は実在した。全身麻痺のヒロインにサイコキラーの魔手が迫る！

鉄の薔薇
堀　茂樹訳

ナチの残党が暗躍するヨーロッパを舞台に重層的な謎の世界を描く、オベールの最高傑作

ジャクソンヴィルの闇
香川由利子訳

ゴキブリを先触れに魑魅魍魎が荒れ狂う闇のカーニバル。クーンツ顔負けのホラー快作。

カリブの鎮魂歌
藤本優子訳

美女から依頼された失踪中の父親捜しは、探偵ダグを未解決の連続殺人事件の渦中に……

リンダ・ラ・プラント

凍てついた夜
奥村章子訳
酒に溺れすべてを失った元警部補ロレインの再生を賭けた闘い。胸を打つハードボイルド

渇いた夜 上下
奥村章子訳
酒への欲求に苦しみ、自己と闘いつつ事件を追うロレイン。新時代ハードボイルド第二弾

温かな夜
奥村章子訳
社長の殺害事件を追うロレインの前に彼女自身の衝撃的な過去の事実が！　感動の完結篇

第一容疑者
奥村章子訳
猟奇殺人の真相を追う女性警部。『凍てついた夜』の著者が、話題のＴＶドラマを小説化

顔のない少女—第一容疑者2—
奥村章子訳
身元不明の少女の白骨死体が発見された事件の行方は？　テニスン警部シリーズ第二弾。

ハヤカワ文庫

ジョン・ダニング

ネロ・ウルフ賞受賞
死の蔵書
宮脇孝雄訳

腕利きの古書掘出し屋殺害の真相とは？ 読書界の話題を独占した、古書ミステリの傑作

幻の特装本
宮脇孝雄訳

稀覯本を盗んで逃亡中の女を追うクリフの前に過去の連続殺人の影が！ シリーズ第二弾

失われし書庫
宮脇孝雄訳

クリフが始めた一大書庫の探索は、思わぬ悲劇と歴史の真実を招く。古書蘊蓄ミステリ。

封印された数字
松浦雅之訳

差出人不明で届いた写真には、封印された戦慄の過去への鍵が……謎に満ちたサスペンス

名もなき墓標
三川基好訳

身元不明の少女の死体が、新聞記者ウォーカーを二十年前の衝撃の事件へ導いていく……

ローラ・リップマン

アメリカ探偵作家クラブ賞、PWA賞受賞

チャーム・シティ

岩瀬孝雄訳

没原稿になった記事が何者かの操作で掲載されてしまった事件に元新聞記者のテスが挑む

ボルチモア・ブルース

岩瀬孝雄訳

テスは友人から婚約者の浮気調査を引き受ける。が、浮気相手が殺されて友人に容疑が！

アンソニー賞、アガサ賞受賞

スタンド・アローン

吉澤康子訳

探偵となったテスに、贖罪を望む元受刑者から、彼が危害を加えた少年捜しの依頼がくる

アンソニー賞、PWA賞受賞

ビッグ・トラブル

吉澤康子訳

女探偵テスは失踪した元恋人を探すが、彼がいたはずの部屋に顔のない男の死体が……。

シュガー・ハウス

吉澤康子訳

女探偵テスは父の友人の弟が獄死した事件を追うが、家族を巻き込む妨害工作で窮地に！

ジョージ・P・ペレケーノス

俺たちの日
佐藤耕士訳
親友の二人が組んだ危険な仕事は、やがて二人を敵同士に……心を震わせる男たちの物語

愚か者の誇り
松浦雅之訳
麻薬の売人の金と情婦を奪い逃げた若者二人を待つ運命は？　英国推理作家協会賞候補作

明日への契り
佐藤耕士訳
少年との出会いが、汚職警官に再生を誓わせる……男たちの姿を抒情的に謳い上げた傑作

生への帰還
佐藤耕士訳
息子を強盗に殺され、失意の底に沈んでいた男。が、いま彼は復讐に燃えて立ち上がる。

曇りなき正義
佐藤耕士訳
模範的な警官が豹変し、凶悪犯となった。その真相を探偵デレクと元警官クインが追う。

ジェフ・アボット

さよならの接吻

ジェフ・アボット／吉澤康子訳

チノパン・サンダル姿の判事モーズリーが、アダルト・ビデオ男優惨殺事件の謎に挑む。

海賊岬の死体

ジェフ・アボット／吉澤康子訳

海賊の財宝の隠し場所で起こった殺人事件。モーズリーは恋人とともに謎に挑むが……。

逃げる悪女

ジェフ・アボット／吉澤康子訳

自分を捨てた母がなんとギャングになっていた！　モーズリーは母を取り戻す旅に出る。

図書館の死体

ジェフ・アボット／佐藤耕士訳

前夜口論した婦人が殺された！　図書館の館長ジョーダンは、身の潔白を証明できるか？

図書館の美女

ジェフ・アボット／佐藤耕士訳

爆破事件、昔の恋人の登場、町の開発問題、そして殺人事件。難問を抱えるジョーダン。

リンダ・フェアスタイン／アレックス・シリーズ

誤殺
平井イサク訳
性犯罪と闘う女性検事補アレックスの活躍を描く、コーンウェル絶賛の新シリーズ第一作

絶叫
平井イサク訳
巨大病院で女医が暴行され、惨殺された。さらに第二のレイプ殺人が！　シリーズ第二作

冷笑
平井イサク訳
画廊経営者を殺し、川に捨てた冷酷な殺人犯をアレックスが追い詰める。シリーズ第三作

妄執
平井イサク訳
アレックスが救おうとした教授が殺された。事件の鍵は小島の遺跡に？　シリーズ第四作

隠匿
平井イサク訳
メトロポリタン美術館所蔵の古代エジプトの石棺に女性職員の遺体が！　シリーズ第五作

ユーモア・ミステリ

アンソニー賞、アメリカ私立探偵作家クラブ賞受賞
パズルレディの名推理
パーネル・ホール／田中一江訳

死体に残されたクロスワードのヒントにはどんな意味が？　パズルレディの推理が冴える

トラ猫ミセス・マーフィ・シリーズ
町でいちばん賢い猫
R・M・ブラウン＆S・P・ブラウン／茅律子訳

人間なんかに殺人犯は捕まえられないわ。キュートな猫の名探偵ミセス・マーフィの活躍

トラ猫ミセス・マーフィ・シリーズ
雪のなかを走る猫
R・M・ブラウン＆S・P・ブラウン／茅律子訳

相棒の犬タッカーが発見したのは人間の手！　猫の名探偵マーフィが自慢の鼻で犯人を追う

トラ猫ミセス・マーフィ・シリーズ
かくれんぼが好きな猫
R・M・ブラウン＆S・P・ブラウン／茅律子訳

発掘作業中の史跡で発見された人骨に不審な跡が。猫の探偵マーフィが歴史を掘り起こす

トラ猫ミセス・マーフィ・シリーズ
森で昼寝する猫
R・M・ブラウン＆S・P・ブラウン／茅律子訳

コンピュータ・ウイルスと謎の死体には思わぬ繋がりが……猫探偵マーフィの推理とは？

ユーモア・ミステリ

アガサ賞、アンソニー賞受賞
庭に孔雀《くじゃく》、裏には死体
ドナ・アンドリューズ／島村浩子訳

予定された三つの結婚式。幸せな狂騒の只中に招待客の死体が……メグと変人軍団の活躍

野鳥の会、死体の怪
ドナ・アンドリューズ／島村浩子訳

嵐の中、野鳥の島でメグが遭遇した死体と鳥騒動とは？　『庭に孔雀《くじゃく》、裏には死体』続篇

アガサ賞受賞
フェニモア先生、墓を掘る
ロビン・ハサウェイ／坂口玲子訳

都会の喧躁を逃れた土地から死体が！　本業は町医者のにわか探偵が活躍する新シリーズ

フェニモア先生、人形を診《み》る
ロビン・ハサウェイ／坂口玲子訳

医師探偵フェニモアは患者の人形と同じ姿で人が死んだ事件を調査する。シリーズ第二弾

骨まで盗んで
ドナルド・E・ウェストレイク／木村仁良訳

狙うは某国の所有する聖なる骨！　天才的泥棒ドートマンダーただいま骨折って大奮闘中

ピーター・ラヴゼイ

アンソニー賞受賞
最後の刑事
山本やよい訳
湖に浮かんだ全裸死体の謎にダイヤモンド警視が挑む。無骨な刑事の姿を情感豊かに描く

単独捜査
山本やよい訳
誘拐された日本人少女を救うべく、警視ダイヤモンドは調査に乗り出す。円熟の第二弾。

英国推理作家協会賞受賞
バースへの帰還
山本やよい訳
脱獄囚が人質をとり、事件の再捜査を警視ダイヤモンドに要求してきた。話題の第三弾。

服用量に注意のこと
中村保男・他訳
ダイヤモンド警視や殿下が活躍する作品をはじめ、ウィットと毒に満ちた魅力の短篇集。

死神の戯《たわむ》れ
山本やよい訳
町の人々の信頼を集める美貌の牧師。だが、彼の裏の顔は殺人鬼だった。文庫オリジナル

レイモンド・チャンドラー

長いお別れ
清水俊二訳

殺害容疑のかかった友を救う私立探偵フィリップ・マーロウの熱き闘い。MWA賞受賞作

さらば愛しき女よ
清水俊二訳

出所した男がまたも犯した殺人。偶然居合わせたマーロウは警察に取り調べられてしまう

プレイバック
清水俊二訳

女を尾行するマーロウは彼女につきまとう男に気づく。二人を追ううち第二の事件が……

湖中の女
清水俊二訳

湖面に浮かぶ灰色の塊と化した女の死体。マーロウはその謎に挑むが……巨匠の異色大作

高い窓
清水俊二訳

消えた家宝の金貨の捜索依頼を受けたマーロウ。調査の先々で発見される死体の謎とは？

訳者略歴　同志社大学文学部英文科卒，英米文学翻訳家　訳書『暴徒裁判』ライス，『漂う殺人鬼』ラヴゼイ，『ブラック・リスト』パレツキー（以上早川書房刊）他多数

HM=Hayakawa Mystery
SF=Science Fiction
JA=Japanese Author
NV=Novel
NF=Nonfiction
FT=Fantasy

ビター・メモリー〔上〕

〈HM(104)-16〉

二〇〇六年五月　十日　印刷
二〇〇六年五月十五日　発行

（定価はカバーに表示してあります）

著者　サラ・パレツキー
訳者　山《やま》本《もと》やよい
発行者　早川　浩
発行所　株式会社　早川書房
郵便番号　一〇一-〇〇四六
東京都千代田区神田多町二ノ二
電話　〇三-三二五二-三一一一（大代表）
振替　〇〇一六〇-三-四七七九九
http://www.hayakawa-online.co.jp

印刷・中央精版印刷株式会社　製本・株式会社川島製本所
Printed and bound in Japan
ISBN4-15-075366-0 C0197